公元 787 年，唐封疆大吏马总集诸子精华，编著成《意林》一书6卷，流传至今
意林：始于公元 787 年，距今 1200 余年

意林 红石榴 出品

灰姑娘的星动时代

II 艺往情深

凌霜降·著

新世界出版社
NEW WORLD PRESS

图书在版编目（CIP）数据

灰姑娘的星动时代. 2, 艺往情深 / 凌霜降著. --北京 : 新世界出版社, 2014.12
ISBN 978-7-5104-5229-1

Ⅰ. ①灰… Ⅱ. ①凌… Ⅲ. ①长篇小说 - 中国 - 当代 Ⅳ. ①I247.5

中国版本图书馆CIP数据核字(2014)第285820号

灰姑娘的星动时代II 艺往情深

作　　者：凌霜降
顾　　问：杜　务
总 策 划：魏　娜
责任编辑：张　奇
图书统筹：谭　璐
绘　　图：管燕茹
封面设计：娃　娃
美术编辑：刘　静
责任印制：李一鸣　黄厚清
出版发行：新世界出版社有限责任公司
社　　址：北京西城区百万庄大街24号(100037)
发 行 部： (010)6899 5968　(010)6899 8705（传真）
总 编 室： (010)6899 5424　(010)6832 6679（传真）
http：//www.nwp.cn　http：//www.newworld-press.com
版 权 部： +8610 6899 6306　版权部电子信箱：frank@nwp.com.cn
印　　刷：北京中科印刷有限公司　**经　　销：**新华书店
开　　本：700*1000 1/16
字　　数：200千字　印张：13
版　　次：2014年12月第1版 2014年12月第1次印刷
书　　号：ISBN 978-7-5104-5229-1
定　　价：25.90元

目录 Contents

001 第一章　爱就是虐心虐肺虐自己

苏若明不知为何松了一口气。她不爱自己这个事实他一直知道，只是，他不甘心，更不能拱手相让。

019 第二章　命运有只翻云覆雨手

李若溪，真的吗？是真的吗？竟然会对自己这么残忍，独自生完孩子，独自丢弃孩子，然后又赶去追逐她那个所谓的梦想吗？

035 第三章　不可抗拒的生活

这个男人宁愿这样吃苦，也不愿意和她在一起继续做他的王子！而这一切，都是因为李若溪！

053 第四章　以爱之名

现在他明白那种骄傲来自什么了，来自他配不上她。她可以适应任何生活，而他，连一口食物都不肯将就。

069 第五章　各自奔天涯

李若溪眨了眨眼睛，觉得湿，伸手去抹，脸上全是泪：她这是什么样的女儿呀，逼着妈妈跟着自己背井离乡。

085 第六章　爱若是病无法痊愈

他每天能和她见面，与她吵着嘴打情骂俏。如果爱李若溪是病，他是不打算痊愈了。即使是癌症，也不愿意。

目录
ontents

101 第七章 **完美主义者**

这世上但凡有些完美主义的人，通常都由于他自己确实比较优秀，无论是外貌还是才情，都难以挑剔。然后在他人的赞美下渐渐形成完美主义的性格。

117 第八章 **甜蜜进行时**

文峰还打算继续叨叨呢，没想到李若溪的脸已经凑过来了，嘴唇在他的右边脸上快速地擦了下。

135 第九章 **酸酸的醋坛子**

你放着亲爱的男友的电话不接，跑去跟别的男人在一起！你这不算出墙算什么？

151 第十章 **拜见未来岳母大人**

李若溪一看，还有一个大盒子装的遥控车玩具，不禁暗暗为文峰的情商着急：宝宝还不满一岁，这玩意儿得吓着他吧？

169 第十一章 **兄弟反目成仇**

哥，这是我最后一次这样称呼你。以后我们就没有什么关系了。

187 第十二章 **岁月静好情意浓**

李若溪笑着否认，接过文峰洗干净的盘子用抹布擦干放好。她此刻感觉自己前所未有地幸福，她够着了自己的梦想。

第一章 爱就是虐心虐肺虐自己

苏若明不知为何松了一口气。她不爱自己这个事实他一直知道，只是，他不甘心，更不能拱手相让。

1

某影视城，张导演剧组的停车场。

李若溪从苏若明那辆小破车上下来，看到苏若明也跟着下车，赶紧把他手上的东西全接过来：“苏若明，不用跟着我，你该干吗干吗去。”

近两周来，苏若明除了跟着她就什么事也没干，有工作电话也不接，起性子了就干脆关机。这货真是够二的，刚开始有人找他干活就耍大牌脾气。

“我现在就该跟着你。”苏若明没松手。他力气大，李若溪夺不过来，只好停下脚步，瞪着他不说话。

“你这么看我也没用，我今天反正跟定你了。”苏若明一副死猪不怕开水烫的模样。他是铁了心的，手机从昨晚没电后他就清静多了。他现在还没怎么红呢，工作上的事儿已经占满了他的时间，不知道真要红了，他还能不能有一点点私人时间可以在李若溪面前耍横。

李若溪叹了一口气，还是无语地望着他。

苏若明笑嘻嘻地把手里那不算太重的袋子还给了李若溪，“就这么说定了。你要拿就拿着吧，我去给你买早餐。吃烧卖好不？”

“苏若明。”李若溪还真的拿他没有办法，只好不理会他自己走了，和他在这儿磨嘴皮子还不如赶紧去干活。

苏若明那点儿心思她能不明白？无非是看她心情不好想陪着她。但是，就算他陪在自己身边，也根本挥不散她心中的阴霾。要不去想那些郁闷的事儿，最好的方法还是忙起来。

“萌萌，今天还好吗？早餐吃了吗？有什么想吃的吗？”李若溪一进化妆室，就直奔萌萌身边。

萌萌正一边喝着牛奶一边玩手机，看到李若溪进来，只懒懒地动了下身体，“吃了。没什么想吃的。我的腿有点儿痛，你能帮我按摩一下吗？”萌萌要求得理所当然。

李若溪放下手里的东西过去帮她按摩小腿，“书上说这是缺钙了。给你买的钙吃了吗？”

“忘记吃了。”萌萌无所谓地回答，好似她是替李若溪怀孕一样。

其实在半夜感觉到胎动的时候，她对于自己即将做一个母亲也有一些感觉，但即将成名的功利心现在还是占据了她的全身心。所以，看孕期育儿书的人是李若溪，处处提醒注意的人也是李若溪。她跟个没事人似的，对李若溪嘱咐的孕期注意事项，想起就做一做，想不起就算了。

萌萌更关心的是这个，“李若溪，看今天的新闻没？”

八卦记者们已经拍到了文峰上飞机前过安检的照片了。今天的热点新闻就是：“文峰争权失利败走美国，文杰逆袭上位成为天文化第一继承人。”

当然，身为话题人物的女友，乔姿也继续火着，而有关萌萌自己的新闻，早排到搜索热门下层了。萌萌自是心有不甘，但也明白，这就是圈子的规则，谁有权有势有机会就会上位。而自己，还需要更多的努力，更大的机会。

2

“还没有看。”李若溪不想去看，知道看了也没有用，即使这已经是结局，她也无力改变。她能做的只是做好自己。

“昨晚哭了一夜吧？”萌萌从李若溪的脸上找到了痕迹。

“萌萌，知道我难过会让你好受很多吗？”李若溪本来不想理会萌萌的挑事，但萌萌似乎并不打算放过她。

“你难过和我关系不是很大。”萌萌笑了，她发现自己挺喜欢看李若溪炸毛的，“但是，我会感觉命运很公平。你得到了你不配得到的爱，自然也要承受一些痛苦。这样才公平。”

“如果真能让你感觉好受些，那么答案是肯定的，我昨晚哭了一夜。”李若溪语气冷漠，好像那个哭了一夜的人不是她。

“我很坏。对吧？”萌萌嘻嘻地笑，似乎一点儿也没被李若溪的情绪影响。

“不，你很可怜。”李若溪真诚地说，她觉得自己不能再和萌萌待在一个空间里了，她故意想把自己逼疯似的。

“没错，我很可怜。但是，你难道不可怜吗？”看着李若溪快速走出化妆室的背影，萌萌低低地喃喃说了一句。

“李若溪，来帮个忙。”李若溪刚走出化妆室，就被服装师拉住，“有个助手今天请假了，服装组一团糟，帮个忙成不？”

“没问题。”李若溪爽快答应，跟着服装师开始忙活起来。

苏若明买了早餐赶到的时候，李若溪正扛着一大包棉衣往演员更衣室走呢，苏若明赶紧一溜小跑过去接过来，“你真是做苦力的命。跟你说了多少次了，你是演员，不是打杂的。光干杂活的演员谁看得上啊。”

“王姐说她的助理今天请病假，我就来帮个忙。”李若溪仍喘着粗气，昨天快一天没吃东西，早餐又没吃，这会儿她是真有点儿撑不住，“不是说买了早餐吗？给我。”

“这儿呢，超好吃的烧卖和虾饺。”苏若明把大包往地上一放，献宝似的把手上挂的袋子递给李若溪，开心她终于开始找东西吃了，否则不吃不喝只干活，万一累出毛病来，那他得多心疼啊。

“谢谢呀。”李若溪接过食物开吃。

苏若明拍拍那一大包棉衣，“坐这儿吃，吃饱我再帮你扛过去。”

“不了，你还是现在扛过去吧，那边等着呢。”李若溪一边吃一边说，她的嘴巴塞满了食物说着话的样子一点儿也不漂亮，但苏若明就是觉得她这样很有魅力。

“我说你倒是注意点儿形象啊，别吃什么都像横扫千军成不？”苏若明一边说一边摇了摇头，企图让自己清醒一点儿，但还是没忍住傻傻地扬起嘴角，跑得再远又怎么样，只要李若溪愿意吃。

3

“愣着干吗呢？快去呀。”李若溪清澈的眼眸瞪向苏若明，显得楚楚动人。

苏若明把衣服大包提起，“我这就送过去。你到那边坐着吃。我顺便给你弄瓶水。”

更衣间里，正忙乱的服装师看到苏若明，恍然大悟，“嗨，是你呀。这期《风尚》杂志的男装彩页是你拍的吧？我就说嘛，我肯定在哪里见过你，这小俊脸大长腿的，天生就是吃这碗饭的。模特的活儿赚的钱不够吗？怎么天天看你来这儿打杂？”王姐说完又像想起什么似的，“哦，你不是为了打杂来的，你是为了泡妞才来的。哈哈！”

苏若明听了有点儿愣：他表现得这么明显？

苏若明把服装放下，走近帮王姐把她够不着的衣服给挂上，笑嘻嘻地卖萌，“王姐，看在我给你当牛做马的分儿上，你告诉小弟一声，你觉得我有戏不？”

王姐在圈里多年，时尚圈的“小鲜肉”那是见多了，以为苏若明也是那种玩新鲜的小年轻，轻轻拍开他的俊脸，正色道：“我可告诉你，李若溪可是好女孩，你要玩找别人去，别惹她。”

“我当然知道她好啊。”苏若明一直对王姐支使李若溪干活有意见，但这句话却让他对王姐的好感度瞬间回升，“王姐是标准的面恶心慈，放心吧，我一定会好好对若溪的。”

苏若明话音刚落，被王姐一围巾扫脸上，“小浑蛋，你说谁面恶了？”

苏若明赶紧补救，“没，王姐脸长得跟观音似的，我刚才嘴快说错，我想说的是王姐您面善心慈呢。这些要放哪儿？我帮你搬！”

王姐拿他没办法，只得笑着赶他，“滚吧！泡你的妞去，别妨碍我做事！”

“遵命！”苏若明赶紧溜了，他得赶紧给李若溪送点儿水过去，省得她吃太快噎着。

苏若明拿着水，找了一圈，却没找着李若溪。一打听，原来萌萌又支使她买东西去了，他不禁有点上火。

“苏若明，过来一下。”萌萌在演员休息座上向苏若明招手。

“什么事？”苏若明对萌萌始终无好感。这个女孩心机太重，他不喜欢，非常不喜欢。尤其是当他感觉她正在算计李若溪的时候，他对萌萌简直就只能用“讨厌”两个字来形容，偏偏李若溪那朵小白莲花却死心塌地护着她、照顾她。可他苏若明不是李若溪，萌萌叫得动李若溪，可不一定叫得动他。

4

“文峰走了，你知道吧？”萌萌笑道，“呵，我忘记了你跟李若溪不一样，你肯定知道的。恭喜你，你的机会来了。”

“没什么事的话，我还有事先走了。”苏若明觉得和萌萌多说一句都浪费时间。

“你不是喜欢李若溪吗？怎么舍得看着她痛苦下去？”萌萌自然知道苏若明对自己无好感，但她并不介意。对于威胁不到她上位却也不能帮助她上位的人，无论说什么做什么对她什么感觉，她都不介意。

“那又怎样？关你什么事？”苏若明不想与萌萌有太多交集。

“我这部戏马上就杀青了。李若溪还留在这儿，是想帮我忙。但现在我有助理了，她也帮不上什么忙，每天在剧组里打杂累死累活的。最近她心情又不好，所以，我打算让她度个假。”萌萌说着，拿起一张门卡递给苏若明，“我有个朋友，在海边有套别墅，长期空着，那里风景不错，也安静。李若溪挺喜欢那种地方的，不如你带她去散散心吧。”

“哈，李若溪的丫环福利还真是好。”苏若明没接门卡，他不相信萌萌有这样的好心。

“你要是有本事找到更好的地方，不要这门卡也行。我还要看剧本呢，先走了。”萌萌也不勉强，只是把那张门卡随手往桌子上一放，转身就走。

苏若明随意在桌子旁坐下，没去拿起那张门卡，只瞟了一眼卡上的字：海郡。他拿出手机搜索了一下，啊，萌萌的朋友还真是不穷！不过看照片，那还真是个度假恋爱的好地方。

“你在这儿干吗，萌萌呢？”李若溪提着一袋水果回来了，看到苏若明在萌萌的位子上坐着，奇怪地问他。

“化妆间。”苏若明往后一指，就见李若溪快步走了过去，他想帮她拎那袋水果都来不及。苏若明起身跟上去之前，到底还是把那张门卡拿了起来。他抵挡不住和李若溪去海边度假的诱惑。

化妆间，萌萌在吃李若溪刚买回来的李子。

“应该是男孩吧。都说酸男辣女，李子没到上市季节，还酸着呢。你以前不爱吃酸的。”李若溪看着萌萌吃得津津有味，又看着她鼓起来的肚子，对她肚子里的宝宝很期待。

“别猜测这个，明天戏要杀青了，你就别来了。昨天我跟你提过请你去度假的事情，别墅的门卡我已经给苏若明了。你一个人出门不安全，让苏若明陪你去吧。”萌萌不喜欢李若溪期待宝宝的样子，真的不喜欢！

“可是你很快就到预产期了，我陪着你是不是好一点儿？”李若溪是真的担心。以萌萌现在对怀孕的保密态度，她肯定不会去找别的朋友帮忙，更不会去找家人，所以唯一能帮她的，就只有自己了。

“这你就别管了，我都安排好了，拍摄一完成我就到国外去生。保姆都请好了，你不必跟着我。”萌萌明显不想多谈论这个，“要不你今天就走吧。我给你的卡里打了钱，到那边吃住都免费，你好好玩就行了。”

“萌萌，出国生真的能成吗？”李若溪还是担心。

“我说了，我都安排好了。”萌萌不想再和李若溪继续这个话题，拿起手边的剧本，示意她出去。

李若溪虽然已经习惯了萌萌的态度，但还是因为担心她而有点儿郁闷。

5

“李若溪，咱们去海边吧！面朝大海，春暖花开，现在可正是看海的好时节呀！”苏若明可看不得李若溪一脸郁闷，拉起她一边往停车场走一边兴奋地计划着，“我们先去超市购物，然后回去收拾东西，明天一早就出发。要不今晚就出发怎么样？到后刚好可以看日出。你在海边看过日出吗？”

“我没说要去。”李若溪充满了无力感，不管是对命运，对生活，还是对这些在她身边的人，他们似乎可以随意安排她的生活。

“去吧，李若溪。”苏若明盯着李若溪，看着她郁闷得不行的小脸，“离林导演的新剧试镜还有一段时间，这期间你天天都在给自己找活儿干，都累得没有人形了。你不能这样折磨自己，得休息一下，就算是为了他！”苏若明说到“他”的时候，语气不由自主地重了起来。那是因为妒忌，他承认自己并不伟大。

“我不想去任何地方，就想回家待着。”李若溪闷声道。

“你回家待着也是想他！”苏若明说完就将李若溪推进车里，“你需要换个环境补充正能量，然后开始接林导演的戏。他算个屁，对吧？你很快会好起来的。我保证，看到大海后，你很快就会好起来的。”苏若明上了车，一边说一边发动车子，“我们现在就出发。东西到那边再买，超市到处都是。哈，李若溪，要不我去开超市吧，生活必需品人人需要，我肯定会大发的。”

李若溪白了苏若明一眼，对他转移话题的能力彻底拜服，“开车看路啊，超市老板。”

停车场一处不起眼的角落里，停着一辆不怎么起眼的车，戴着大墨镜的文峰默默地发动了车子。他开着车不远不近地跟着苏若明的车，直至到达一个上高速的路口。苏若明拐弯上了高速，文峰在路边停了好一会儿才发动车子，掉头开进了市里。

文峰到美国的当天，连机场都没有出，就直接买了回国的机票。他折腾这么一趟，只不过是为了让那些希望他永远消失的人确认他真的出国后永远消失了。在父亲教他的生存规则里，有一条叫富贵险中求。他自己更新了一下，也可以理解为最危险的地方就是机会最多的地方。在哪里跌倒就在哪里站起来，他从不惧怕一切，这才是他的规则。

再说了，这里有他眷恋的女人，他为什么要永远离开？他倒要看看，他亲爱的兄长如何逆转劣势，拯救天文化集团。

6

深夜，一所高级公寓的顶楼。

文峰打开门不禁皱了皱眉，此刻，屋里灯火通明，一个邋遢的男人正坐在沙发上一边吃薯片一边抱着电脑打字，那是他不修边幅的朋友牛松落。

素有王子病的文峰十分不满，“我记得这是我的房子。”

“我还记得是登记在我的名下呢。”牛松落疯狂地打着字，看都没看文峰一眼。十秒钟后，他终于感觉到了文峰愤怒的气场，停下打字，给文峰一个抱歉的眼神，“哦，我没忘记这是你付的钱。真的，我没忘记。可看在我为你掌管多年各处物业的分儿上，你收留我一次不行吗？我家已经被逼稿的侵占了，我交上稿之前让我住几天，好吧？就几天，我决不食言。”

“你为了拖稿子，都把催稿的人弄成你女友了，你还有脸说自己决不食言？”文峰知道赶人难以成功，只得接受现实，于是立下规矩，“不准进我的卧室！钟点工的钱你付！”

“喂，你要不要这么抠门儿？你是倒拎起来哗哗掉金子的土豪好不？知不知道你这样很丢土豪的脸！”奋力打字的男人试图反抗文峰的残暴。

“你没看报纸吗？现在我是被赶出国逃难的可怜虫，不是什么土豪了。”文峰摊摊手，非常无奈，“再说了，圈内著名鬼才编剧赚得比我少吗？你敢不付房租试试！”

“抠门儿。”打字的人看了一眼关上的浴室门，嘴里嘟囔道。

为了保密，文峰光是借用牛松落的名字买下的物业就有三四处，这样的人会是穷人吗？他是在国外待得久了不懂“瘦死的骆驼比马大”这句话吧？他才不相信文峰真落魄到被父兄赶出国呢。文峰可是硕士毕业刚回国就找到他这个小学死党，抢走他的身份证四处置办了秘密物业，他能没有准备？他就是一只充满心机的老虎，谁惹他谁倒霉。不过，这货最近心情真的不好，目测判断泡妞受挫，所以迁怒于人。

文峰从浴室里打开门，被倚在门外的男人吓了一跳："到别人家里做客的规矩要重新教你一次吗？"他有洁癖，并且注重隐私，极度讨厌和别人分享私人空间，即使是为数不多的好友。

"如果站在门外的是你喜欢的女人呢？你还会跟她讲做客规矩吗？"牛松落紧跟着文峰走回客厅，企图问出个所以然来。

"如果我的女人在这儿，你以为你有机会待到现在？"文峰知道这家伙想问什么，"闭嘴！不然就滚。"

"没事。你就当我不存在，你说说呗。她是谁？正点不？你们进行到哪一步了？回本垒没？"牛松落开始无限猜测，他真的很好奇是谁拿住了像文峰这样目空一切的主儿。

7

"门在那边，出去后记得关门。"文峰懒得理他，转身回房了。

今天他够郁闷的了，真没心思聊天。他现在只想飞到李若溪身边去，看她和苏若明都干什么去了。他们开车上了高速，去哪儿了呢？文峰开始后悔自己没有跟上去。只要能知道她在做什么，哪怕只是远远地看着她，做个跟踪狂又怎么样？

文峰关上门，甩了甩头，试图把这个不靠谱的想法甩走。他现在真是被李若溪这小妞迷得够离谱的，还是开始工作吧。文峰打开电脑开始专注工作。

数百公里外的海边，天色暗沉的路边草地上，苏若明平稳地停了车。

不远处传来了海浪轻轻涌动的声音。苏若明伸手把音乐关掉，把冷气调低了一点儿。副驾驶座上的李若溪睡着了，可是睡得并不安稳，秀气的眉毛轻轻地绞着，眉头都快蹙成了一个川字。苏若明犹豫了半秒，还是伸手过去，用食指往她的眉心轻轻一捏，勉强抚平了那个皱纹。

苏若明把头趴在方向盘上，眼睛盯着李若溪的脸，享受这也许是此生唯一的与她独处的时光。如果有与她永远在一起的机会，他一定会牢牢抓住决不放手，但是他不知道会不会有那样的机会。

三天后，文峰到底没能忍住思念，还是循着李若溪的踪迹来了。

刚出海回来的李若溪晒黑了一些，但整个人的精神也好了很多。文峰站在树丛后面，没有走近。李若溪进屋后，他才走到了正在门外整理出海战利品的苏若明面前。

对于文峰的出现，苏若明并未感到太过意外。身为比文峰低三届的哈佛校友，苏若明足够了解这位师兄的诸多伟迹：文峰绝非一个普通的二世祖，更不是卖脸上位的肤浅男明星。

“要进去吗？”苏若明问，他不能确定文峰为何而来。

文峰站着没动，算是回答了他的问题。

“那为什么来？既然不是与她见面。”苏若明知道李若溪想见的人就在面前，也害怕李若溪想见的人就在面前。

“她是对的。她过去那样拒绝我，是对的。”文峰不得不承认这一点，“很多东西都在影响着爱的资格。”

“你没有了资格，就永远不要再出现在她面前。这样只会让她痛苦。”苏若明巴不得文峰自己消失呢，虽然那会让李若溪痛苦很久很久，但他有足够的信心可以等下去。

“你没听明白。我只是来告诉你，也许我以前没有资格，但是从现在开始，我有资格了。只是在我拥有全部的不会给她带来伤害的资格之前，我不想给她造成困扰。”文峰笑了，苏若明确实是对手，但是，他断定无人能撼动自己在李若溪心中的地位。

“我不管什么资格，我只知道，在她受伤的时候，要陪着她！”苏若明对于文峰的示威感到愤怒，转身进屋，他料定了文峰不会跟进来。

8

文峰果然没有跟着苏若明进屋。

苏若明上了楼，浴室里有声响，李若溪果然在洗澡，没有发现她一直挂念着的男人刚刚就在门外。

苏若明不知为何松了一口气，她不爱自己这个事实他一直知道，只是，他不甘心，更不能拱手相让。

“若溪！晚上咱们出去吃烤生蚝吧？我刚才打听了一下，他们说附近有一家餐厅做得很好。”李若溪从浴室出来后，苏若明就在楼下喊。

李若溪应了一声，挺满意苏若明的表现。

开始的时候，她还担心两个人孤男寡女同在一座别墅里，苏若明会做出过分的举动。但没想到苏若明还挺绅士的，让她住楼上，他自己住楼下。平时若没什么事绝不上楼。

就这一点而言，李若溪觉得苏若明有君子之风，现代社会，这样的男人可真是不好找了。

“对了，刚才你的手机响了。”苏若明到门口确认了文峰已离开，所以开口把李若溪叫下楼。

“好。”李若溪一边擦头发一边从楼上走下来，她穿了一件白色的吊带和一条嫩黄的沙滩裤，很清纯，却又有别样的性感。

苏若明的眼睛不敢在她的身上停留太久，否则他真的不敢保证自己还能不能保持得住君子风度，“我也去冲个澡，不是才春天吗？怎么这么热。”

李若溪没搭腔，手机上有高姐的未接来电，李若溪赶紧回了过去，“喂，高前辈，抱歉刚才没有接到你的电话。”

高姐在电话那头笑，这小姑娘，一开腔就连珠炮似的道歉。不过她喜欢这样不做作、不谄媚的真诚，尽管不是那么得体，但不令人讨厌。

“接到剧组试镜的通知了吗？”高姐问她，李若溪虽然是她当面向林导演推荐的，但毕竟是个没出过几个镜头的新人，林导演虽然点头了，可保不住底下有些人捞不着好处，连个通知电话都不给她打。

“呀！什么时候？我没接到通知呢。”李若溪果然没接到通知。

“后天上午，地址我一会儿让助理发你手机上。”高姐看到拼命努力的李若溪，忽然想起了当年的自己。

李若溪挂了电话，还有些不敢相信自己居然开始得到命运的垂青，而且是圈内重量级的前辈亲自给自己打电话。

“苏若明，我要开始转运了，对吧？”李若溪对刚从浴室走出来的苏若明笑着说。

苏若明已经很久没见李若溪笑过了，瞬间被电得有点儿眩晕，为了掩饰尴尬，他抱紧浴巾作防备状，“李若溪，你笑得这么放荡想干吗？我告诉你，我可不是随便的人。”

“对，你不是随便的人，但随便起来不是人。今天姑娘我心情好，不跟你一般计较。走，吃好吃的去！我请客！”李若溪是真的心情不错。

“真的你请客吗？”苏若明难得见李若溪心情好，顺着她逗着玩，“吃大龙虾也是你埋单？”

9

《我的青春我的梦》剧组试镜场。

“你个小浑蛋！”李若溪嘴里骂着，随手捡起一只鞋子扔了出去，扔掉后还狠追着跑了几步，然后突然站住，愤怒的脸上忽而悲戚不已，泪水猛地就下来了。

她伸出手掌狠狠地抹，刚抹掉，新的泪水又爬满了脸颊，但目光中满是倔强，还咬牙切齿地说了一句：“李若溪，别哭，哭有什么用！”

全场安静极了，只有李若溪强压制着的抽泣声。

李若溪刚出场的时候还是笑的，接着就吵了起来，然后就这么哭了。林导演刚开始给大家都发了小台本。后来忽然说不要剧本了，让大家自由发挥。好多人还在剧组发的小台本里出不来，李若溪演了这么一出被顽劣的儿子气哭的戏。虽然同样没有人与她对戏，但与儿相见，儿子顽劣，母子吵架，儿走母哭这一场，李若溪在不到十分钟的时间里演得很完整，也很逼真。

不知道其他人感想如何，苏若明觉得李若溪简直神了。按说这演戏，需要生活体验，李若溪这小丫头连恋爱都没正经谈过，竟然把一个独自带着顽劣孩子的离婚女人演得这样生动逼真，这演技还真不一般。萌萌算什么呀，绝对没有李若溪厉害。

最后，林导演把李若溪叫去单独谈。

苏若明感到时间非常难熬，就怕李若溪这么高兴地来，这么卖力地准备与演出，最后却空欢喜一场。

李若溪出来的时候，表情有一点儿呆呆的，苏若明猜想也许是境况不好，最后没被选上。他一想到答案有可能是这个就觉得胸闷，可是又没有法子，只得默默跟着李若溪走出去。他伸手在她的肩膀上轻轻地拍了拍，想把她搂进怀里安慰一下，却又有点儿不敢。

“呀！”一直闷不吭声的李若溪忽然大叫一声，然后一蹦而起，转身给了苏若明一个大大的拥抱，然后原地转了一圈，兴奋地说道，“苏若明！我要演主角啦！”

“真的？”苏若明还没从李若溪遭拒的想法中回过神来，毕竟那是习惯。在他认识李若溪的这一年里，只要听到有试镜机会，李若溪不管多艰难都必去，并且拼命地做好，可是被拒绝几乎成了铁定的结局。难得的是李若溪从未气馁过，她像一只皮球，即使被拍、被打、被踢、被冷落，可一有机会仍然活蹦乱跳充满了活力。

“真的，刚才林导演对我说的！”李若溪笑得眼睛都眯起来了，“哎呀，我得攒多久的运气呀，第一次拍戏就能遇上林导演的新戏。命运大神，对不起呀，过去我老向你吐槽，我错了，你是最最公正的超级无敌大神。”

“哈，把你得意的。”苏若明看着李若溪开心得乱扯的样子也十分高兴，简直没有比此刻更美好的了。

“走，今晚请你吃好吃的。咱好好庆祝一下！”苏若明觉得应该给李若溪开个大派对什么的。

两个人正向停车场走去，后面忽然有人喊道：“李若溪小姐！”

10

李若溪回头一看，是林导演的一个助理，于是赶紧跑过去，“姬助理。”

“李小姐，请过来一下，有点儿事想和你沟通一下。”据说姬助理跟林导演许多年了。他高个子，五官平常，也许是阅历丰富的关系，人看起来还算稳重。

李若溪让苏若明到车里等她，苏若明没等一会儿就看到李若溪回来了。“我以为你们要说合同的事情呢，怎么这么快？”苏若明说完发现李若溪的脸色不对，“怎么了？”

“没事，我们走吧。”李若溪嘴上说着没事，却一副心事重重的样子。偏偏她又不肯说，把苏若明急得要抓狂，那个该死的助理到底跟李若溪说了什么？

两个人正郁闷着，李若溪的电话响了，是高姐，“若溪，你走了吗？我听说你的试镜很顺利，刚才老林还打电话谢我来着，说我给他推荐了好演员。恭喜你呀，若溪。”

“高前辈，真的很感激你。”李若溪说道。

她语气里的犹豫与失落引起了高姐的注意，“怎么好像不是很开心的样子？有什么事情吗？”

“没事。”李若溪说了没事，又试探地问了一句，“高前辈，我可以问你一个问题吗？”

“什么问题？你问吧。”

“要实现梦想，得付出很大的代价，是这样的吗？”李若溪问得很小心，因为她在害怕答案。

“你呢？你愿意为你的梦想付出什么？”高姐没有正面回答李若溪，倒反问起来。

“努力，青春，眼泪和汗水。”李若溪想了想，很慢地回答。

“任何收获都需要付出代价，不管是什么。但代价都是你自己愿意付出，愿意去交换，最后才会有收获。”

“我明白了，谢谢高前辈。”李若溪挂了电话，一脸沉默。

这边开着车的苏若明那个着急呀，好想知道姬助理到底跟李若溪说了什么。

但李若溪始终什么都没有说。苏若明非常担心，送她回家后在她家门外站了好一会儿都没走。

正好，听到李若溪给姬助理打电话，“你好，姬助理，那个，今晚去郊外别墅的事情，我今晚没有空去。请你转告林导演，明天我会去找他讨论剧本。但今晚我真的没有空。谢谢，再见。”

李若溪的声音并不大，但充满了失落与伤感。

苏若明听后，怒火直冒：原来是这么个事！好你个人模狗样的林导演，今天在大家面前装得那么赏识李若溪，背后却搞这一套！合同都没签，就把女演员单独叫到郊外别墅去讨论剧本？什么破事儿这是！

苏若明这怒火一冒，就闹出事儿了。

这个想为心中的姑娘出口气的家伙，在找到了林导演后，也不管在场有人没人，上去就给了林导演一个拳头。

幸亏林导演身边的人也没闲着，特别是那个姬助理，挺身而上，替林导演挨了苏若明那冲动的一拳。

苏若明一看挨了他拳头的人居然就是那姬助理，气消了几分。发现这儿居然有不少记者，那闪光灯说明大家正起劲儿按快门呢。

苏若明冷静过来，“我和姬助理有点儿私人恩怨，稍后如果林导演不忙的话，可以帮我们做个公断！”

苏若明说这话的时候，眼睛看都没看姬助理一下，反而只是盯着林导演，眼神直勾勾地冒着火星儿。

第二章 命运有只翻云覆雨手

李若溪，真的吗？是真的吗？竟然会对自己这么残忍，独自生完孩子，独自丢弃孩子，然后又赶去追逐她那个所谓的梦想吗？

1

“苏先生，请代为向李若溪小姐道歉。为了表达歉意，我会交代记者朋友这件事不上媒体。”林导演说完，又盯着面前高大帅气的苏若明看了一眼，“不过，这圈子里人多嘴杂，苏先生下次最好还是先了解清楚再行动。俗语说，冲动是魔鬼。”

“是的，真是抱歉，我一定记住。”苏若明咧开好看的嘴角笑，态度却恭敬得很。他得知李若溪烦恼的事完全是姬助理搞出的，而林导演仍然属意李若溪演主角后，心情顿时阳光灿烂。这时候别说是几句教训，就是给他一顿老拳，他也能笑着挨过去。

苏若明怀着愉快的心情准备开车去接李若溪出去吃饭，在停车场碰见了被解雇的姬助理。苏若明眼下心情好，虽没有再揍他一顿的冲动，但也不想搭理这样的人。

但和姬助理错身后，苏若明又想起了什么，退后两步在姬助理面前站定，“姬先生，你在这个圈子里多年，懂得很多规则，我虽不敢苟同却也能理解，我也相信你会有更好的去处。但是有一点我想请你记住，李若溪是我的人，你最好别再妄想动她一根手指头，哦不，一根头发也不行。否则的话，你一定会后悔。”

“没有比现在更后悔的了，苏先生。”姬助理不动声色地答道。

苏若明以为他真已悔改，便高高兴兴地开着他的小破车找李若溪去了，完全没听到姬助理仍站在原地良久未动，补充道：“李小姐会后悔今天所做出的决定。”

明江小区外，李若溪忽然停下脚步转身向后看，除了几个买菜回来的大妈，一两个行色匆匆的年轻人，并没有什么可疑的人出现。

李若溪摇摇头，自言自语道：“难道我的感觉出错了？”这几天，她总感觉有人在看自己，这种感觉非常强烈，强烈得她都开始有点儿疑神疑鬼了。

“李若溪，干吗呢？”苏若明开着他的小破车“吱”的一声停在了路边，伸出头向李若溪喊，“快上车，要不然就迟到了。”

“好嘞。”李若溪小跑上车，一边系安全带一边说，“抓紧时间，这可是你出名的好机会。”

“什么好机会，不就是拍个杂志彩页嘛。”苏若明不怎么当回事。

“别太得瑟啦。这可是销量最好的顶级时尚杂志的彩页，你以为谁都能拍的吗？你小子，运气不错哈。你就该去干这个，不然浪费了这张脸。”李若溪深信苏若明拥有如此出众的外在条件不红没道理。

“你也觉得我帅吗？”苏若明挑眉笑，“有多帅？”

“依我看吧，也就一般。我眼光高。哈哈。”李若溪觉得像苏若明这种给点儿颜色就开染坊的家伙，就不应该放过任何一个打击他的机会。

“贼，你不承认我也知道你觉得我帅。”苏若明给自己建立信心。

说实话，在遇到李若溪之前，苏若明真觉得自己魅力没法儿挡，要不哪来那么多对自己表示好感的女孩呢？但遇到李若溪之后，他深受打击，甚至怀疑起自己的魅力。“爱情和一切无关”，这句话是谁说的来着？他现今正在深刻体会中。

2

某著名摄影棚内，摄影师和男模特苏若明正在紧张拍摄中。

李若溪手里抱着苏若明的私人物品，充当助理站在角落等候干活指令。苏若明自然不舍得让她太辛苦，所以她大多数时间都是坐在旁边等着，当苏若明的行李看守员。

拍摄从早上持续到深夜，场地也从外景移到了室内。

摄影师是圈子里的腕儿，苏若明虽然形象气质都不错，可是个新人，所以摄影师对他的要求高到有点儿苛刻，一天下来把苏若明折腾得够呛。

但因为今天有李若溪全程陪同，苏若明居然从头到尾都超级卖力地配合，饿着肚子拍到现在，摄影师都已经有点儿不好意思再折腾他了，“休息十分钟。”

一听到可以休息，苏若明顿时觉得全身僵硬的骨头忽然来了劲儿，迅速移动到李若溪旁边。

李若溪等得极其无聊，正拿着手机玩游戏呢，眼见要过关了，被兴冲冲的苏若明过来一拍，一下死了。“呀，我死了，我死了！”

她脸上的绝望吓了苏若明一跳，看清楚她根本没看自己而是盯着手机屏幕上的“game over”后，苏若明笑了，心想李若溪得有多无聊，才会郁闷得玩游戏，“拍摄马上完成，完成后带你去吃好吃的。”

李若溪把手机屏幕给苏若明看，“晚上九点四十五了，已经拍了整整十二个小时四十五分钟，中间除了换衣服化装就一直在拍，连饭都不让吃，估计如果可以，连上厕所都不让去。”

苏若明听了李若溪这话，左右看了看，凑近低声说：“我告诉你吧，这个摄影师是个著名的变态。不过，等我混出名堂了，一定第一个先把这家杂志收购了，然后第一时间炒了他！”

“哈，听着你的宏图大志，我觉得心里好受多了。”李若溪想，自己就陪着他工作一天，已经无聊成这样了。那苏若明时不时就全天候陪着她跟在萌萌的屁股后面跑，一天也就那么几分钟的戏，那还不无聊到爆啊。好吧，她承认自己真的挺对不住他的，但那又怎样，他想要的东西，她给不起。那就这样还吧，趁他没红之前，来给他做免费助手，不要深想这些令人烦心的事情就是了。

等苏若明拍摄结束的时候，把手机的电都玩光光的李若溪同学已经坐在小沙发上睡着了。苏若明凝视着她干净又安静的脸：睫毛不是很浓，但是特别长，眼皮很薄，都可以看到皮肤下的细血管，她大概正在做梦，她的眼睛动了动，到底是没醒来。

苏若明犹豫了半秒钟，起身弯腰打算把她抱起来。不是不能叫醒她，只是，他想有一个抱公主的机会。

但可惜的是，苏若明的手臂刚穿过她的小腿弯，李若溪就“腾”地睁开眼睛，给靠得太近的他一个防范性的挣扎。“干吗？”

“没干吗。拍摄完成了，你睡着了，我想抱你到车上睡。”苏若明松开她，回答得既自然又坦然，心里却禁不住失落，这小姑娘防着他，下意识里就防着呢，唉！

3

明江小区，李若溪家楼下。穿着时尚帅气的苏若明仍开着他那辆小破车进了小区，到李若溪楼下的小花园边停车下来的时候，引得几个少妇和大妈驻足观看。

今天有苏若明拍摄的时尚杂志上市，主编刚才给他打电话说这期杂志卖得很不错，有别的杂志开始约他拍下期，还接到了模特公司的邀约。苏若明心情不错，打电话找李若溪，李若溪说正在家啃林导演的剧本呢，听了他的好消息，答应和他一起出去吃饭庆祝。本来李若溪说不用来接的，但苏若明坚持要来。他得抓紧时间和机会呀，那个讨厌的文峰可是在暗处盘算着呢。

“剧本怎么样？”苏若明本来想说萌萌那部剧最近上了卫视新剧宣传，正火得不得了。又怕这个话题会刺激到她，于是改问她的工作。

“剧本很好，台词也很有意思。这编剧叫牛B，名字真是不寻常，写的剧本也很好玩儿。”李若溪觉得这部剧拍出来肯定很有意思。

“牛B？”苏若明对于用这个词作为笔名的人真心觉得佩服，这是自大还是自嘲啊，“牛B的牛B？”

“嗯，牛人的牛，ABCD的B。哈哈，好玩吧？”李若溪也很佩服这位叫牛B编剧，特别是那些超级有火花的台词，非常有条理、思维转换很快、槽点很特别，却并不是从网络上直接抄的。她很期待这部剧，也有信心能演好。

“哈，啥时候有机会一定去拜会下这位牛人。”苏若明很开心，话题变得很愉快。

另一边，还躲在文峰的公寓里使劲儿赶剧本的牛松落忽然打了几个喷嚏。他随手抓起几张纸巾擦擦鼻子往茶几上一扔，随即接收到了来自在吧台旁喝咖啡的男人杀人般的眼光，于是赶紧把那团纸抓起小心翼翼地放到垃圾桶里，然后一边叹气一边继续打字。

他命苦啊，什么工作不干，偏偏做了编剧，他又是那么热爱拖稿，结果就总是被催稿的逼得四处乱窜，一边逃跑一边写，还得寄居在像文峰这样有着变态洁癖的人的家里，受尽了多少欺凌。

“不爽可以滚的。”文峰丢下这么一句，慢悠悠地走回书房，在泡妞受挫、事业不振、家庭不睦的情况下，精神虐待一下好友算是唯一的发泄途径了。

“怎么会？我很爽。我爽歪歪了。”牛松落咬牙切齿地笑着，“您忙。向您保证绝对守规矩，绝对安静。绝对坐在这里不动，有屎也憋着，不拉裤子里绝不起来上厕所！”哼，恶心不死你这死王子病！

“拉沙发上吧，沙发该换了。”文峰还是很乐意把这个连澡都不愿意洗的男人睡过的沙发扔掉的。

“万恶的资本家！”牛松落觉得自己真是太可怜了，可是在剧本跟上进度不被公司拿刀追杀之前，他的编辑兼女友没有原谅他之前，他又不能回家，所以只能一直在这儿受尽欺凌。直到很久之后，牛松落知道自己正在被文峰喜欢的女人所崇拜着，这才觉得自己连日来所受的恶气终于散尽见了天日。

4

某海鲜餐厅大堂，苏若明和李若溪正在等上菜。

苏若明本来想去包厢，但李若溪没同意，说两个人开包厢浪费，于是只能淹没在吵闹的餐厅里。这儿算是全城生意最好的海鲜餐厅，消费不算特别高，所以人多。

苏若明和李若溪来这里是有理由的，苏若明提议去更好的餐厅，但李若溪没答应。她觉得像她和苏若明这样仍在奋斗中的小屌丝，还是去符合身份的餐厅吃饭比较好，事实上李若溪觉得以她现在的收入，去大排档最适合。但这是给苏若明庆祝第一次上大牌杂志，所以也不能在大排档将就啊。只是没想到这家广东人开的海鲜酒楼人这么多，大厅里偏偏还挂着几台大屏幕电视，嘈杂得让两个人说话都得大声吼。

苏若明也在后悔中，上次和她去海边后，他发现李若溪挺爱吃海鲜，想着带她来吃点儿好的，最近她好像又瘦了。只是没想到这里如此嘈杂，只能无聊地看电视等上菜。

电视上正在播娱乐新闻："新星萌萌在卫视直播中晕倒，是新人太过拼命还是经纪公司透支新人演员？"苏若明赶紧示意李若溪看电视。

萌萌？李若溪赶紧望向电视，虽然只有几个镜头，但李若溪第一时间看向了萌萌的肚子，萌萌的肚子很显然没有了！孩子呢？不是还没到预产期吗？还有两周多呢！

李若溪"腾"地站了起来，浑身冷汗涔涔——萌萌已经把孩子生下了！可是她不是说去美国生吗？怎么会这么快？这才一个月不到，难道她生完孩子连月子也不坐直接就回来了？按萌萌那性子，这样的事她真有可能做得出来。因为现在她那部剧的预告上了各大卫视，宣传力度非常大，她的通告肯定也少不了。

这个时候是新人的关键期，如果不能扶摇直上，就会风平浪静。萌萌肯定不会为了孩子放过这来之不易的机会。但是，那个孩子呢？即使拍摄完成后马上就出生，现在孩子也还没满月吧？那么小的孩子，肯定需要人照顾，但按照萌萌这样的出镜率，根本不可能照顾小婴儿！

李若溪越想越惊心，赶紧拿出手机拨萌萌的电话，通了，但是没人接。李若溪又改打萌萌助理的电话，也没人接。李若溪彻底坐不住了，拉起苏若明就走。

苏若明挣扎，"菜还没上呢。"

“我现在吃不下。快点儿 ，去萌萌家。”李若溪哪里还吃得下饭，一想到萌萌有可能会把不足月的婴儿丢在公寓里不管，她就什么也吃不下了。

苏若明只得跟着李若溪去萌萌的家里，一路上李若溪不断地打萌萌的电话，但始终无人接听，到后来干脆关了机。好不容易到了萌萌的公寓，敲门根本没人应答，李若溪神经兮兮地把耳朵贴在门上听里面的动静，偏偏屋里安静得很。

李若溪都快疯了，“苏若明，不管你用什么方法，现在马上带我去找到萌萌！马上！”

5

苏若明还没见过李若溪这么崩溃的样子，被她弄得很紧张，“好。可是，出什么事了？”

苏若明越是好奇，李若溪却越是不肯说。李若溪越不说，苏若明就越是紧张，“走吧，上车。一边走一边打听吧。”

李若溪心不在焉，走路也不注意看，走出小区时差点儿被一辆车撞了，苏若明拉住了她，可她手里的手机掉到了车轮子底下，彻底报废了。

正当李若溪急着找萌萌的时候，萌萌正身心俱疲地对着各个镜头闪光灯微笑。她昨天因为太过虚弱晕倒了一次，好在没送到医院就醒过来了，好歹保住了她刚生完孩子这个秘密。她现在就用一种不拼命就马上死的意志支撑着。

作为一个刚生完孩子的产妇，萌萌的身体非常虚弱；作为一个抛弃了刚出生的孩子的母亲，她心碎欲死。但她的心又是坚硬的，她坚信自己只要咬牙挺过了此刻，黎明就会到来。她已经看到了曙光，所以，她不会放弃。

杨城，李若溪家中。

李妈妈在客厅里坐立不安，一会儿想起身出门去，一会儿又回来，愁容满面地望着卧室的床。

“咚咚咚！”有人敲门，吓了李妈妈一跳！

"李阿姨！李阿姨！在不在？好几天都没见你下楼！你咋啦？"敲门的是楼下的张婶。

李妈妈打开门，热情的张婶推门进来："你没事吧？怎么这两三天都不下楼？病了？"

"没事，我没事。"李妈妈嘴里说着没事，眼睛却担忧地往卧室里望。她不望还好，张婶嗓门大，动静也大，卧室里忽然有婴儿哇哇地哭起来。哭声吓了李妈妈一大跳，她赶紧跑进屋去。

张婶也吓了一大跳，愣了一会儿也赶紧跟了进去，只见李妈妈正小心翼翼地从床上抱起一个正呱呱啼哭的小婴儿，婴儿的脸还没长开呢，看起来刚出生没几天。

张婶"哇"地叫了一声，问："李阿姨，哪来的小宝宝？这么小，还没满月吧？"

"这个……"李妈妈一时也不知道应该怎么回答张婶的问题。她睡得浅，前天晚上忽然听到门外有轻微响动，然后睁眼到天明，开门一看，门口竟然放了个婴儿。有人把孩子丢弃在她家门口，这要怎么说？

"李阿姨！你不会做了什么犯法的事吧？"张婶大概是法制节目看多了，直接把李妈妈往人贩子想去了。

"张婶，你想什么呢！"李妈妈摸了摸，发现小宝宝原来是尿了，"我先给孩子换尿布，一会儿给你细说。"

"你家有宝宝用的东西吗？"张婶一看，李妈妈大概是临时找了一些旧棉布给孩子做尿布用，"旧棉布是好，就是不方便。你等下，我回家去拿点儿我孙子用的过来。"张婶说着就风风火火地走了。

6

李妈妈一边给小宝宝换尿布，一边发愁：这天上忽然掉下个小婴儿，她应该怎么办？报警？不行不行，这个小宝宝看起来才出生几天，警察同志照顾得了吗？不报警送福利院？万一那丢孩子的人后悔了回来找呢？而且自己也不是住在路边，在这小区居民楼的三楼呢，是谁偏偏要把婴儿丢在她家？会不会是什么认识的人？留下自己养？可是这孩子没名没分，连个出生证明都没有，将来户口怎么办？上学怎么办？

李妈妈越想越发愁。

“真的？”张婶也不太相信这事，“咱这幢楼里，这小区里这么多户人家，为啥就偏偏丢弃在你家门口？”

“这我哪里知道啊？”李妈妈也纳闷，“若溪不在家，我们家成天就我一个孤寡老太太，难道是上天看我太闲了，所以给我个宝宝？”

“你家就你一个老太太，三单元的罗老师也是一个人住啊，咋没送他家？”张婶觉得这个理由不充分，“我看这丢孩子的人八成是你认识的人。现在的人都怎么了？又不是吃不饱、穿不暖的年代，自己身上掉下的肉也舍得丢掉。你看这宝宝，长得多好，啥毛病没有，怎么就舍得丢呢。现在的年轻人，真是不靠谱儿！”张婶说着说着，忽然想起什么似的，“李姨！你家若溪不是去做演员了吗？都说演员私生活混乱什么的，莫不是……”

“你别瞎说！我家若溪不是那样的人！”李妈妈差点儿跳起来，护孩子的气魄一出来，和她平时温婉的模样判若两人。

张婶吓得赶紧改口：“说得也是，上次若溪回来时都好好的呢，若溪那孩子一看就是好女孩。”

李妈妈看张婶改了口，语气也温和下来，“为这事儿我也不敢下楼去，这么小的孩子不能离了人，天气不好，也不能抱下去。如果抱下去了，街坊邻居要是问起，我也不知道怎么说。”

“看这孩子的脐带，是经过医院处理的。不像是那些没规矩的小妮子自己偷着生的，能不能去打听下，看看有没有什么线索。我看，最好还是报警。”张婶是相信人民警察的。

“你看这宝宝，肯定出生没几天，警察那么忙，哪里照顾得了一个这么小的婴儿？”李妈妈大概也是太寂寞了，这两天家里忽然多了一个除了吃就是睡的婴儿，说也怪了，自己竟然不但不排斥，还很喜欢，甚至觉得是上天给自己的礼物。

“说的也是。”张婶仔细地查看茶几上的包。

7

“这个小包质量不错，好像是一个什么说不出来的名牌，名牌这玩意儿我不懂，不过我儿媳妇应该知道。买得起这样名牌包的肯定不是什么穷人。既然不穷又为什么不愿意养孩子？那就只剩下一种情况，孩子名不正言不顺，不敢养。说白了就是不知道是谁的私生子。想起来也有可能是个可怜人，可怜人做可恨事。”张婶一边翻看小包一边唠叨。

李妈妈说：“这是和孩子一起放在门口的，里面有新生儿用的奶粉、奶瓶，但没有其他能证明身份的东西。还记得带着新生儿用品，看来也不是个无情无义的妈呀。可抛弃自己孩子的妈不是无情无义又算什么呢？”

李妈妈是很鄙视这样的女人的，她这么多年独自带李若溪都过来了，现在看着宝贝女儿，她觉得那些苦都很值得。所以，李妈妈特别不能理解那些抛弃自己孩子的女人，她们到底知不知道自己放弃了世界上最宝贵的东西？

“对了，不是有个当医生的年轻小伙在追求你们家若溪吗？要不托他去打听打听？”张婶忽然想起那个特别好的年轻人。

“呀，你看我怎么就没想起这个呢？”李妈妈还真的没想起来要找赵磊子帮忙，这两天她都被这个天上掉下来的婴儿给弄糊涂了。

“这事你跟你家若溪说过没？”张婶问。她还是有点儿怀疑这个婴儿跟李若溪有关系。不是不相信若溪，是她们这些做演员的小姑娘的花边新闻太多了。

“没说呀。她那么忙，我要给她说这事，她不是更糟心吗？”李妈妈是不舍得女儿操心，“这事我再打听打听，想想应该怎么办。”

“也是。听说现在找工作竞争可激烈呢。更何况若溪还想做演员，这年头水灵的姑娘多了去了，整完容个个都是美女。”张婶平时爱看电视剧和娱乐新闻，所以八卦知道得不少，“你家若溪是不是演了现在卫视要播的那部新剧呀？下周就开播了，听说是拍得很好的电视剧呢。”

“是呀，我就等着看呢。”李妈妈得意地笑，直觉得那就是自己女儿做了主角似的。

张婶走后，李妈妈就给赵磊子打了电话，她本来不想麻烦他的，可这事儿她怎么想自己都解决不了。

赵磊子下午下了班第一时间就赶来了，一看李妈妈抱着个婴儿，顿时也傻了眼。听李妈妈说完来龙去脉后，寻思着弃婴的人哪儿不能放，就放李家门口，肯定也有特别的原因。所以他也同意李妈妈的想法，先不要报警，因为婴儿太小需要人细心照顾。他准备先托人去医院查一查。

结果赵磊子不查还好，查出来的结果直接把他吓蒙了。

8

赵磊子飞车到达那家偏僻的医院时，紧张得心脏都快停止跳动了。他托人悄悄查了下近两周在医院里生孩子的单身女人，还真有一个单独住院、没人去看望的。因为那家医院较偏僻、收费较贵、病人少，所以医生和护士对那个女人印象都比较深刻，单她办住院手续的身份证就把赵磊子吓到了——李若溪！

赵磊子决不相信李若溪会做出这样的事情，他急切地想确认那个抛弃自己孩子的女人到底是不是李若溪，但他看到住院手续上的签名与身份证号后，彻底呆住了。他确定了一次又一次，那个身份证号就是李若溪的。

“产妇来的时候已经开始阵痛了，宫口也开了。她是自己坐出租车来的，东西也是自己带着，当时情况紧急，直接就进产房了。我们要登记手续的时候，她把身份证给我们了。因为就她一个人，说话也不多，看起来很忧郁，所以我们印象特别深刻。”一个小护士说。

“真的确定吗？那个女人就是身份证上的人？”赵磊子还是不能相信这个人是李若溪。

“应该是吧。她给的是身份证原件啊，谁会把自己的身份证原件给别人呢？再说了，现在的身份证照片跟本人都有区别，有的区别还大了去了。有的女人化了妆根本跟身份证上就是两个人呢。”

几个小护士看到赵磊子问，都七嘴八舌地说：“对呀，我们没怀疑这个，再说那个女人态度很友好，如果不是因为就她一个人没有家属陪同，也不太引起大家的注意。”

“对呀，她是半夜悄悄出院的，连出院手续都没办，没欠费用，留的电话又打不通，所以也没去追查。”

“你看，这个小项圈儿是她留下的，我们收拾病床的时候发现的。原本是缠在孩子脚上的，母亲姓名李若溪，还有出生日期呢，应该是她走得急落下的。”

“好的，谢谢你们。”赵磊子求证了半天，没想到是这个结果，他差点儿就不敢盯着那个蓝绿色小项圈儿上的名字看。

李若溪，真的吗？是真的吗？竟然会对自己这么残忍，独自生完孩子，独自丢弃孩子，然后又赶去追逐她那个所谓的梦想吗？需要对自己、对别人都如此残忍的梦想算什么梦想？

赵磊子越想越心痛，只觉得心脏一抽一抽的。他回到车里，拨了李若溪的电话，但始终处于忙音中。

李若溪的手机报废了，电话自然打不通，此时她正忙着去找萌萌问孩子的下落呢。

9

“磊子，搭把手，把那边的宝宝霜递给我。”李妈妈一边帮宝宝洗屁屁，一边求助于提着大包小包婴儿用品刚进门的赵磊子。

“好。”赵磊子看着对小婴儿一脸慈爱的李妈妈，心里五味杂陈，他真的不知道如何对李妈妈说这件事，怕她一时承受不了这样的打击。

“对了，磊子，这几天你打过若溪的电话吗？我今早给她打电话没打通。这孩子，不知道是不是又到了信号不好的地方去拍戏。”李妈妈想得挺乐观，终于能看到有女儿参演的电视剧了，她很为女儿高兴，没忘了提醒赵磊子，“对了，卫视下周开播的新剧，若溪有演出，你记得看哦。”

“向您保证不会漏掉一集！”赵磊子答道，他决定先不告诉李妈妈若溪的事情，他得先去找李若溪，问问怎么回事，“阿姨，你要是忙不过来，我帮你请个保姆吧。我这几天得出差，这两天就不过来了。”

“请什么保姆啊，我闲着也是闲着。”李妈妈没同意，请保姆不得费钱么，她哪里肯拖累若溪，更不能再接受赵磊子的恩惠，“你忙就快走吧。我都把若溪带大了，还怕这小娃娃吗？快去忙吧。”

“那，阿姨我就先走了。”赵磊子恨不得马上见到李若溪把她抓回来不许再乱跑，他实在是太担心她了。

某电视台门口，苏若明快步跑回车里，对忧心忡忡的李若溪说：“已经走了。”

李若溪没答话，只是长叹了一口气。

苏若明就纳闷了：他都陪着她找了两天萌萌了。偏偏萌萌像故意躲她似的，打电话不接，后来干脆关机，追着打听来的消息跑吧，又永远找不着人。问李若溪为啥要找萌萌，李若溪也不说原因，就是非要找着她不可。

苏若明都快被李若溪搞崩溃了，“若溪姑奶奶，老大，咱不找她了行不？她不就晕倒一次嘛，能有啥事？现在的女人为了保持身材都拼命节食，低血糖晕倒太常见了。上次拍摄的时候，三个女模特晕倒了俩，差点儿把我吓蒙了，都是节食闹的。她们动不动就几天不吃东西。人是铁饭是钢，不吃饭谁受得了呀。”

“我累了。”李若溪现在也快崩溃了。她一想到萌萌生完孩子没几天就到处乱跑，而那个刚出生的孩子却不知道在什么地方，就觉得心脏像被人插了一刀似的，硬生生地痛。萌萌真是太狠心了！她怎么忍心？

“别管她了。她那么厉害的女人，不会有事的。我中午都没怎么吃东西，我带你去吃好吃的吧？”苏若明不能理解李若溪对她那几个不靠谱的朋友这样一根筋的好，根本就是付出和得到不对等嘛。她这么担心，但人家根本就不当回事儿。

“不想吃，你送我回家吧。”李若溪明白，萌萌现在根本就不想见到她，所以在故意地躲着呢。否则怎么会连电话都不接？

“好。”苏若明可算等到她说要回家了。那个萌萌明显就不想让她找到，她还满世界地瞎跑，把他这个司机都给累得快趴下了，“到你家我给你做饭吃！”

李若溪本想拒绝，但是什么都没说，她正为那个下落不明的婴儿揪心呢。

10

一间高级公寓里，萌萌一进门就把手里的东西往地上一摔，直接倒入了沙发里。她太累了。被她摔在地上的，是张导演的新剧本和合同。没错，她盼望已久的机会已经来了，她也抓住了，可是她心力交瘁。她知道这两天李若溪在找她。但她不想见到李若溪，她害怕李若溪问起孩子的下落，有些东西，她无法面对。

萌萌伸出苍白消瘦的手从包里掏出手机，刚开机，李若溪的短信就蹦了出来。萌萌没有打开那些短信，直接就删除了。然后她给李若溪发了一条信息，只有三个字：对不起。

发完后，萌萌把手机卡取了出来，扔进了垃圾桶。是的，从今天开始，她和过去的自己告别了，从今以后，会是一个崭新的萌萌。

李若溪当然没有收到那条短信，她的手机正报废在某个垃圾桶里呢。

乔姿工作室里，乔姿“哗”的一声把手里的文件扔在了地上，小助理吓得手足无措。乔姿今天非常生气，她花了数月时间去争取张导演的新剧女主角，可是最后却被一个新人给抢了，不生气才怪呢。可大小姐一生气，受罪的就只有她这种小助理了。

“怎么了？谁又惹你生气了？”文杰一边问一边打开门走了进来，小助理赶紧借机溜了出去。

“你不是说张导演这部新剧的女主角非我莫属吗？怎么现在是萌萌那个贱人？”乔姿如此口不择言，她的父亲要是看到现在的她大概会发疯的，他从小就当成名门淑女来培养的女儿现在不过是个爆粗口的泼妇而已。

“对不起呀，姿姿。别生气，都是我的错，没投资这部剧。那个张导演也真是没眼光，姿姿比那个什么萌好一百万倍，他真是瞎了眼了！”文杰搂过乔姿嬉皮笑脸地哄着。

乔姿狠狠地拧了他的手一把，文杰也没有喊痛，反而凑近：“来来，再拧一把，只要你不生气，你拧死我都乐意。”

乔姿“哧”的一声，笑了。或者是因为习惯，现在的乔姿还真的吃文杰这一套。

“宝贝儿，别生气。这点儿小事有啥可生气的？我下季度再投资一部剧，导演、剧本都给你请圈里的腕儿，女主角就定你，不是你还不给他们拍，你看成不？”文杰怀抱佳人，心思荡漾地承诺着。

乔姿还真就当了真。她是不喜欢文杰，可是现在，她还就觉得文杰对她才是真心实意、死心塌地。

大小姐浑然不觉，巨大的陷阱正渐渐向她袭来。

第三章 不可抗拒的生活

这个男人宁愿这样吃苦，也不愿意和她在一起继续做他的王子！而这一切，都是因为李若溪！

1

春末，明江小区外的马路边上，法桐树枝叶繁茂。天色暗沉，路灯昏黄。

李若溪走在树下，背影被路灯拉得细长。她的身后是一片霓虹灯海，那些繁华丝毫没有影响她安静地走在归家的路上。李若溪的心情并不好，她担心萌萌，也担心那个未曾谋面的可怜孩子到底被萌萌丢去哪里了。

傍晚就已经来到李若溪家的赵磊子从黄昏等到了深夜，终于看到了姗姗归来的李若溪。这时候的赵磊子，已经从疑惑、担忧、痛心，再到愤怒、痛楚、忧心，到此刻，就只剩下一个念头：只要李若溪没事就好。其他的，都不是事儿。

所以一见到李若溪出现，赵磊子就快步迎了上去，“若溪！”

李若溪有点儿惊讶，“咦，你怎么来了？”

“你脸色不好，是不是忙得忘记吃饭了？很累吗？”赵磊子走近，毫不避讳地伸手摸了一下她的额头，“体温算正常。走吧，先带你去吃饭。”

“好。”其实李若溪不想吃饭，但赵磊子来找她，说不定就一直在这儿等着连饭都没吃呢。

夜已深，很多饭店都打烊了。两个人在附近找了一家咖啡馆，赵磊子拿着菜单，除了咖啡，他几乎把他觉得李若溪可以吃的都点了一遍。

李若溪想阻止都阻止不了，无奈道：“磊子，你太浪费了。咱俩根本吃不了这么多。”

“你现在这样，不多吃一点儿怎么行？”赵磊子都快担心死了。

“可是这些太多了。”李若溪看着东西一样一样端上来，桌子都放不下了，不禁有点儿崩溃，“我看起来有那么糟糕吗？必须以喂猪的方式进食？”

“你看起来比那更糟糕。快吃。”赵磊子都快哭了，这可恶的女人，太让人操心了。

李若溪只得默默地吃着东西，过了一会儿才发现坐在对面一动不动地盯着自己的赵磊子不对劲儿。“你怎么这么看着我？”李若溪说完忽然一愣，“是不是我妈病了？她怎么了？”

“李若溪！”赵磊子真是服了面前这个女人，她以为可以瞒得了所有人吗？但这种时刻，他又舍不得骂她，不是说女人这个时候不能生气伤心吗？她还在月子里呢，“慢慢吃。吃饱了我带你回家。一定要来也得回家养好身体再来。”

“你在说什么呀？”李若溪觉得今天的赵磊子有点儿神经兮兮。

“李若溪，你是个笨蛋你知道不？”赵磊子真是被眼前这个女人气得内伤，“你真的以为这么做大家都不会知道吗？当演员就那么重要？比你自己的身体还重要？比你刚出生的孩子还重要？”

“你在说什么呀？我怎么一点儿也听不明白？”李若溪嘟哝了一句，才抓住了赵磊子话里的重点，“我刚出生的孩子！我哪来刚出生的孩子？”

2

“李若溪！”赵磊子咬着牙齿叫了一声她的名字，彻底忍耐不住了，“李若溪，你如果真不想我们知道就不要把孩子送回家去，也不要回杨城生孩子，更不要用你的身份证办住院。你脑子里到底装的是些什么呀？你怎么不是我认识的那个李若溪了呢？你想做演员没有错，但你到了这种程度，不是疯了，就是变态！”

“我？回杨城生孩子？”李若溪彻底惊住了，“这到底是什么跟什么呀！”

“还不承认吗？真要这样伤害自己到底吗？”赵磊子把从医院里拿来的那个小项圈递给了李若溪。

“这是什么呀？”李若溪伸手接过，然后发现了上面写着的字：**出生日期3月29日上午9点35分，母亲李若溪**。

“没看到吗？这原本是戴在孩子脚上的，你走的时候落在医院了！”赵磊子这会儿真不知道是李若溪的演技好，还是她根本就不知道，怎么会是这种反应？

“哪家医院？把医生的电话给我。”李若溪还没弄清楚是怎么回事，但她觉得她不能莫名其妙就生了个孩子呀，必须去求证。

“好，打扰你了，谢谢。”李若溪挂断了电话，仍呆呆地拿着赵磊子的手机发愣：不是愚人节玩笑！一周多前，有人冒用自己的身份证真的在医院里生了一个孩子！

“其实，你不用骗我们。真的，任何事，我都会优先考虑支持你。走吧，咱回家去，先把身体养好，才能想做什么就做什么。你这样怎么行呢？”赵磊子可谓语重心长。

李若溪没吭声，经过刚才的求证，她现在都不敢打电话回家给妈妈了。因为她还不能相信真的有个婴儿在她家正被妈妈照顾着，而所有的人都认为，那个婴儿就是她生下的。

这事还真的打击到李若溪了，挂了电话之后她就一直发愣。赵磊子看她饭也不吃就结了账，然后搂着她的肩走向停车的地方。

苏若明刚把车停好，远远就看到他们了。

灯光不好，看得不太真切，但苏若明是决不会认错李若溪的。现在正是深夜，李若溪这几天神情有些不对劲，苏若明马上把这情况意会为不明身份的男人劫持了李若溪。

于是，在赵磊子刚打开车门的时候，苏若明飞身上前一掌推开了赵磊子，把李若溪抢了过来，“快跑。”

李若溪这才忽然回过神来，“咦，苏若明，你怎么又来了？”定睛一看，只见苏若明正全身戒备，充满敌意地怒视着赵磊子，这境况真是让她抚额叹息，“苏若明，你就别再给我添乱了。走吧，磊子。”

企图英雄救美却被无情嫌弃的苏若明真是悲愤莫名，他又哪里做得不对了？这不是看她这几天心情不好担心她吗？这不，工作一完，他第一时间买了她爱吃的消夜赶过来。没想到她非但不领情，竟然还嫌他多事，跟着别的男人走了。这，也太打击他了吧?

3

“李若溪！你要去哪儿？”苏若明当然不是遇到一点儿打击就会退缩的人，赶紧追上去拉住李若溪，“林导演的戏马上开机了，你不演了？”

“我现在顾不上这些了。”李若溪也够郁闷的，但现在她必须回去，她不能把妈妈独自丢在那个无形的旋涡里。

“现在还有什么比这个更重要？这是你等了多久才得到的机会！”苏若明更生气的事情在于，她竟然要跟这个男人走。

苏若明是见过赵磊子的，印象极其深刻，拿了一大堆李若溪妈妈做的菜，进门就熟门熟路地自己找冰箱分类放好，据说还是个医生。还有他看李若溪那种眼神，那种呵护的姿态，左看右看都像个情敌，谁知道他把李若溪拐回去后会出些什么事。

“苏若明，我得走了。”李若溪真是没力气和苏若明孩子气了。

“那我也要去！”苏若明瞬间表演了“我就是低智商”类的孩子气。

李若溪当然没理他，“别闹了，求你了，成吗？”

苏若明还想说什么，但到底还是放开了李若溪。他一直知道她很累，但是从没有看到过她这么低落的样子。

李若溪上了赵磊子的车，直到车子消失在夜幕里，苏若明仍然站在原地没动。他有点儿弄不清楚现在的感觉，不是伤心，只是有点儿愤怒，有点儿不甘心，还有些惶恐。

在离苏若明不是太远的一个阴暗角落里，文峰慢慢地站直了原本倚着墙的身体。脚下可能发出了一点儿细微的动静，苏若明几乎马上就察觉转身，眼睛直盯文峰站着的阴影处。

在这晚风寂静的夜里，远处还有着繁华都市的余韵。文峰觉得，如果不是这家伙一直知道自己悄悄地来看李若溪，就是他有特别敏感的神经。

既然已经被发现，文峰只好大方地走了出来。他迎着苏若明“果然又是你”的眼神走近，双手还插在裤兜里，带着一股痞气和小颓废，但绝不影响他的帅气。“走了呢。”

“是呀，被别的男人拉走了。”苏若明有点儿奇怪，文峰怎么还气定神闲，莫非他不喜欢李若溪了？

“看到了。”文峰嘴角好似还勾着笑意。

“你好像很得意？”苏若明看出来了，文峰在笑！

“有点儿。我刚刚确认了她心里没有你，哈哈。”文峰觉得这一点是令他心情畅快的直接原因。

“难道她心里就有你？她可是刚跟那个家伙走了。”苏若明不服气，像文峰这样既骄傲又坏心眼的人，怎么可能会是李若溪喜欢的人？他很费解！

“至少我知道她不会觉得我好烦。”文峰的目的非常明确，他就是来继续打击苏若明的。

“你当然不会烦，你只是令她伤心而已。”苏若明自然也不甘示弱。他说完转身就走，像文峰这样的人，最好能离多远就离多远。

苏若明走了好久，文峰才轻轻地对着空气问了一句：“为我伤心了吗？”

4

某高级公寓大床上，萌萌惨叫一声，满头大汗地醒过来，抱着被子缩到床角，大口大口地喘气。

都市的华光透过绚丽的窗帘落在了锦缎床单上，有一种温柔的光。萌萌在很小的时候，就梦想自己将来能拥有这样的房子和床。

她的家在一个小县城，父母不是农民，但在县城里也没有什么好的工作，经济条件不好却又特别爱面子。小时候，她和哥哥住在小房间里，后来哥哥大了，就把她赶到了客厅里睡。她从来没有过自己的私人空间，为此也从来没有请同学到家里去玩过。

那个和她要好的家里有钱又漂亮的女同学都不知道她家在什么地方。萌萌那时候盼望着长大，盼望着功成名就，盼望着自己能拥有这样的房子，这样宽敞华丽的家。

现在她拥有了，可为什么还是夜夜噩梦纠缠呢？萌萌真恨不得有一种吃了可以忘记过去的药，若有，她必定一口吞下，毫不犹豫。

萌萌想了想，还是伸手抹干眼泪，起身去洗澡，煮咖啡。她没有把自己当成一个刚生完孩子的女人，她也不能把自己当成一个刚生完孩子的女人。如果可以，她想忘记自己刚生过一个孩子。

她的第一部主演剧集《永远在一起》昨晚首集播出收视高起，而张导演正在为新剧做准备，已有意请她做御用女主角。她已经走在了鲜花怒放的路上，这样好的开始，她不会让任何事情阻拦她要走的路。所以，她不能这样伤心下去，她要抛弃她的过去。

飞机场，戴着巨大墨镜的乔姿拖着行李箱正要去托运，文杰从门口快步追上紧紧地抓住了她的手，“姿姿，你要去哪儿？”

乔姿愣了一下，无奈地叹息一声，说：“我想出去散散心。”

她其实想去找文峰。现在是文峰低落的时候，她相信如果自己找到他，说愿意帮助他东山再起，文峰会愿意跟她回来的。以文峰的能力，根本不用担心不会成功。而且不成功又怎么样？只要他愿意原谅她并和她在一起，也是好的。

这些天她越看文杰越觉得讨厌，越觉得亏待了自己，她明明可以和自己喜欢的男人在一起，不是吗？所以她悄悄买了去美国的机票。

“你要去找他，是吗？”文杰一脸伤心欲绝的表情，“你知道他在哪儿吗？美国那么大，就是一个纽约，也够你找的。”

“你知道他在什么地方？把地址给我，好吗？”乔姿可没空管文杰表现出来的伤心，“现在也只有你能帮我了。”

“不给。”文杰差点儿哭了。这女人是智商有问题吧，别说他对她一往情深，就是没什么感情，也不能叫自己的男友帮自己去找别的男人啊。

“不给拉倒，我到那边后自己查。”乔姿想过了，有钱还怕找不着人吗？然后转身要走。

“我的姑奶奶。”文杰赶紧拉住，“我告诉你！告诉你还不行吗？”

5

“真的？他在哪儿？地址给我！”乔姿总算停住了脚步，扯住文杰就要他给地址。

“我们回去再说，成不？”文杰哄着。

“为什么要回去？飞机马上要起飞了。你现在告诉我就行了。要不你把地址发我手机上也行。快说！”乔姿可不是有耐心的人。

“不用上飞机，他根本就没有在美国，行了吧？走吧，小祖宗，跟我回去。乖。”文杰知道不说实话肯定拉不住这位想做什么就做什么的大小姐，只得把新近才查出来的秘密告诉了乔姿。

乔姿愣住了，好一会儿才反应过来：“我明明看到了他的出境记录！”

“嘘！小声点儿！你现在是公众人物。我们回车里再谈，好不？”文杰半哄半拉，总算把乔姿拉了回来。

这事文杰真没打算声张，他妈也让他先不要打草惊蛇。

可乔姿这大小姐实在是太难搞了，一出接着一出，他根本应付不过来。再说了，现在他刚刚接手了公司，各类事儿一大堆。

老头首先让他解决的就是投资地产资金断裂的问题，而要过这一关，他就只有乔姿这张牌了。偏偏乔老头精明得很，根本不把他这个准女婿放在眼里，他仔细分析过，也只有乔姿能打动乔老头。所以，他不得不打破妈妈的原则，就为了哄乔姿这个大小姐开心。

在乔姿的逼问下，文杰只好告诉了她文峰出国后又回来的事实。他也是最近才收到了消息。这要归功于他那个心思缜密的妈妈，派人等在美国机场，在没接到人后，又查了入境记录。

文峰大概不知道，他现在住在哪儿、在做什么全都在文夫人的掌握中呢。

“他回来了？什么时候？怎么不早告诉我？他现在在哪儿？”乔姿马上追问。

“我这不也是刚知道吗？他是悄悄回来的，谁也没告诉，我要不是有朋友在机场偶然看到他了，我也不知道他回来了呢。”文杰赶紧解释，“他现在吧，情况不太好。”

“带我去！”乔姿下命令。

文杰没动，“姿姿，别去了，成吗？你心里没我我能理解，可是你要知道，他就是因为不想和你在一起才造成今天这种局面的，你去了不是惹他伤心吗？”

“我就远远地看一看，不行吗？”乔姿火了。如果不是文杰上了她的床还被人拍到照片，事情会到今天这个地步吗？

“好吧。你答应我不能和他见面的呀。那样说不定会吓跑他的。”文杰启动车子返程，唉，他可算把姑奶奶劝回来了。

某写字楼外，停车场。运输工人把几个箱子放在地上。

文峰在付钱给运输工人，他穿了件衬衣，领带已经扯掉了，虽然仍帅气，但也有点儿狼狈。

站在他旁边的牛松落“啧啧”两声，愉快地讽刺道：“文大少爷也会自己搬东西吗？”

“我没打算自己搬。”文峰回答。

“你不搬吗？那你为什么叫送货的人都走了？”牛松落顿时感觉不妙。

“你不是来了吗？这种活一般你做。”文峰拍了拍牛松落的肩膀，转身要进电梯。

牛松落眼明手快地抓住他，“你想得美，要搬一起搬。”

6

“你为什么在笑？”牛松落吃力地抱着个箱子，不解地问走在前面的文峰。文峰弯腰抱起一个箱子的时候，牛松落忽然觉得这个家伙在笑，难道他又被算计了吗？

“我这样帅的脸，自然什么时候看起来都是笑着的。再说了，你玩电脑太多，视力不好。”文峰可不会告诉他这招叫置之死地而后生，如果说叫他过来是为了帮忙一起搬东西，这货一定推三阻四最后提一堆条件才肯动手。不如先对他说让他单独搬，最后他再一起搬。最成功的谈判都是在双方互有失望、却又都能接受的情况下完成的，他这不叫算计，叫谈判技巧。

街对面一个不起眼的停车位上，乔姿紧紧地咬着嘴唇，纤手握成拳，精致的指甲抠进肉里差点儿断裂：文峰居然自己搬东西！居然自己搬东西！

乔姿难以接受眼前的事实：这个男人宁愿这样吃苦，也不愿意和她在一起继续做他的王子！而这一切，都是因为李若溪！因为李若溪的存在，所以文峰根本不愿意接受她，却愿意为了李若溪那个柴火妞选择过这样的生活——连搬箱子都要自己动手。

不用想也知道，文杰了解文峰的一切行动，如果文杰使坏的话，文峰根本什么事情也做不成。他现在不过是一个穷光蛋！可恶的就是这一点，他宁愿为了李若溪去做穷光蛋，也不愿意和她在一起做王子！

乔姿越想越崩溃，文杰赶紧在她情绪失控、冲过去之前发动车子离开。大小姐要是真失控冲了过去，他肯定得去劝，到时候破坏了妈妈接下来的计划就不好了。

半夜，乔姿越想越悲愤，于是去了李若溪家，自然没有找到人，因为李若溪根本就不在家。

李若溪回到老家的时候，天都快亮了。她开门进屋的时候，因为整夜照顾婴儿而累得睡得很沉的李妈妈居然没有醒过来。

李若溪没让赵磊子跟进屋，示意他先回去，“我没事，你先回去吧。晚上开车太累了。”

赵磊子虽然担心，但看李若溪已经到家才勉强答应：“那我今天下班后再过来。”

“别过来了，你回家休息吧。有事我会打电话给你的。”李若溪真不好意思再麻烦他。

“你连手机都丢了。”赵磊子对之前一直打不通李若溪电话仍心有余悸，“下班后我给你带新手机过来。今天别出门了，好好在家休息，和阿姨谈谈。”

“知道了，快走吧。”李若溪挥手赶人。

赵磊子依依不舍地走后，李若溪蹑手蹑脚地打开了妈妈房间的门：虽然一路上她已经做好了心理准备，但当看到那个被一条小被子包裹着的小小的婴儿时，她还是被强烈震撼到了。

7

李妈妈到底还是被这些细小的响动惊醒了，一看到李若溪，这个瘦小的女人泪水就止不住地往下掉：这时候她仍不能确定这婴儿到底是不是女儿的，她只是从赵磊子迟疑的态度和张婶的猜测中觉得有那个可能。

一想到李若溪有可能生下孩子就这样跑出去，她觉得天都要塌了！更别提在李若溪出生时，若溪那个浑蛋爸爸对她们母女的态度，想到此，她的眼泪就无法止住！

“妈妈，你怎么了？”李若溪被妈妈的泪水吓住了，赶紧走近床边坐下。

李妈妈半起身，把李若溪抱进怀里，右手举起想拍她一掌，落到她背上时，力道却变成了拥抱，“你这孩子！真让人操心！”

李妈妈说完忽然想起了什么，把李若溪从怀里推开，就去撩她的衣服下摆，李若溪根本不知道妈妈要做什么也没反抗。

李妈妈伸手摸着女儿光滑细致的肚皮，自言自语地说：“不像是呀。”

“不像是什么？妈妈你在说什么呀？”李若溪盯着仍在熟睡的婴儿，好一会儿才把妈妈的奇怪行为和这从天而降的婴儿联系起来，“妈妈！你以为这个宝宝是我生的？”

李妈妈也很郁闷，“张婶是这么怀疑的，她一天几遍地说。我问磊子，磊子又不肯坦白说，我都担心死了。”李妈妈这几天真是心神不定，坐立不安。

“妈妈，你相信我吧。等会儿我们一起到那家医院去查证一下就真相大白了。”李若溪说这话的时候，也不是太确定答案，毕竟赵磊子去证实过了。

当李若溪真站到那些医生和护士面前的时候，他们也不太确定了，“脸形像，身高也像，好像是，又不太像。”

李若溪简直要被他们气得内伤，“你们再仔细想一下，肯定不是我。”

“可是这上面写的不是你的身份证号吗？签名也是李若溪，三个字都没错呀。”也许是那个女人真的和李若溪很像，也许是这家医院产妇太多，医生和护士们因为忙碌所以记忆不深刻。总之李若溪越求证，李妈妈就越糊涂。

最后，李若溪硬生生地被妈妈拉进妇科B超室。

李妈妈觉得如果不是女儿在这里生孩子，就绝不能背这口黑锅！对于女孩来说，名声多么重要啊。而且杨城就这么大地方，传出去让若溪以后怎么嫁人？李妈妈被医院的确凿证据和李若溪的坚决否认给弄晕了脑袋，最后决定相信科学，逼着李若溪去做妇科检查。

检查结果出来自然是没有生过孩子的。李妈妈还让医生给开了证明，小心翼翼地把检查单收好，说：“留着给那些碎嘴的人看！哼，让他们闲得就剩下一张嘴了！走，我们回家看宝宝去！”

李若溪看着妈妈的样子，真是哭笑不得。

8

李妈妈一回到家，就把医生开的证明单、检查结果都掏出来，一张一张地给帮忙照看小宝宝的张婶看。“你看，这可是医生说的。我们若溪绝对没有生过孩子！”

张婶也不好意思起来，“我没说是若溪呀。我就说这人把宝宝放在你家门口，说不定跟你们家有关系。再说了，若溪这孩子就不是那样的人，能那样做吗？”

李若溪进门后，一直盯着沙发上熟睡的小婴儿发愣，直到这会儿，她才把这婴儿和萌萌联系起来！李若溪想起了电视直播现场晕倒的萌萌，还有她的避而不见，连电话都不肯接！会吗？会是萌萌肚子里的宝宝吗？

一些细节瞬间在李若溪脑子里浮现！萌萌让她去海边散心之前，让助理要了她的身份证说给她买份保险，到现在都没还给她呢！在大学里就有很多人说过，萌萌和她的身高、脸形、气质都相似，出去逛街甚至有人问她们是不是姐妹。

李若溪越想越心惊，拿起座机拨萌萌的电话。电话自然是打不通的，因为萌萌已经把旧手机的号码丢进了垃圾桶。

“你们回来了，我这就走。”张婶起身告辞，“我得回家做饭去了，我家老头儿等着呢。”

“快回去吧，今天真是谢谢你了。把你累着了吧？”李妈妈起身送客。

李若溪慢慢地走近沙发，在婴儿面前蹲下，眼睛一眨不眨地盯着小宝宝熟睡的脸看。

小宝宝真是小，眉毛几乎看不见，小脸上毛茸茸的，鼻子看不出来挺不挺，小嘴巴嘟嘟的，也不知道像谁。像萌萌吗？李若溪仔细地想了想，觉得像，又觉得不像。反正这小婴儿挺丑的。

“妈，这宝宝怎么长得这么丑啊。”以李若溪的审美来看，确实长得丑。

“哪里丑？宝宝长得俊着呢，还不到两周，你看这小鼻子小嘴巴多方正，长开了肯定丑不了！”李妈妈可不同意说宝宝丑。

“长这样还不算丑啊。”李若溪还真看不出这小宝宝哪里俊。

“刚出生的宝宝都这样。你刚生出来的时候皱巴巴的，可难看了。长到今天，不也成了俊闺女。这宝宝可是比你那会儿好看多了。”李妈妈也走过来，小心翼翼地抱起小宝宝，十分珍爱，坐下后又叹了一口气，惋惜地说，“看着这可爱的小模样，真不舍得把他送走。”

“送走？”李若溪伸出一只手指去摸宝宝露在被子外的小手掌，没想到小宝宝忽然把拳头握了起来，紧紧地抓住了李若溪的手。李若溪瞬间被那只小手萌到了，“妈妈！他抓住我的手指了！”

“哎哟，这孩子认你呢，在梦里把你抓住了。”李妈妈看着宝宝的脸也觉得开心，可是她不得不提醒女儿面对现实，“宝宝不是你生的，我们当然得送回去呀，报警，或者送福利院。”

9

“送福利院？那不是成了孤儿吗？多可怜啊。”李若溪开始舍不得了。

“不送怎么办？咱家也不符合收养的条件啊。”李妈妈也舍不得，她照顾宝宝的这几天真是有感情了。

“就不送怎么了？医院里不是写着李若溪生的吗？”李若溪随口回答，把这么小的宝宝送到福利院去，多残忍啊。

“也对呀。”李妈妈是千万个不舍得，“宝宝，以后你就是我的外孙啦。我是你外婆哦，乖宝宝。”

“对哦。宝宝，我是你妈妈。”李若溪一直是个对孩子没有抵抗力的人，从小就是孩子王。长大了街坊邻居的孩子都管她叫姐姐，一见面都亲得不行。现在有一个小宝宝就在她的面前，她当然也没顾得上考虑其他的。再说了，如果这宝宝当真就是萌萌生下来的，那她与宝宝不早就认识了？多好。

天真可爱的母女俩一边畅想未来，一边讨论该给宝宝置办什么东西。

李妈妈到底还是上了年纪有经验一些，忽然一拍大腿说：“不行，宝宝必须送走！”

“为什么呀？”李若溪不解，她正在想给宝宝起什么名字呢。

“你一个单身未婚女孩子，怎么能做宝宝的妈妈？传出去将来还怎么嫁人？”李妈妈想到了女儿的前途与幸福，越想越觉得自己草率了，“哎呀，第一天就应该直接报警把孩子送走！张婶那大嘴巴，估计现在整个小区都知道我们家有个小宝宝了。这闲话传来传去的可容易说难听了，看我把这事弄得要拖累我闺女了！”

“妈妈，你在想什么呢。别人说什么有什么关系？”李若溪可没想到那些，她就觉得这么可爱的宝宝不能送去福利院。再说了，他极有可能就是萌萌生下的宝宝，怎么能送走呢？

“怎么没有关系？你一个丫头，知不知道名声对于一个女孩子有多重要？”作为经历过风雨的母亲，李妈妈越想越觉得把宝宝留下不行，“不行！今天就得送走，把电话给我。”

“不给。”李若溪把电话拿得远远的，“妈妈，你要干吗？”

“打电话报警。”李妈妈说，残忍就残忍吧，什么也没有女儿重要。

“妈妈！”李若溪直接把电话拿走了，“这太残忍了！警察那么忙，谁来照顾这么小的宝宝啊？”

到底是母女，不愿意送宝宝走的理由都想得一模一样。

10

李若溪一看妈妈的态度有所缓和，赶紧说道：“万一宝宝的妈妈后悔了来找他呢？到时候我们说送警察局了，多没人情味儿呀。而且，我根本不觉得孩子在我们家和我将来是否幸福有什么关系。真正爱我的男人，是不会介意这个宝宝的，而如果介意这个宝宝的男人，又怎么可能是会给我幸福的人呢？再说了，我觉得我的幸福是我和妈妈的，根本和将来那个不知道会不会出现的男人没有关系呀。难道他不出现，我和妈妈就不幸福了吗？我觉得只要我和妈妈在一起，就是一种最大的幸福了。”

李若溪一边说，一边盯着妈妈的脸色，拍起马屁来，“我妈妈是世界上最善良的妈妈。你想上帝为什么偏偏让这个宝宝来到咱家门口呢？为啥不送到别人家去呀？肯定是因为这个宝宝和妈妈有缘分。你看，他多乖呀，从我早上回来到现在，都没有看到他哭过。吃饱就睡，多乖。宝宝是不是觉得这是找到妈妈和外婆了，所以没什么好哭的呀？对吧，你看，宝宝又抓紧我的手指了，他肯定是同意我说的话啦！”

“坏丫头，这么小的宝宝能懂这些？你嫌我老了哄我玩是不是？”李妈妈被李若溪说得动心了，可是，作为一个过来人，她深深知道做单身母亲不是一件容易的事情，一想到自己吃过的苦，李若溪都有可能再经历一次，李妈妈的心又硬了，“还是不行。若溪，你听我说，这样对你不好。这也是宝宝的命，不能强求。”

“妈妈！我真没觉得有什么不好。就这么说定了。把宝宝留下，我是妈妈，你是外婆。”李若溪讨好地望着妈妈笑，“妈妈，留下他，好不好？咱们给他取一个名字吧。跟我姓，好不？叫李什么好呢？”

“都不好。”李妈妈也拿不定主意，李若溪现在还年轻，不懂人情世故。年纪轻轻的姑娘家就带个孩子，别人的闲话肯定少不了。

母女俩正说着话呢，被李若溪扔得远远的电话响了起来，李若溪过去接听：“喂，你好。”

“若溪！”苏若明在电话里因为找到了李若溪而欣喜，“我可算找着你了。”

“苏若明，你很闲吗？我们昨晚还见过面呢。”李若溪并不是那么高兴，这时候，她总算从这个从天而降的婴儿回归到了她的追梦旅途，“呀，是不是林导演找我了？”

“不是，我去问过了，随时都有可能开始。所以，你最好快点儿回来吧。”苏若明恨不得现在就让李若溪起程，“对了，你妈妈没事吧？”

“没事。”李若溪看着抱着婴儿的妈妈，决定还是先不要说实话好。

“对了，我今天找到了萌萌的新电话，一会儿发给你。还有，你到底去买新手机没有？”苏若明想起李若溪的手机已经报废了。

“没呢，明天去买。”李若溪想这事得赶紧办，要不错过林导演那边的消息就不好了，“你给我说一下萌萌的电话号码吧，我记一下。”

第四章 以爱之名

现在他明白那种骄傲来自什么了，来自他配不上她。她可以适应任何生活，而他，连一口食物都不肯将就。

1

下午，李妈妈下楼去买菜准备回来做晚饭的时候，李若溪才拨通了萌萌的电话。

在电话响了很久之后，萌萌才接起来，但没有说话，这个来电让她知道，李若溪已经回家了，肯定已经猜到了事情的真相。她无颜以对，但是，除此之外，她又想不出更好的办法。

“是你，对吧？”李若溪问出这句话的时候，抱有一丝希望，希望萌萌不会这样做，希望萌萌不是一开始就这么有计划地做这件事，有计划地把她陷入这样的境地。

但是，萌萌直接就承认了。承认对于她来说，不是折磨，而是解脱。“是我。”然后，萌萌又为自己找到了一个理由，“从一开始，你就比我爱他，不是吗？如果不是你一直跟着我，他早就没了。”

“周萌萌！他是你的孩子，你太残忍了！”李若溪气得快要语无伦次，她一直都知道萌萌自私，但她也一直相信萌萌的心底还有着美好柔软之地。她至今不能理解，什么事情可以令萌萌狠心地抛弃自己亲生的骨肉？

“我从来没有想过要生下他！”萌萌的语气坚硬而冰冷，“你要是不想要，就丢了吧！不要再给我打电话，也不要再跟我提起这件事！”

“萌萌，你现在养得起他。这是你的孩子，无论孩子的父亲是谁，这个孩子从未伤害过你，你怎能对他如此狠心？出名真的那么重要吗？真的比你的孩子还重要吗？”李若溪说着说着流出了眼泪，她不知道萌萌为什么会变成这样。

她心中的萌萌，还是刚入学时温婉的样子。那个女孩帮她把行李扔到上铺，微笑着说：“嗨，我是你的下铺，萌萌。”绝不是现在这个已经成功，却无情抛弃自己孩子的女人。

“是，这是我的梦想，是我一直追求的最终目标。什么都不能阻挡我！”萌萌说到这句话的时候，眼里有泪，但语气始终坚决，“我不会去见他。我也不会再承认他。要么你接受，要么，你告诉全世界。但即使你告诉了全世界，我也只会认为他毁了我。”

“为什么是我？”李若溪气得眼泪直流，她意识到自己根本无法说服萌萌，“为什么是我？我也有我的梦想！我是你的朋友！”

“你只当没有我这样的朋友。”萌萌冷冷地说完这一句，把电话挂断了。她实在无法说下去了。

“因为你和阿姨都是好人。”萌萌喃喃地低声说道，她握紧已经挂断的电话，已是泪流满面。正因为她见多了人性的龌龊，正因为她了解李若溪和别人都不一样，正因为她知道只有李若溪是她真正的朋友，所以，她才狠得下这颗心。她相信李若溪不会向媒体公开这个秘密，可她也害怕李若溪会公布出来，那将是她的地狱。

“周萌萌！”李若溪气得把电话扔到了沙发上，然后蹲在地上“呜呜”地哭了起来。

也许是她刚才说话的声音吵醒了睡觉的婴儿，小宝宝“哇哇”地哭了起来，李若溪赶紧抹干眼泪去屋里把宝宝抱了起来。也奇怪了，那么小的宝宝，感觉到有人把他抱起来后，便接着睡了。

李若溪呆呆地看着小宝宝熟睡的脸，心想萌萌到底知不知道，她抛弃的是怎样的珍宝。

2

宝宝睡着后，李若溪轻轻地把他放回床上，开始考虑下一步怎么办。向媒体公布他是萌萌生的宝宝，逼萌萌承认他，这样的事情，李若溪觉得自己做不出来。既然已经知道这就是萌萌生的孩子，自然也不能把宝宝送到警察局或者福利院，唯一的办法就是收养他，不过这需要说服妈妈。

李若溪把玩着宝宝的小手，小宝宝又把她的手指抓住了，抓得她心软得像一摊水，“宝宝，你是认定我了，对吧？好吧，从今天开始，我就是你的妈妈啦。”

李若溪胡思乱想着，窗外天色就暗了。李若溪准备去开灯时，一阵急促的脚步声忽然传来，楼下张婶的声音几乎和敲门声同时响起，“若溪！若溪！你在家吧？快开门！出事了，出事了！”

“怎么了？”李若溪赶紧去开门。

张婶一边拍着胸脯喘气，一边抓住李若溪说：“快，快带点儿钱下楼去，你妈被车给撞啦，小王八蛋，在小区门口撞了人还敢跑！”

“什么？”李若溪顿时吓得手脚冰冷，抓住张婶赶紧问，“我妈呢？在哪儿？撞到哪儿了？叫救护车没？”李若溪一边问着，一边就要往门外跑，出了门又折返拿起手包，忽然想起来，“呀，我家还有小宝宝！”

“撞到腿了！血都流出来了！就在小区门口！你刘叔他们打了120，救护车已经在路上了，我想着你家还有小宝宝，赶紧上来叫你。快去吧！我来看着小宝宝！”

“张婶谢谢你呀！”李若溪说着话，人已狂奔下楼了。

李妈妈是在过马路的时候被撞的，小区门口以前没有斑马线，但现在为了安全增设了一个红绿灯，但那辆车闯了红灯，撞倒了李妈妈。不幸中的大幸是，小腿骨折，身上有几处瘀伤，得好好休养。倒下的时候头撞到了马路牙子，还有点儿脑震荡，其他还算安好。但即使只是这样，也把李若溪吓得够呛。一直到办好了住院手续，李若溪的心脏仍在“突突”狂跳，完全平静不下来。

李妈妈惊魂未定，就开始安慰女儿，经过这生死一撞，她也想开了，“是福不是祸，是祸躲不过。上天哪能白给我送一个外孙呀！别担心，我这不是还好好的吗？我要快点儿养好腿，回家看我外孙去！”

“你哪里好好的了？你都这样了。”李若溪看着妈妈绑着石膏挂起来的腿，还真是无法笑出来。

“这是上天的礼物，孩子。虽然它不是那么令人高兴，还要遭受一点点痛苦，但是，上天让我受伤，必定有他特定的意义。”李妈妈微笑着说。从被撞的那一刻开始，她坚定了一件事——一定要留下那个宝宝。人生无常，既然出去买个菜都会遭遇车祸，保不准哪天她就走了，留下若溪独自一人，那得多孤单啊。

3

妈妈的淡然与坚定渐渐感染了李若溪。“我这不是心疼你受罪嘛。骨头都断了，得多痛啊。”她不能失去妈妈，光想着有可能会孤零零一个人在世上，她就受不了。

“医生不是说了嘛，只要好好休养就会好的。不是特别严重。”李妈妈现在操心的是另一件事，“我这样也不能离人的，可家里还有宝宝呢，这可怎么办？”

“阿姨，你没事吧？我能进去吗？”病房的门敲了一下，是赵磊子。

他今天本来想下午下班就去找李若溪的，但是临时有手术，一进手术室就忙到现在。刚出手术室，一个同事告诉他，他的准岳母出车祸了，他赶紧小跑着就过来了。

“磊子，我没事。”李妈妈一看到赵磊子，又坚定了一件事情，这小伙人真不错，不给她的若溪留着真是太可惜了，她得给他们制造些机会，“若溪呀，现在我也离不了你。可家里的宝宝也离不了我们。这样吧，你回家收拾收拾，把宝宝带过来吧。磊子，你看，能不能向医院要一张宝宝睡的小床，如果方便的话。”嘿嘿，磊子在这家医院上班，她住院怎么也得一月半月的，两个人这不就天天见面了吗？

“当然没问题，我这就去妇产科借去。”赵磊子自然领会到了李妈妈的意图，转身对李若溪说，“若溪，你等会儿我，我去把小床拿过来，然后再和你回去接宝宝。”

“好。辛苦你啦，磊子。”李妈妈笑眯眯的，这年轻人就是上道儿。她喜欢。

“妈妈，这样好吗？”李若溪不是太确定，这里已经有个行动不便的病人了，再加个未满月的婴儿，人家医院愿意吗？

“要不行，多给点儿住院费呗。”李妈妈没实话实说。她认为医院里不少人都知道赵磊子正追着她姑娘呢，哪会为难，肯定会帮忙，“不然我们也不能老麻烦人家张婶，照顾宝宝可不是轻松的活儿。再说了，你也不会照顾宝宝，得我教你呢。就是辛苦我姑娘了。”李妈妈拉着若溪的手说。

“只要你好好的，什么我都不怕。”李若溪失去妈妈的恐惧总算慢慢消退了，凑近搂了搂妈妈，着实感受一下她仍平安健在，感觉真好。

没一会儿，赵磊子居然就真的把妇产科的婴儿小床给弄来了，又陪着李若溪回去收拾了东西抱着小宝宝来医院。赵磊子全程忙前忙后的，李妈妈半躺在病床上，看着两个人围着小宝宝忙碌，像极了甜蜜的一家，于是一句话脱口而出：“要不，你们考虑结婚吧。”

“什么？”正学着给宝宝垫尿布的李若溪没听明白。

旁边帮忙的赵磊子倒是听明白了，“阿姨说，让咱俩去结婚呢。”

“什么？”李若溪哭笑不得，“妈，你就别添乱了。”

4

“我没添乱啊，我是说真的。”李妈妈强调，“你既然决定了要收养这个宝宝，就应该想到宝宝需要一个爸爸，需要一个完整的家庭。”

“就因为这样就要随便结婚吗？”李若溪疑心妈妈是不是脑袋被撞坏了，“妈妈，你真没事吧？头痛吗？”

“你这孩子！”李妈妈“哧”地笑了，“你自己想想吧。就算现在孩子还小不懂事，等稍大一点儿会向你要爸爸的。再说了，孩子可是要上户口的哦，上户口得办出生证明吧？宝宝还没有出生证明呢。”

“什么证明啊？那家医院不是说宝宝是我生的吗？当成我生的就好了嘛。”李若溪一听这证那证的头都大了。这事儿以后再说吧，为这和赵磊子结婚，像话吗？对赵磊子多不公平啊！

“宝宝取好名字没？”从李妈妈的态度看来，赵磊子已经能断定这宝宝八成不是李若溪生的，但李若溪既然已经做了留下孩子的决定，他自然是支持她的。自私一点儿想，宝宝留下才好呢，那些不能接受宝宝的男人，自然不会成为李若溪的选择。他岂不是少了许多对手！真是一举两得！

所以看到李若溪不想再继续李妈妈的话题，他就帮忙打圆场，“若溪，你的名字谁给起的，真好听。是伯母给起的吧？我妈妈说，伯母年轻的时候应该是个读过很多书的大家闺秀呢。”

“磊子，你就是会哄我开心。若溪的名字是我起的。”李妈妈忆起往事，也感慨道，“生若溪之前去了一次若耶溪，回来后就有若溪了。给她起这个名字，是想记住那段短暂美好的时光。”

李妈妈没再说下去，她后来的遭遇，知道的人虽然不多，但也是有的。不管赵磊子知不知道，她已不想去回忆，“不说这些陈年旧事了。那个，磊子呀，我们若溪现在可是有个孩子的妈妈了，你嫌弃的话，就当阿姨病出毛病了，乱说话。别放在心上啊。”

“阿姨，你说啥呢。我自然一千万个愿意呀。可这事我说了不算，得听若溪的。”赵磊子自然逮着机会就表忠心。

妈妈和赵磊子的对话，听得李若溪无所适从，只得把话题扯开，“妈妈，宝宝的屁股底下怎么红了一片？”

“啊？抱过来我看看！是不是起湿疹了？”李妈妈果然中计。

“要不要我去儿科把医生叫过来？”赵磊子赶紧过去看，“我去叫儿科医生来看下是什么情况。”

其实赵磊子明白，若溪不愿意再继续这个话题，即是不愿意与他结婚。他是朝也思暮也想，但想让若溪开心这个想法还是更多一些，如果若溪不是自愿和他在一起，他也不愿意去强迫她。他更怕因为自己强迫了，若溪跑得更远，真走到那一步的话，他就真是悲催了。

5

因为妈妈伤了腿，李若溪每天必须亲自照顾新生儿和母亲，弄得手忙脚乱，一时半会儿也没想起自己现在没手机的事情。赵磊子刚巧遇上几个大手术和研讨会，加上每天一有空儿跑到李妈妈病房里都能见着李若溪，也把买新手机的事儿给忘记了。

而就在这两天，林导演想和李若溪商讨剧本合同等事宜，电话却无论如何也打不通。看在高姐的面儿上给高姐打了电话，高姐又找了苏若明，苏若明打了多次李若溪家的电话无人应答，想亲自来找却工作缠身、分身乏术。或者是李若溪时运未到，这时，萌萌的经纪人带着萌萌找到了林导演。

萌萌事先已经通过经纪人悄悄了解过剧本，清楚这剧本需要的是一个怎样的女主角。她也特意花时间研究了传闻中个性孤僻的林导演的一些导戏风格以及对演员的要求和偏好。就像今天她来见林导演的时候，穿的是特地按照剧本中女主角第一次出场的形象定制的衣服。萌萌较为消瘦，虽然刚生完宝宝肚子还没有完全消下去，但她掩饰得很好。仗着年轻，她的脸上几乎没有化妆，素净的脸上眉目分明，甚至带着点儿病态的苍白。

林导演一看到萌萌便愣了一下，正是剧本中女主角的感觉，不禁佩服她虽然年轻，但是工作态度很专业。

其实事后李若溪想，萌萌能代替她，是手段，是运气，也是实力。对林导演来说，一个连电话都不接、联系不上的新人演员，与一个做足了功课亲自去面试，试演表现优秀，上一部剧又正在热播中，并有了一定知名度的影视新星，孰优孰次，立见分明。按照择优录取、优胜劣汰的原则，在当时的情况下，李若溪被淘汰几乎是必然的事情。

林导演与萌萌拍板签合同的时候，李若溪正因为新生儿起了黄疸而焦头烂额，每天在妈妈和宝宝之间来回奔忙的她迅速消瘦，看得赵磊子心疼不已，“多吃点儿，你太瘦了。”

李妈妈也心痛，直怨自己不争气，想帮忙都帮不上，净拖累女儿。

李若溪大口大口吃着赵磊子送来的营养餐，不忘记安慰妈妈："妈妈，瘦成一道闪电得是多少人的梦想啊。说起这，我还得感谢你和宝宝呢。妈妈，我问你个问题，你知道怎样才能穿衣服好看？我有个窍门，保管你穿着病号服都好看。"

"啥窍门？"李妈妈毕竟也是女人，说起打扮，当然有兴趣。

"这个嘛。首先，你要瘦。其次，你要瘦。最后，你要瘦。然后你就穿什么都好看了。你看，我现在穿什么都好看，就是因为我瘦了。您看，我是不是得感谢您？"李若溪笑嘻嘻地说。

"你这丫头，净糊弄我！"李妈妈笑着，伸手作势要打女儿，到最后手却拍在了被子上，看着女儿都觉得心痛了，她哪里再舍得打她一根手指头。

6

"我哪有糊弄您？"李若溪放下饭碗，一边喝赵磊子给倒好的补汤一边问，"磊子，你说，我是不是瘦了更好看？"李若溪一边问一边给了赵磊子一个"你敢说不好看试试"的眼神。

"都好看，但是太瘦不健康。所以你要多吃点儿。"赵磊子笑了。他喜欢这样的李若溪，瘦小的身体里有着无限的能量，仿佛有着未知的能量来自她的灵魂，让他着迷。

"已经第二碗了，赵磊子。你要记住，你是医生，不是养猪场饲养员。不要搞错了自己的职业哦。"李若溪实在吃不下了，赶紧把话题从瘦和吃扯开，"对了妈妈，昨天宝宝进恒温消毒箱的时候，医生还问我宝宝叫什么名字来着，你到底给宝宝起好名字没有啊？"

"哎呀。对，给宝宝起名字。昨晚我给想了一个，叫李心尚。爱心的心，高尚的尚。希望宝宝有爱心，也有高尚的品格。"李妈妈说。

"李心尚！李若溪，李心尚！这名字好听，又有意义。就这个了。磊子，你觉得怎么样？"李若溪自然是同意的。

“我也觉得这个名字很好，也很有意义。阿姨，这名字起得真好。”赵磊子没忘记拍未来丈母娘的马屁。他当然没意见，而且他还很高兴于李若溪居然会询问他的意见，是不是可以理解为他做孩子的爸爸有望？

“妈妈，我吃饱了，趁着磊子在这儿，我过去看会儿宝宝。嘻，顺便把他的新名字告诉他。”李若溪起身要收拾饭盒，赵磊子顺手接过去自己收拾，两个人都很自然。

李妈妈看着这情形，更觉得如果这是女儿女婿那该有多好。

等李若溪走后，李妈妈对赵磊子招招手，赵磊子走近病床边坐下，李妈妈拉起他的手，微笑着说：“磊子呀，若溪年纪比你小一点儿，人又单纯，她有做不到的，你别放在心上。若溪这孩子吧，从小跟着我，吃了不少苦，可从没有抱怨过一次。可能是因为我的原因，她对婚姻没有什么信心。你能对她有心，阿姨很感激你。你这么好的一个小伙子，如果我们若溪能和你在一起，是她的福气了。”

“阿姨，看你说的。我能把若溪找回家就已经很开心了。现在也挺好的，对我来说，只要能陪在她身边，怎么样都好。”赵磊子说的是心里话。小的时候，他妈妈喜欢给他转学的习惯给他留下的阴影实在太坏了，本来转学生就容易被欺负，被欺负了又转学，恶性循环，他悲惨的童年就是被李若溪给解救的。后来不知道怎的，他从小心里想着她念着她就变成现在这样了。不过挺好，他觉得一心一意爱着一个人的感觉，不错。

“你这么好的小伙子，你喜欢的女孩得多有福气呀。”李妈妈是过来人，自然看得出赵磊子的真诚。只可惜若溪那丫头，依然没有开窍。

7

萌萌成为林导演的新宠，将出演林导演的新剧《我的青春我的梦》的新闻播出的时候，李若溪正小心翼翼抱着结束了体检的李心尚，哼着小曲儿回病房。忙于照顾一老一小两个病人的她已经多日没有接触外界资讯了。

李妈妈原本在房间里是看电视剧的，电视剧完了放广告，她才换的台。

李若溪进门的时候，刚巧换到一个正播放娱乐新闻的频道。荧屏上的萌萌纤瘦苍白，脸很素净，衣服的颜色也很素净。正是因为她的素净，在一干浓妆艳服的男女演员中特别引人注意。媒体还猜测，她这样一个姿色并不出众的新人女演员，是因为什么成为两大导演的心尖儿，猜测有二：一是有背景，二是有实力。但不管有哪一样，她都已经成为了幸运儿。

李若溪呆呆地盯着屏幕上气质独特、大方得体地应对媒体访问的萌萌，好一会儿都没有回过神来。萌萌作为她的好友，来过杨城，住过她们家，吃过李妈妈包的饺子，李妈妈自然也是认得萌萌的。

李妈妈也看到了李若溪的不对劲儿，以为她只是看见昔日同窗好友已熬出头，自己却仍艰难打拼未看到希望，所以才伤感伤怀，于是轻声安慰道："朋友成功了，应该为她高兴。不过也别忙着给她打电话，她现在新认识许多人，可能会很忙。等有空了，再祝贺她。萌萌这孩子，不怕吃苦，肯努力。上天是公平的，我们付出努力总会有回报的，迟早而已。孩子，你别着急。"

"我知道了，妈妈。"良久，李若溪才回答母亲。

是的。这些道理，她知道，她都知道。可是，为什么事情会变成这样？那部戏，明明是她先去试镜，明明是她先得到了林导演的肯定。凭什么萌萌把自己生的宝宝丢给她？她为了找她丢了手机，她为了她的孩子忘记了一切，结果却是她代替了自己得到了好机会！

这时候的李若溪，心里有着千万种念头，她想马上丢下孩子、丢下妈妈，跑到萌萌面前，给她一记响亮的耳光，质问她为何要这样做？她也想去林导演面前重申一下自己的难处，求他给一个机会。她还想有一个时光机器，回到这一切未发生前的时间，让她可以在所有人面前证明是萌萌生下了宝宝而非自己，让她可以抑制住担心不要去找萌萌，只是好好研读剧本待在家里等林导演的电话就可以了，她绝对不会把自己的手机弄丢！

可是，她没机会了。没了！

8

赵磊子原本已经下班回家了，刚上床准备休息，一个同事打电话给他，说家里有事，问能否与他换值班。赵磊子又爬起来回医院。这些日子，他简直已经把医院当成家了。值班不值班无所谓，反正李若溪在医院里，他就喜欢待在医院里。所以到了医院后，赵磊子快速检查了一圈病房，脚步就不由自主地朝李妈妈的病房走来。刚到走廊的转角，赵磊子就看到了坐在角落凳子上独自垂泪的李若溪。

这是赵磊子第一次见到哭泣的李若溪。很小的时候，她是他的女英雄，为了他能独自单挑三个大班男生。再后来，她是他梦中的美少女，是他的方向和动力。然后，就是成年后见她的第一面，一个坚强乐观、努力为自己的梦想打拼的年轻女孩。她就像一束光源，只要看到她，就能感受到温暖与力量。所以，他从没有想过会见到她脆弱哭泣的一幕。

赵磊子有点儿吓住了，他愣了一下，才慢慢地走到李若溪面前蹲下。然后，映入眼帘的是李若溪通红的泪眼，赵磊子能从她的眼睛里读到一种莫名的委屈，他把吊着的心吞回肚子，轻声问："怎么了？"

李若溪看到了赵磊子，想说自己没事，但没说出口，想止住眼泪，却也没止住。

赵磊子伸手拍了拍自己的肩膀，说："来，这儿借你用一用。"

李若溪犹豫了半秒，把脑袋靠了过去，她的泪水很快便打湿了赵磊子的白大褂，凉凉地渗透了他的衬衣，到达了他的皮肤。赵磊子心痛得要命，他知道，这泪水与自己无关，自己也并不能救赎，但这个认知，让他觉得心更痛了。

李若溪这时候已经顾不得想自己用的是谁的肩膀，她只觉得很累，很委屈，那种非眼泪不能发泄的痛苦难以言明，只能放任自己情绪失控。她有点儿想文峰。准确一点儿说，是很想很想他，想知道他独自在异乡是否还是那么不可一世，想知道他是否能够理解自己当初对他的拒绝，想知道如果自己不拒绝他，他是否还会有今天的遭遇。

而在M城某个写字楼的一间办公室里正彻夜加班的文峰，这时候根本无暇想起李若溪，他忙得昏天暗地，根本就不知道自己深爱着的女孩最近发生了可以颠覆人生的大事。

9

晨光照在李若溪瓷白的小脸上，显出一种纯净而柔和的光辉。文峰觉得她的脸简直就像一只刚蒸熟的包子，饱满，光滑，充满着一种特别的香味，于是文峰把脸凑近，想去闻一闻。

但就在他的嘴唇即将靠近的瞬间，温和无害的小包子忽然醒来，漆黑清亮的眼睛闪着防备的小火苗。“你想干吗？别过来！再过来我就喊抓流氓了！”

文峰“哧”的一声笑了：“你没睡醒是吧？看看你这小包子样！再看看我，我这玉树临风的，说我是流氓，谁信哪。”文峰说完，又瞄了一眼抱紧床单坐起来缩成竖毛猫咪的李若溪，一本正经地加了一句，“不过呢，你如果讨好我一下，我是不会喊耍流氓的。你是女孩子嘛，我会顾及你的声誉，你放心。”

“滚！你这个浑蛋！自大狂！神经病！流氓！”

一个枕头迎面而至，文峰轻松闪开。“要扔床单吗？我等着呢。”

“大流氓！”李若溪气极，大喊。

“哈哈哈，李若溪，你知道不，你连骂人的词语都很有限。以你的资质，我真担心你在演艺圈混不上饭吃。”文峰也觉得自己挺肤浅的，怎么会觉得逗她才是人生的乐趣呢，真是太肤浅了。

“你才混不上饭吃！你别忘记了，你现在都混得出国躲着去了！你以为你是什么人物啊！贼！”李若溪哪壶不开提哪壶，盯着文峰的双眼怒火中烧。

“唉，我又没有怎么你，你生什么气呀？”文峰陈述事实，不想跟她说出国的事情。

“你还没有怎么我？你把我的心都拿走了，还一走了之！换谁谁不生气！你给我滚！再不滚我就报警了！”李若溪气得从床上跳了起来，扑过来就要打他。

文峰可不打算让她打，伸出双手想把她抱住好好哄一番，未料李若溪却忽然扑到了他的眼前扭身向门口走去："你不走我走，哼！"

"李若溪！"文峰转身去追，却被地上的枕头绊到了，重心不稳一手肘撞在墙上，痛得他冷汗直冒。

美梦就这么惊醒了，文峰环顾杂乱清冷的四周，回归了现实。

文大少爷从事事有团队运作，自己只需要判断做决定，然后就有人去执行的集团二把手，变成了刚注册的、名不见经传的小影视公司的光杆司令。除了偶尔能使唤一下牛松落，其他的事，大到做决策、定方案，小到煮咖啡、叫外卖，文大少爷都不得不亲力亲为。这种滋味当然不太好受，但他也知道抱怨无济于事，在招聘新员工来为他工作之前，他什么都得自己做。好不容易在梦里见到心爱的女孩儿吧，那个自大的丫头还气他。

想念充斥着大脑，文峰顿时觉得整个办公室都显得面目可憎，实在是坐不住了。也好，应该去看看她了。

文峰的车驶出停车场的时候，刚巧被提着一盒消夜，前来当跑腿小弟的牛松落看到，心说："哎，这是要去哪儿？既然要出门为什么要夺命连环Call地叫我给你买消夜？"

"先生，你到底下不下呀？"一直在等牛松落下车的出租车司机催促道。

"不下了，跟上刚才开过去的那辆车。"牛松落决定去看看，文峰到底是为了什么把他忽悠成送餐小弟后又放了他鸽子。

10

车子七拐八绕，从闹市区开到郊区，从富人区开到平民区，最后在一所不怎么起眼的旧小区外的辅路边上停了下来。

跟在后面的牛松落就奇怪了：文峰的车都熄火很久了，人就是没从车上下来，莫非他发现自己在跟踪他？

牛松落趴在出租车后座上，更加引起了出租车司机的不满，这深更半夜的，自己不会载了个神经病吧：“先生，要不你下车吧。我该下班了。你要是还走，另外打别的车吧。”

“这深更半夜的，哪里还有别的车。”牛松落不想下车，他不想被文峰发现。

“拐到路口就是主路，那边打车方便点儿。如果打不上，也有通宵的公交车，公交车可以直通地铁站。您就先下车吧。我要是回家迟了，跟老婆不好交代呀。”出租车司机实在太想甩开这神经兮兮的货了，干脆演起了苦情戏。

“搞得全世界都有老婆就我没有似的。”牛松落下了车，对于自己被丢在这荒凉的地界十分不安，但与其走一公里去搭公交车，他又觉得上前主动自首投靠文峰比较容易接受。

其实牛松落刚刚从出租车上下来的时候，文峰就已经看到他了。一开始那辆出租车停下时，他以为出租车上的人是李若溪，看到下车的人是牛松落，真是忍不住的失落。这种失落情绪之下，就有点儿恼羞成怒：牛松落脸都贴在车窗上敲了半天，文峰就是不看他。

“爷，我错了。我错了还不行吗？我不该跟踪您！我应该第一时间把消夜送来，第一时间消失，让您独自享用。这还不成吗？给我开开门呗。”

牛松落真是不想求他。可是他观察过四周了，这儿远离大路不好打车，附近别说是酒店了，连旅馆都没一个。这春末夏初更深露重的，他也不能就露宿街头呀！

“消夜。”文峰终于打开了车窗，他饿了。午餐味道还凑合，晚餐干脆没吃，所以梦里的李若溪都成了小包子。

一看文峰态度有所松动，牛松落赶紧把绕了快半个城打包来的杭州小笼包给文峰递了过去：“给您，给您。还温着呢。”

“水云楼的？”文峰又问。

“当然。不是水云楼的能给您吃吗？一般地方做的，可没这个形，没这个味儿，对吧？”牛松落没忘拍马屁，“您是谁呀。我怎么会给您将就呢。我到的时候人都下班了，硬是把老师傅叫回来重新给您做了两笼。那经理还不愿意呢，我就说了，‘我家少爷这钱花得起，只要你做对了味儿’！”

“自己走回去！”文峰关上车窗。

牛松落站在车窗外急得直跳脚，“爷，我又哪儿做错了？这样吧，您只要答应把我带回去，我保证明天睡醒之前不再说一个字，成不？”

其实牛松落也没说错。只是文峰想起了和李若溪吃的那两顿饺子，第一次他没有动，第二次，他下了很大的决心，可仍然没有吃完。而今天，明明晚餐没吃很饿，可他还是不愿意将就食物，非要吃水云楼的十五块钱一个的杭州小笼包，因为他一直都吃习惯了那个味儿。

李若溪拒绝他说配不上他时，有一种他十分不解的高傲。现在他明白那种骄傲来自什么了，来自他配不上她。她可以适应任何生活，而他，连一口食物都不肯将就。

第五章 天涯各自奔

李若溪眨了眨眼睛，觉得湿，伸手去抹，脸上全是泪：她这是什么样的女儿呀，逼着妈妈跟着自己背井离乡。

1

杨城。老树葱郁的老小区里。李若溪家。

赵磊子把背上的李妈妈小心放下，转身扶着让她坐在沙发上，“阿姨，你先坐一会儿，我下去帮若溪拿东西。”

“好，好，你去吧。这楼老，没电梯，阿姨害你受累了。”李妈妈十分过意不去，她住院的这一个多月，赵磊子是真没少为他们娘仨跑上跑下，这出院了，还得累他背着她老太太上上下下。

“阿姨，您可别再跟我客气了。咱不是说好了吗？您把我当干儿子就成。随便使唤，客气就见外了不是？您先歇着，我马上上来。”赵磊子心里还记挂着抱着婴儿还想去拿行李的李若溪呢，说着话人已蹿门外去了。

楼下，李若溪手里挂着大包小包，怀里还抱着个婴儿，正小心翼翼地上楼。她也奇怪了，按理说这小宝宝才十斤不到，手里的行李也就妈妈的几件衣服，奶粉尿布，换作平时，她早健步如飞了。如今她心里就是记挂着包裹里的小肉团儿，就怕自己走得快了跌了撞了有个什么闪失，所以步子就慢了。可走得越慢，就越觉得手里的东西重，越重就越小心，越小心就越累，才上到二楼，已经开始喘粗气了。

赵磊子三步并作两步地跑下来，极小心又很熟练地从她手上接过婴儿和一大兜奶粉尿布：“让你别急着上楼，怎么不听话呢，还拿这么多东西，你真把自己当女超人啊？”

“我这不是不好意思麻烦你嘛！”李若溪半开玩笑半讲真话，“怕你嫌我们麻烦，以后都不来帮忙了，我们孤儿寡母的可怎么办？”李若溪说着，自己忽然觉得好笑，“哧”地笑了。

“还真是。李若溪，你以后可以看着点儿我的脸色了。小心我性子一上来，抛弃你们母子不管了！”赵磊子乐得加深这个关于他能照顾他们母子的话题。

“是，赵大官人，您先请，小女子随后跟上。”李若溪笑道。

“这态度就对了。来吧，跟着大官人上楼，有赏。哈哈哈。”赵磊子也笑了。他满意也满足于现在与李若溪的相处状态，不似恋人，更胜朋友。

两个人说笑着，一前一后走进家门。赵磊子怀里的宝宝大概醒了过来，十分应景地“哇”地大哭起来。

李若溪伸出手去摸了摸小宝宝的小脸蛋，说：“到家了，你哭啥？不愿意回家呀？”

李妈妈坐在沙发上看着这一对十分般配的年轻人，伸出双手说：“抱过来我看看，小宝宝哭要么尿了，要么是饿了。”

赵磊子小心地把小宝宝抱过去，“大概是饿了。阿姨，你先抱着。小心。我去给他冲奶粉。”

“我去。”李若溪说着，人就拿着奶瓶奶粉进厨房了。也许是不好意思事事要赵磊子动手，也许是决心做一个勤快的称职妈妈。

“那我下楼去把轮椅和拐杖都拿上来。”赵磊子可没把自己当外人，“阿姨，俗话说‘伤筋动骨一百天’，往后这两个月您还是得多注意。我会抽空来帮您做复健的，您可别急着往外跑啊。”

“知道，知道。辛苦你了。”李妈妈眉笑眼开，这小伙，心眼儿真好。

2

晚饭过后，赵磊子在厨房里洗碗，李若溪在阳台上晒宝宝的衣服。

“若溪，磊子，你们都过来一下。我有件事想跟你们商量。”李妈妈坐在客厅沙发上，一副有事要宣布的样子。

“什么事呀，妈妈？”李若溪只盼望着别再提让她跟赵磊子在一起的事。

“宝宝现在快两个月了。这事我必须和你们商量。”李妈妈说得很严肃，“若溪，宝宝现在要打防疫针了。要打针就得有防疫本，办防疫本就得先办出生证明。出生证明是要夫妻双方结婚了有准生证才能办理的。可宝宝的妈妈那样的做法，医院方面说我们手续不全不肯给办。宝宝没有出生证明，就不能上户口，没有户口可就是件大事儿了，先别说以后结婚购车购房，就光是打预防针这事儿，就是个大麻烦。不打预防针，幼儿园也不能上。往后上学更是办不成。”李妈妈一边说一边叹息。当初李若溪的父亲一走了之，她没少为李若溪办户口上学的事情四处求人。

“那，那妈妈你说应该怎么办？”李若溪到底年轻，没经历过，现在她也没了主意。

“这事我在医院里给你提过了。”李妈妈说着又看了一眼赵磊子，发现这小伙眼神笃定，神色沉着，明白他大概也在为李若溪考虑这些问题。

“我这么提议，对磊子来说，是有些不公平。可我实在没有更好的办法了。我们这儿地方小，现在知道的人也不多，再过一段时间，就是街坊邻居的闲话，都能把咱娘仨给淹了。就算咱俩顶得住，那咱们可怜的心尚呢？就让他这样一直做个没有户口的孩子吗？到上学的时候怎么办？所以，你和磊子结婚是最好的解决办法。”

李妈妈说着又看赵磊子，“磊子呀，阿姨一直都自私，一直都对不起你呢。这事你要是觉得不行，就当阿姨没说。别往心里去，成吗？”

“阿姨，你说啥呢。我怎么会不乐意。”赵磊子还是看向了李若溪，“可这事，得听若溪的。”

“妈，今天你刚出院，我们都累了。这事我们改天再说行吗？你看磊子今天跑上跑下的，也累坏了，他明天还要给人做手术呢，让他先回去休息吧。”李若溪面对妈妈的殷切和赵磊子的期待，既无法一口拒绝，也无法说服自己就这么答应，只得勉为其难地结束话题。

“那成吧，你们都好好考虑。磊子，你也快回去休息吧。阿姨今天又麻烦你了，谢谢你。”李妈妈了解李若溪一时无法做出决定，也就先随她了。

“那我就先走了。若溪，有什么事记得给我打电话。”赵磊子自然也是识相的。

“一起下楼吧，我正好要去买点儿东西。”李若溪也起身，她觉得这件事情必须先跟赵磊子说明白。

3

杨城的夏夜，凉风习习。李若溪和赵磊子站在小区外的路边说话。

“很抱歉，磊子。”李若溪都不知道用什么话来表达自己的歉意了。事实上，她觉得自己最应该跟赵磊子说的是谢谢。

“不必抱歉。阿姨的忧虑是必须要面对的现实。为了你和孩子的将来，她不得不去考虑这些。”赵磊子当然很希望李若溪能够答应和自己结婚。即使只是为了孩子的户口和自己结婚，他也是愿意的。虽然有遗憾，但他并不觉得不好，他愿意因任何的理由以她的丈夫这个身份生活。

“我知道我已经很自私了，可我不能这样。你应该有更好的婚姻，你值得拥有更好的人。”李若溪说着，忽然也觉得自己无趣，自嘲地笑了，“嗨，看我都说的啥。总之，你别把这事放心上，你就当老太太实在是恨自己的女儿没出嫁乱想好了。那些事情，我会想办法解决的。”

“好。我听你的。”赵磊子知道李若溪不想再说下去了。

以李若溪现在的心情，他也实在不想强迫她接受自己，他不舍得看她难受：“快回去吧！好好跟阿姨谈谈，她现在行动不便，身边没人不行。你有什么事，买什么东西，给我打个电话就好。”

“好，你开车慢点儿。医院忙的话就别过来了，我能搞定。”李若溪说。

“嗨，咱俩这像不像夫妻俩依依惜别互相关心呢？”赵磊子打开车门进去前没忘记开个玩笑。

“去。”李若溪拍了一把车门，那神情似生气似娇嗔，在夜光下有说不出的动人，赵磊子的心一下又软成水了，他怎么能不爱她呢，这样一个动人的姑娘。

李若溪回到家，妈妈房间的灯还亮着，她快速钻进卫生间冲了个澡，就抱着自己的枕头进去了，“妈妈，今天我们一起睡吧？”

李妈妈正半坐在床上看书，看到女儿湿着头发进来，放下书招招手，“快去把头发吹干再进来。头发湿着睡觉以后会头痛的。”看着女儿出去又吩咐道，“关上门，吹风机声音大，别把宝宝吵醒了。”

李若溪出去吹头发后，李妈妈看着婴儿床上熟睡的宝宝发愁：这可如何是好？李若溪就是个大孩子，以后要怎么抚养这个小宝宝呢？

"妈妈！"李若溪上床把妈妈搂住，"你腿好了之后，跟我一起去龙城吧。"

"什么？"李妈妈吓着了，不敢相信李若溪竟然有这样的想法，"孩子，你说你想要我做什么？"

"我说，等你的腿好了之后，我们一起去龙城。好不好？"李若溪看着妈妈一副不敢置信的样子，继续解释道，"你不是担心继续住这里，久了街坊邻居会说宝宝的闲话吗？我们搬到龙城后，认识我们的人少了，自然也就没人说闲话了。再说了，和你分开我也不放心。"

"这么说，你是不答应跟磊子结婚了？那宝宝的户口怎么办？"李妈妈十分惋惜。

4

"妈妈，磊子这么好的人，咱也不能就把孩子丢给人家不是？你想想磊子要是真跟我结婚了，那别人得怎么说他呀。明明知道这孩子不是他的，他还得养。这些天在医院，他为我们跑上跑下的，到处都是他的熟人，肯定也有说不好听的。我们就算再想给心尚上户口，也不能拖累磊子不是？"李若溪耐心地说服妈妈，"心尚的亲生妈妈，是我认识的人。"

"呀！那是谁？找她去！"李妈妈要不是腿还不方便，就跳起来了，"凭什么？她凭什么自己生了孩子不养丢给别人？明明是她做错了事，却要你来承担后果！"

"妈妈！你冷静一点儿听我说。"李若溪本不想告诉妈妈，但为了打消妈妈让她马上和赵磊子结婚给宝宝上户口的念头，也就只有这个办法了，"妈妈，我不能告诉你她是谁。但是我向你保证，她只是现在一时想不通。总有一天，她会后悔的，会回到宝宝身边的。但是我们不能着急，以免节外生枝。"

“那，那就听你的吧。”李妈妈这会儿也没主意了，敢情她们要收养这个宝宝还不是那么容易的事情呢，回头想想，要避免邻居们闲话，也就只能搬家了。可是，搬到龙城那么远的地方去，在那里又没有房子，李若溪的收入又不稳定，光凭她这点儿退休金，能行吗？

“妈妈，别担心，一切都会好的。咱们有手有脚，还能饿着冻着吗？”李若溪安慰着母亲，但是自己心里也没底。

“若溪呀，可妈妈还是希望你能在杨城找份稳妥的工作，和赵磊子这样踏实的人结婚，安稳地过日子。别人说闲话就由他们说去，咱管不了别人的嘴。他们说累了，自然就不说了。妈妈别的愿望没有，就希望你有人疼有人爱，日子安安稳稳就成。”

李妈妈说得自然，李若溪听得心里一阵酸，“妈妈。”

“去就去吧！我女儿有大梦想，妈妈怎么能不支持你呢？既然要走，就走干脆。咱把这房子卖了，到龙城再买一个小点儿的，有个窝够咱娘仨儿住就成。”李妈妈也没想到自己这么快就做了这样大的决定。杨城可是生她养她的地方，城市虽小，可她即使闹出私奔与父母反目这样的事也没想过离开。现在却为了女儿，决心要离开了。这么想，李妈妈心里难免悲戚，一夜难眠。

李若溪因为要起来给宝宝冲牛奶，自然也没有睡好，天亮才睡熟。醒的时候，听到妈妈在客厅小声地与人讲电话：“是呀，我也不舍得。可我就这么一个女儿，跟着她，我也就跟着家了。对对对，三房，在江边，地段是好的，就是房子旧了一点儿。价格你看合理就好，我知道你的为人。”

李若溪眨了眨眼睛，觉得湿，伸手去抹，脸上全是泪：她这是什么样的女儿呀，逼着妈妈跟着自己背井离乡。

5

杂乱无章的办公室里，几乎一夜未眠的文峰正坐在办公桌前闭目养神。他的下巴上长了隐约的青胡楂，领带松开了，人看起来有点儿颓废，但因为他的五官很好看，在晨光中竟然有杂志模特的镜头感。

乔姿拼命地忍耐了一段时间，最终还是没忍住来找文峰，看着这样颓废却帅气迷人不减的文峰，心里又是心疼又是愤慨：心疼自己所爱的男人沦落至此，愤慨他宁愿沦落至此，也不愿意与她在一起。

“谁？”文峰忽然睁开双眼，黑眸投来的冷光让乔姿不由自主地打了个寒战。

“是我，乔姿。”乔姿答着，扭着身躯走近。她的身材非常好，有着专业模特儿的黄金比例，可为什么她就是没能从文峰的眼睛里看到过欣赏呢?

“什么事？”文峰的语气比目光更冷，那种寒意让乔姿觉得自己今天穿得过少了。

“我来投资你的公司。”乔姿本不想低声下气，却无法趾高气扬，“我只管出资，其他管理我都不插手，赔钱算我的，赚钱分成。”

“哈，这么好？那我要付出什么？”文峰冷冷地盯着乔姿的脸，“我现在没钱也没名，如果你想要我的人的话，大概也行不通。因为我最近有一个新发现，就是我的体质对你过敏。乔小姐，非常抱歉。您请回吧。”

“文峰！”乔姿气得大叫，但到底忍住了稍冷静下来，“你何必为了自尊心这么做？我只是想帮助你。以你的能力，肯定会成功的。就算你不喜欢我，也不必如此拒人于千里吧？”

“我也很想，但我有洁癖。”文峰心情不爽，嘴有多毒就说多毒，“特别是对你这样的女人，特别不能忍受。如果你想对我好一点儿，那就转身出门向右，电梯就在那儿。”

“文峰！”乔姿崩溃地大叫，“你别欺人太甚！”

“我怎么觉得找上门来欺负别人的是你呢？”文峰起身，整了整面前的文件转身离开，“恕我失陪。走的时候记得关门关灯，小本经营，我可招不起小偷。”

“文峰！”乔姿几近尖叫。

“哦，对了。”文峰回过头去，“以后请乔小姐不要再直呼我的名字了，因为我听着不舒服。请叫我文先生。谢谢。”文峰说完，头也不回地走了。

乔婺瞬间崩溃，蹲在地上大哭起来。

等在楼下车里的文杰看到文峰一个人下楼了，赶紧给乔婺打电话，那边死活不接。文杰叹息一声，只得上楼去，电梯门才开就听到乔婺的号哭声。幸亏这是周末的早晨，不是上班时间，否则免不了又是一通围观，文杰不禁感叹：乔婺美是美，但智商是硬伤啊。

可他偏偏还得硬着头皮上前扮演安慰恋人的好男友角色，这样下去，他是不是可以去角逐“影帝”什么的呀：“乖，别哭了。我在这儿呢。”

6

“滚！”乔婺大声地吼文杰，却无法抗拒文杰向她敞开的怀抱。

“乖，别哭了，脸哭花了就不好看了。上次咱们不是说好了吗？我投资了一部新剧，导演、制片、编剧都是圈里一流的，这次一定让你红透半边天，说不定今年的‘视后’也能拿下来。”文杰讨好地哄着怀里的软玉温香，有些心猿意马，但好歹保持了克制。

乔老头虽然同意了他与乔婺的婚事，但那个心机深沉的老头总是一副不待见他的冷脸。妈妈让他现在必须表现出真正爱乔婺的样子。可什么是真正的爱，他不知道啊，这亲也定了，剩下的就只有唯乔婺是天了。他一个大男人为了一个女人都迁就成这样了，还不是真爱吗？

“你又不是观众！你怎么能保证我一定红？”乔婺很清楚文杰不是自己喜欢的男人。她讨厌他的油嘴滑舌和故意讨好，甚至觉得在这背后可能藏着一把要刺她的刀。可是，每次在她快要溺死在文峰造成的漩涡里的时候，文杰总是适时地成为那一根救命的浮木。不是她的游艇，不是她的安全岛，却是她的救命草。她嫌弃他，却又不得不依赖他。

“哎哟，我的心肝儿，现在的观众还不好哄吗？你放心，这事我一定给你操作好。等你红透了，就有人来求你了。”文杰继续夸口，他现在是有这个资本的，整个天文化集团都在他手里了，他还怕捧不红个乔姿？

“你对我这么好，是因为要利用我，对吧？”乔姿忽然说出这么一句话。

文杰听了，吓得心肝都要跳出来了，“宝贝！你在说什么话！”

“你就承认吧，是还不是？”乔姿想起爸爸曾不止一次地提起过，文杰虽然已经与她订婚，但绝非良人，有机会还是分手的好。乔姿对于父亲除了尊敬就是害怕，因为她的父亲爱她没错，但从来都有原则，说一不二。她再骄横，父亲的意见她还是听的。

“天地良心哪！姿姿，你怎么能这么想我。我的心都碎成渣儿了！你也不出去问问，我一向就是个只知道吃喝玩乐的二世祖，别说现在天文化集团可以由我继承，就在我不是老爷子定的继承人的时候，我也不会为了钱去爱一个女人！”文杰十分痛心地给乔姿分析着，心想，以乔姿的智商，不可能会想到这一层吧？

“我爸说，你和我在一起必定是为了利用。很有可能是天文化集团内部出现了问题。你老实告诉我，是不是？真的吗？天文化集团出问题了？”乔姿没绕那么多，直接就问了。

“我理解伯父的想法。他就你这么一个宝贝女儿，当然什么都得为你考虑周到。再说了，我长得也一般，配你是有点儿像野兽配美女。”文杰一边贬低自己，一边使劲儿拍乔姿父女俩的马屁，“我将来要是有了一个像你这么漂亮的女儿，我可能比伯父说的还难听呢。谁敢来和我抢女儿，我说不定会拿刀和他拼命。可是姿姿，你也不能因为这个质疑我呀，我这对你一心一意的，都不像我自己了。我天天在后悔怎么没早一点儿遇见你，你却这样想我，你是想让我心痛至死吗？”文杰一边说一边盯着乔姿的神色看，心里在咒骂那个精明过头的乔老头，难怪妈妈说乔老头不好对付，还真会给他使绊子。

7

“谢谢你呀，磊子。”锦城三号小区某幢楼下，李若溪再次向赵磊子道谢。

近两个月来，她的生活奔波而动荡，妈妈卖掉了老家的房子，然后，她开始在龙城买房子，要考虑到孩子将来上学，还要考虑李妈妈能适应的环境，还有周边是否方便出行，更重要的是资金一直很紧张。

最后还是赵磊子帮忙找到了合适的房子，虽然是二手房，但原来的房主装修好后就没住过，价钱也合适，买下来后就是匆忙搬家了。因为路途遥远，所以李若溪建议能不要的都不要，于是李妈妈又是一通纠结，最后，还是赵磊子又帮忙找了一辆小货车，把行李和杂物都搬来了。

赵磊子最初得知她们要搬家后很惊愕，也很伤感，但还是帮着她们忙前忙后。现在他变得沉默了许多，和李若溪说话聊天，也没之前开玩笑的劲儿了。李若溪知道，赵磊子大概以为她是为了逃避与自己结婚才搬家的，其实她也无法否认这是她决定带母亲离开的原因之一。

“不要和我这样客气，若溪。”赵磊子语速比平时稍慢，他内心好似有千言万语，但此时却无法说出口。他甚至开始责怪自己，是否因为以前表达得太多，所以李若溪才这样急着逃跑。

“好吧。”李若溪也不知道再说些什么好，因为赵磊子付出得太多，而她无法做出任何回报，所以，她渐渐觉得尴尬。

“那我走了，回去睡觉吧。有什么事记得给我打电话。”赵磊子其实还想说一句什么，但到底什么也没有说。

赵磊子走后，李若溪没有上楼，而是在小区路灯下的椅子上坐了下来。

晚上九点多的夏夜，小区里散步的人三三两两地经过。李若溪闭上眼睛，感受着新的家园里的晚风，远处有小狗的叫声，仔细听，还有虫鸣与蛙声。她会好好开始她的新生活，一定会。

“若溪，你怎么自己在这儿？”

思琪的突然出现吓了若溪一大跳：“思琪，你怎么来了？”

“我不能来呀？我一下飞机就给你打电话，你说你和阿姨都搬来龙城了，我当然得来看看。”

思琪大晚上还戴着墨镜，李若溪拉她坐下，伸手把她的墨镜拿了下来，“大晚上戴这个，你不难受啊。”

“我难受。”思琪叹了一口气，“可就是，害怕。”

“来，抱抱。”李若溪伸手给了思琪一个拥抱，“欢迎你回来。”

“若溪，全世界只有你欢迎我。”思琪用力回抱若溪。

“谁说的？至少还有两个人！”若溪说。

“两个人？谁？”思琪不解。

8

“我妈和我儿子！”李若溪并不打算把孩子的事情瞒着全世界，既然做了决定，那么，她有一个儿子这件事情，就是她必须要面对的生活。

“你儿子？”思琪一愣，“你什么时候有了儿子？你结婚了？跟谁？”

“走吧，上楼再告诉你。”李若溪站起来，帮思琪拿起她带着的大小包，“这是什么，大包小包的。”

“放心，这都不是给你的，是给阿姨的。”思琪笑嘻嘻的，“今晚分我一半床吧。明天让阿姨给我包饺子吃吧？”

“你个吃货。终于承认了吧？你根本不是来看我的，是因为想着吃我妈做的饭才来的吧？”

“何必揭穿呢？我当然是来看你的呀。真的，没骗你。”思琪哈哈地笑，在见到李若溪的这一刻，她总算有点儿开怀了。回来这几天，她打出了无数个电话，但是除了有色心的男人，无人理会她想要工作的想法。她还能再开始吗？在这个任何人提起她只会想到色情的世界？她就快绝望了。

“好吧。看在你亲自来找我的分儿上，分你一半床。”李若溪也很开心。刚搬到新家，就有朋友来访，妈妈一定也很开心。

半夜，思琪一直不睡，缠着李若溪要她交代宝宝的父亲是谁，“说，是不是文老师的？我听说他出国了。你们睡了之后就分手了？”

“不是，真不是。”李若溪再次无力地否认，“但我不能说是谁的。真的，别问。我不能说。”萌萌虽然并没有说过不能告诉任何人。但李若溪知道，越少人知道，对萌萌就越有利。萌萌竟然为了演戏舍得抛弃亲生的孩子，肯定很痛苦。而如果因为她走漏了什么而粉碎了萌萌的梦，那样的事情，她做不出来。

“真不说？”思琪伸手挠李若溪，“不说我来绝招了啊！”

“呀！呀哈哈，别。思琪，别呀。我真不能说。”李若溪挣扎着，笑痛了肚子都不肯说。

思琪只好放过她：“好吧！放过你，但你不能阻止我乱猜呀。”

“乱猜可以，但不能乱说。”李若溪说。

“我就乱说！呀呀呀，大消息，大消息，李若溪生孩子啦！”思琪假装大叫，李若溪赶紧去捂她的嘴，两个人又闹开了。

隔壁的李妈妈听着她们的声音，本想去阻止，但看看旁边婴儿床上熟睡的宝宝，微笑着继续看书，似乎很久都没听到若溪这么开怀地笑过了。

9

这繁华都市的另一间卧室里，一个女人正缩在华丽的锦缎里悲伤地哭泣。

哭泣声渐渐悲怆，萌萌终于从梦中惊醒。她缓慢地伸出纤瘦的手打开灯，然后伸手抹了抹脸上的泪水，眼睛里的惊慌与伤痛却无法抹掉。她已经很久没有安心睡过了，在梦里，哭泣与惊醒已经成为常态。

萌萌呆呆地坐了一会儿，看了一眼时间，又伸手拿起桌子上的安眠药吞了一片。还有三个小时，她就该起床化装开工了。她需要睡眠来保持体力，为了睡着，她不得不依赖安眠药。她现在不怕自己起不来，因为到了时间，会有助理来喊她起床，帮她打理一切。她只需要全身心地去应付导演和剧本就可以了。但她总觉得自己某个地方已经伤痕累累，如果不是有今天这些名利与地位撑着，她都不知道自己何时会倒下。但不管如何，她肯定不会让自己倒下的，为了今天，她放弃了太多。萌萌怀着这样的念头，再次回到了悲伤的梦乡。

某剧组。李若溪穿着一身民国时期丫头的衣服，正在烈日下跪着。

男女主角在离她不远的地方正演着为被罚跪的丫头打抱不平的戏。但那几个人都不怎么在状态，频繁NG（没通过）。于是李若溪就苦了，在这石子路上跪着，时间长了，膝盖上包的那点儿棉花根本就不起什么作用，她只觉得自己的两条小腿都快失去知觉了，麻得厉害。

这个角色是个有几句台词就被人推水池里淹死的丫环。按理说，像李若溪这样演过像《深夏之吻》那样红火的偶像戏的配角，大可不必来演这样的小龙套。但李若溪现在比以前更拼命了。因为她觉得自己现在需要养活一家老小，责任重大，矫情不起来了。

但好不容易抽出空来探班的苏若明就难受了，“这都跪多久了？会不会演啊，不会早说呀。李若溪，你个傻冒，就不会起来活动活动呀，这么热的天。什么破剧本啊，非要让人跪在石子路上，什么破编剧，是变态吧？”苏若明现在心里对李若溪是有很大意见的，他觉得她变得神秘了。

自从上次她回老家又丢了手机后，回龙城了也没第一时间通知他。

若溪搬家了也不告诉他搬哪儿去了，问了好几次，都不太乐意告诉新家的地址。可是他又不敢对她硬来，苏若明现在觉得自己很窝囊，浑身的力气就是没地方使。想帮李若溪的念头一会儿冒出一堆，可就是没地儿履行，把他郁闷得直打转 。

好不容易等到导演终于喊过了。苏若明第一时间冲过去扶李若溪，“起不来了吧？你有毛病啊，这样的戏你也接。跪着当了几个小时背景板，你就不怕你的腿废了？”

“你别说，还真废了。”李若溪两手紧紧抓住苏若明的胳膊，用以支撑自己的身体，她的两条腿真的麻木了，苏若明要不让她扶着，她一准摔地上。

10

“废了活该！”苏若明干脆弯腰一把把李若溪抱了起来，快步走向旁边的树荫下，完全没有注意到，远处有记者正在对着他不断地按快门。

苏若明其实也没有完全适应自己现在的身份。自从他不跑龙套而转战模特圈之后，他的工作多了起来。事实上这也表明他红了。但他总是觉得那几本杂志说他是眼下最有潜力的男模这些话是乱说的，所以他没有被偷拍的感觉。自从李若溪回到龙城后，他想不通她为什么不肯透露新家在哪儿，也不能确定李若溪是不是知道文峰已经回国了。

所以，第二天，当一个摄影师神秘兮兮地过来问跟他传出绯闻的女孩是谁时，他愣了好一会儿才反应过来，直接把摄影师的手机抢过来看。当苏若明看到那些照片上自己深情地抱着娇小可爱、穿着土里土气、不伦不类的丫头服装的李若溪时，简直想第一时间去给那个偷拍的记者点个赞！真是太会拍了，他自己都不知道，当时他气呼呼地正生气李若溪去拍虐待自己的戏，他抱着双腿麻木的李若溪去休息的过程会这么深情！这么完美！

然后苏若明的第二反应就是马上掏出自己的手机找到那个网页，把所有的图片都下载到手机里。再然后，他才想起了回应正满脸期待地等他爆料的摄影师。“说说呗。下一辑照片主题就叫恋爱中的男人怎么样？你现在正合适。”

“好啊。”苏若明完全不打算否认这愉快的绯闻，“什么时候拍？”到时候他要不要带着李若溪一起来拍？

“哇！这么说是真的？那个幸运的女孩是谁？”不知道是不是最近都在流行男女不分，这个摄影师也娘里娘气地八卦。

“是个美好的女孩。”苏若明心情不错，“不过我不打算把她介绍给你。今天还拍吗？不拍我先走了。”

“拍呀，当然拍呀。”摄影师赶紧叫开工，苏若明要是走了可就糟糕了。现在他红了，约他档期可没以前容易了。

状态超好的苏若明结束了工作后马上去找李若溪。其实工作一结束他就给她打电话了，问她看到了他们的绯闻没，李若溪说了句“没看”就挂断了他的电话，他再打，没人接了。他知道，她肯定又在干活了。但苏若明实在需要李若溪和他分享一下这段绯闻的感受，所以他哼着小曲儿又跑到了李若溪所在的剧组。

李若溪今天是挨打受骂的戏，苏若明到的时候，她正被淋了一手热茶。苏若明看得心脏那个抽抽，恨不得去把她抓回家给锁住不再放出来。

“呀，那不是模特苏炫吗？”不远处几个闲着的小群演悄悄讨论。

“真的很帅耶。”

“比杂志上还要好看。皮肤也很好啊，那些照片原来都没有PS（修图）呀。”

苏若明心思全在李若溪身上，没听到有人在赞美自己，红得太快的他，还未来得及适应自己的新身份。

第六章

爱若是病无法痊愈

他每天能和她见面，与她吵着嘴打情骂俏。如果爱李若溪是病，他是不打算痊愈了。即使是癌症，也不愿意。

1

“李若溪。”苏若明叫李若溪名字的时候充满了无奈。他今天因为有了与李若溪的绯闻兴奋了一整天，跑来找李若溪又看着她的受虐戏受虐了两三个小时。

可李若溪在看了这条他认为很重要的新闻后，只说了一句：“我看了后面的评论，除了说我配不上你之外，对你没有什么坏的影响。没事，现在的粉丝会很快忘记这事的。以后你别再来找我就成。你现在红了，到处都有记者跟着，得小心点儿，老有绯闻对你不好。”李若溪这种仿佛事不关己高高挂起的态度，让苏若明觉得非常郁闷，甚至非常受伤：她怎么可以完全不在乎这则新闻？这是说他和她是恋人的新闻！她竟然连否认的兴趣都没有！更别说会有像他一样想承认的欣喜了！

“干吗？”李若溪在收拾东西，她该回家了，“你快走吧。这会儿说不定还有记者在拍呢。你刚红就传出这些绯闻不太好。我自己回家，不用你送。”

“你有什么事瞒着我，对吧？”苏若明很想问她是否已经与回国的文峰联系上了。不久之前文峰来找过他一次，问他李若溪是否已经搬家，他拒绝给文峰答案。别说他不知道李若溪的新家在哪儿，就是知道，他也不会说。但是，他总觉得文峰那人腹黑又阴险，肯定会用一些他不知道的手段联系到李若溪。

“苏若明。”李若溪也很无奈。自从她回到龙城后，疲于奔命的工作之余，最大的烦恼几乎就是苏若明非要知道她家的地址了。为了妈妈和宝宝能有安静的生活，她真的不想告诉太多的人。但苏若明的锲而不舍让她难以应付。

“不能告诉我？”苏若明继续可怜攻势，“咱俩虽然不是穿同一条裤子走过来的苦难兄弟，可怎么也算是一起吃过苦、吃过饭不是？我不就是想送你回家吗？这都不行？”

“好吧。”李若溪觉得自己就快被苏若明烦死了。

但当苏若明听李若溪说之所以不想让他知道住址是因为妈妈和孩子时，苏若明整个人都呆住了。李若溪看着他的样子，庆幸他们是回到小区后才找地方说话，如果让他一边开车一边说的话，还不知道出什么事呢。

“我就说了吧。这事，你不知道更好。”李若溪低声喃喃。

好半晌，苏若明才一脸严肃地问道：“孩子的亲生妈妈是谁？”苏若明渐渐拼凑起来一些关于怀孕的蛛丝马迹，而如果一切如他所猜测的那样，他简直不能相信世界上居然有这样阴险又恶毒的女人，也不能接受李若溪居然如此安之若素地做一个超级冤大头！

“不能问，更不能说。”李若溪强调，“刚才你答应过的。要知道真相，就不能去包容任何人和任何事。”

2

“李若溪，你觉得你自己是圣母，对吧？”苏若明太气愤了，完全都没注意自己的话里已经带了刺。

“我不是。”李若溪深吸一口气，“如果你要这样认为，我也无法改变你的想法。”

“这不是想法的问题！”苏若明为这个愚蠢的女人不平地低吼起来，“你知道为此你要付出什么吗？你知道你为此会失去什么东西吗？她何德何能，要你背这样的黑锅？”

“我知道，我已经失去了。”李若溪不会忘记得知萌萌取代自己时的心情，她不可能忘记，“但那不是黑锅，那是一个活生生的孩子。现在他是我的孩子了。”

“下车！”苏若明吼道，他已经气得七窍生烟，不想跟李若溪讲话。

李若溪还想说什么，但还是默默打开车门下车了。苏若明发动车子狠踩油门离开，李若溪看着那辆轰然而去的小破车，虽然有点儿郁闷，但到底明白了苏若明为何如此气愤，更多的应该是为她鸣不平吧。李若溪在原地站了一会儿，才慢慢地走回家。现在她有母亲和孩子需要照顾，其他的都只能强行忽略了。

苏若明气得整夜无眠。天快亮的时候，他把文峰的小公司的地址发给了李若溪。发完之后，他马上就后悔了。但是已经发送成功，无法撤销。

李若溪清早起床给宝宝喂牛奶的时候给他打电话，“你昨晚发来的短信是什么意思？试镜地址吗？”

苏若明气结，甩了一句就挂断了电话，“自己去看不就知道了！”

决心不放过每一个工作机会的李若溪是多么单纯，真的就自己去看了。

文峰还是没有开始请员工。这两个多月失去了李若溪的消息后，他开始超级自残：比如说，忍着不用以前调查别人的方法去调查李若溪的去向。又决定仍然不请员工，公司的事从买电脑和打印机、搬水桶、叫外卖到整理客户资料、写策划方案统统自己来。他承认自己有点儿自虐，但冥冥中总有一种感觉，虽然他没有李若溪的消息，却觉得自己离她近了。这种感觉让他觉得可笑又可怕，他到底得为李若溪陷入多深才算彻底？他一定是病了，而且病得还不轻。

因为今天来迟了，送货人员把东西都堆在了走廊里，一箱一箱的，就快堵到电梯了。文峰只好一箱又一箱地往屋里搬。虽然只是几台电脑和一些办公用品，但也够他折腾的了。贵公子忽然成为搬运工，不是那么容易适应的。没搬一半，文峰就已经浑身是汗，在心里直冒三字经，可是这会儿已经陆续有上班的人从电梯里出来了。文峰一边暗骂自己为什么要这么贱自己做，一边顾忌着别人是否会认出自己，一边又后悔着为什么不找一间会占据整层楼的办公室，这样就不会有同层楼的其他公司，也就不会有人看到他这么狼狈地在搬箱子了。

李若溪站在电梯门口，一眼就认出了这个其他人都没有认出来的男人。

3

其实如果这会儿不是上班的繁忙时间，大家都匆忙地赶着打卡，女孩子们应该还是会注意到文峰的。虽然弯腰搬箱子没什么形象，但到底脸是帅的呀。

文峰租了这个办公室后，就一直很神秘，周围早有小道消息传说他是个大帅哥。但因为这家伙忙乱得可怕，而且从不正常上班，所以，真正见过他的人其实不多。

李若溪是按着地址来找人的，电梯门一打开，就正好看到文峰扛着一箱文件夹进门去了。再说了，她想不认得这个像花又像刺一样长在了她心里的男人，那也真是太难了。

李若溪在自己过去二十二年的生命里，一直最坚信的一件事情就是：自己有可能会为了很多的事情哭泣，比如工作、梦想、妈妈、朋友。但是，一定不会为了某一个男人而哭泣。因为那太不值得了。她小时候半夜里看到妈妈哭过那么多次，最终那个妈妈为之哭泣的男人仍然没有回来。所以在李若溪的思想里，任何为男人流的眼泪都是不值得的，都是不必的。

但是，眼前的这个男人，在得知他出国远走他乡之后，她哭过一夜。虽然她并不想承认，但她无法控制自己的眼泪。

此刻，他的领带已经不知道扔哪儿去了，黑色的衬衣上沾了灰，甚至看得见被汗水湿透的痕迹。在这人来人往的走廊里，像一个普通的小白领一样自己搬东西。甚至连小白领都不如，不过是个穿着名贵衬衣的搬运工。而衬衣沾了灰，湿了汗，再名贵又能名贵到哪里去，一样皱巴巴地衬不出他原本是一个多么出色的男人。

文峰再次出来搬东西的时候，李若溪下意识地捂住自己的脸，两条腿也下意识地往电梯里退。她只是本能地觉得，如果文峰看到她流泪的样子一定会觉得受伤。但她后退的时候撞到了别人，慌忙道歉。于是，无可避免地引起了文峰的注意。

李若溪一边道歉一边帮人捡起被自己撞落掉到地上的手袋，即使没有抬头正面看向文峰，就已经感觉到了文峰像火焰又像冰屑、像刀像剑又像丝像胶一般黏牢了自己的眼神。

应该怎么跟他打招呼呢？招招手微笑一个，说“嗨，真巧，怎么在这里遇见你”，或者，继续跑进电梯假装没看见？

都不好，全不好，就没有好的。李若溪不但觉得没有好的应对方法，还觉得自己全身都不好了。

被李若溪撞到的人匆忙走后，李若溪像一个再无依靠的孩子，转身痴痴地看着凝望着自己的文峰。

4

“过来。”终于，文峰伸出一只手，向李若溪勾了勾手指。

李若溪这时候觉得自己就是个线控人，被文峰控制着。他勾勾手指叫她过去，她就真的过去了。

李若溪走近后，文峰盯着李若溪惊慌不定的眼睛看了一秒，伸出了手指，抹掉了半滴还留在她眼角的泪。然后，指了指还堆放在门口的几个纸箱，“把这些给我搬进来。”

文峰吩咐完，转身就走进门里去了。

李若溪松了一口气，然后听话地开始搬箱子！

李若溪在把第二个箱子搬进去的时候，才完全反应过来！他凭什么像使唤丫头一样使唤她呀！她环视着这间虽然不小但是杂乱无章的办公室，然后朝挂着“总经理”牌子的那间房门走了进去，“喂，你干吗叫我搬东……”

李若溪的这个“西”字没能说完，就被文峰贴上来压在了门边的墙上。文峰是用整个身体完全地把李若溪压制在墙壁与自己之间的，这种能够完全控制她的感觉令他的怒火稍稍平息了一点儿。而他身上淡淡的香水味、烟草味，与属于他的汗的味道在瞬间再次攻陷了李若溪的理智。

李若溪没有挣扎，这让文峰的怒火瞬间转为了好奇。他看着她的眼睛，那双眼睛已经在他的梦里出现了太多次，虽然不算大不算最美，却令他朝思暮想。此刻两个人就近在咫尺，他穿着薄薄的衬衣与裤子，她玲珑有致的身体安静地待在他的怀里。

文峰那点儿因为自尊而起的怒火忽然就烟消云散了，取而代之的是一种他还未曾感受过的柔情似水，似是情欲，但又不全是情欲。他想吻她，也想一直这样抱着她，多么希望时间能够永恒。

“喂！你想干吗？”李若溪开始挣扎。但她一挣扎，文峰可就不好受了。

“我不得不提醒你，你再这么动下去，我可不敢担保我不会做什么。”文峰没有放开压制她身体的力量。

虽然她的挣扎让他有点儿难以克制，但他竟然觉得很享受。“今天完全是你自己送上门的。就算发生了什么事，我肯定不用负全部的责任。而且，你有自动送上门的前科。”

5

文峰有些压抑的语气，让李若溪错以为文峰仍在失去贵公子自尊的愤怒中。但他话里所提到的前科，又让她有点儿无地自容：这个小气的男人！那点儿小破事儿就不能不再提起吗？羞愤之下，李若溪抬起了自己的脚，打算给他来个狠的。

可就在她抬脚的瞬间，文峰忽然放开她，快速地退到了安全距离外，“去把外面的箱子都搬进来，我就原谅你。”

“什么？我为什么需要你的原谅？”李若溪这会儿可不笨了。

“因为你来我的办公室公然勾引我。”文峰一本正经地大言不惭。

“什么？我！勾引你？”李若溪声音都高了。

“你可以再大声一点儿，最好隔壁公司的、对面公司的全都听到，来为我做证才好呢。”文峰的心情大好指数正在无理由向上加速中。

“他们不会相信你的。”李若溪咬牙。

“是吗？”文峰后退两步，摆了个帅气的姿势用手摸了摸下巴，继续一本正经地反问，“我怎么觉得他们一定会相信我呢？”

他还是美男一枚没错！刚才电梯里有很多小白领都是年轻女孩也没错！现

在的女孩都喜欢美男没错！文峰会有很多死忠粉丝也没错！那些死忠粉丝会相信她自动送上门去勾引他也不会有错！

被现实狠狠教训过的李若溪没有意气用事，她在搬着箱子的时候，一边诅咒着文峰，一边给自己找这么听话做苦力的理由。然后她开始唾弃自己曾经一再为之动心的他的那些表白：什么喜欢她，什么在一起，全都是骗人的！这世界上有哪个男人会让自己喜欢的女人去搬箱子的？

李若溪想着，恶狠狠地把最后一箱东西放在了桌子上。然后，在她还没有反应过来的时候，一直坐在会议桌上虎视眈眈当“监工”的文峰忽然说：“李若溪，我们在一起吧。”

“嗯？”李若溪还沉浸在被逼当劳工的愤怒里呢，文峰来了这么一句，于是她再次被这个不按牌理出牌的男人整蒙了，“你说什么？”

“我说，李若溪，我喜欢你。我们在一起吧。”文峰从桌子上跳下来，慢慢走近她。

窗外明亮的光线照进来，此刻，李若溪显得格外耀眼与迷人。

文峰一连说了三次“我们在一起吧”。他说得很认真，真诚得让李若溪有一点儿不能相信自己的耳朵，从前他可是相当毒舌啊！

6

“为什么？”李若溪问。其实她问的时候，也不知道自己到底是想问他为什么会这么真诚地跟她说话，还是为什么喜欢她，或者是为什么他要选择在此刻这样说。

“我到美国后连机场都没出就直接买了回国的机票。我不是会轻易放弃的人，不管是事业、父亲，还是女人。六周前我失去了你的消息，我强迫自己没有像以往那样去调查你，我想看看自己能撑多久。我觉得所谓的爱情不过是像感冒一样生病了，过一段时间自然就会痊愈。”文峰这时候已经站得离李若溪很近了，他们的影子已经叠在了一起，虽然他没有伸手拥抱她，但他有一种自信，眼前这个女人就像他所看到的一样，她的眼睛里，也装着自己。

“那你痊愈了吗？”李若溪问。她觉得这时候他们的对话有点儿文艺，文艺得有点儿可笑，但又是那么现实。

“没有。我只觉得，只是远远地看着你，或者是远远地想着你，感觉也是不错的。”文峰说完又加了一句，“但是，那不够。所以，我觉得，我们在一起更好。”

“那好吧。”李若溪说完这句话伸出双手围住文峰的腰，然后把自己的头埋进他的怀里，笑得肩膀一抽一抽地抖动。

文峰没料到李若溪居然会主动拥抱他，短暂的惊喜之后，他发现李若溪居然在笑。她！居然在笑？而且他甚至能够断定，她之所以主动拥抱他，决不是因为动心动情，而是为了掩饰她的笑！

“你笑什么？”文峰努力控制自己的愤怒，继续维持刚才表白的真诚语气，极其温柔地问。

“我在笑，哈哈，你的表白，实在太搞笑了。你的演技实在太好了。为什么电视里那些深情表白的角色演得那么好，今天却说得这么别扭呢。以后你可千万别再这么深情地向我表白了，我会笑死的。哈哈哈！”李若溪不断地在脑子里回放刚才文峰说话的画面。虽然她能够感受得到他是认真的，但不知道是不是因为看了太多他的戏，她就是觉得好笑。就像硬把他从电视屏幕上搬到了自己面前一样，这让她觉得很别扭。难道，她和他就不是深情款款的料？

“你是应该笑的。这得是多得意的事情，每次都主动投怀送抱，结果就真的把我抱到手了。所以古人有云：‘女追男，隔层纱。’我看这层纱对于你来说，跟不存在似的。恭喜你，李若溪小姐。你成功地倒追到了天下第一美男文峰先生。”文峰伸手把怀里笑得可恶的女人搂住，闻着她发丝清新的体香，觉得过去的所有人生时刻都没有此刻美满，嘴上却并没有饶过她对他的嘲弄。

“你说什么？倒追？”李若溪又假装被文峰激怒了。

7

“大少爷最近的心情很好。”

牛松落环视了下整齐的办公室，再看看哼着小曲儿正在给自己整理文件柜的文峰，下了断言。然后止不住好奇地问：“你泡到那个难搞的妞了，对吧？”

“放尊重点儿，那是我的女人。”文峰最近心情真的很好。因为他拉上了李若溪的手，搂上了她的肩，吻过她那有时候乱糟糟，有时候香喷喷的秀发。他每天能和她见面，与她吵着嘴打情骂俏。如果爱李若溪是病，他是不打算痊愈了。即使是癌症，也不愿意。

“哇！你得手了！”牛松落看着文峰那春心荡漾的小样儿，对那个女孩儿很是好奇，“她是谁？不给看照片也给说个名字呗！”八卦兄弟的女人不算八卦，再说了，现今世道何处不八卦。而且，这可是文峰啊，不可一世毒舌如蛇心的文峰文大少爷呀，到底是哪个女孩这么有本事把他吃得死死的，他好奇极了！

“我为什么要告诉你？自己想要女人，自己回家找去。”现在李若溪在文峰心里就跟宝似的，得藏好，否则又多一个男人来抢。

门外，戴着大墨镜站着的乔姿差点儿把红唇咬出血来。她其实很早就等在楼下停车场了，是尾随着文峰与牛松落上来的。她就站在门外，听到了他们的对话。她不笨，她能够听出来一向对自己出言恶毒的文峰在言语间是如何维护那个女人的，而她当然知道那个女人是谁。

乔姿坐在车里，拨通了李若溪的电话，但在李若溪接听的时候又挂断了。乔姿不知道自己如果去找了李若溪，又能说什么，做什么，骂她吗？打她一顿吗？那又有什么用？这只能让文峰更加讨厌她。

最后，乔姿拨通了苏若明的电话。“苏先生，能出来见个面吗？”问完这句，乔姿觉得苏若明可能不会出来与她见面，于是又加了一句，“我想和你谈谈关于李若溪的事情。”

果然，苏若明答应见面了。

苏若明进门后看到她，径直走过来坐下，没打招呼，也没说话。

乔姿只得先打开话题："喝点儿什么？我给你点了杯咖啡。"

"直接说你想做什么吧。"自从得知李若溪居然替人养孩子后，苏若明对李若溪的所有朋友都充满了敌意。对眼前的乔姿，因为见过她为难李若溪的种种，更是没有半点儿好感，连一杯咖啡的话题都不愿同她讲。如果不是她说事关李若溪，他甚至根本就不会来和她见面。

8

"苏先生，何必拒人于千里之外？说到底，我们的目标是相同的。"乔姿虽也觉得苏若明的态度令她气恼，但更令她生气的是苏若明之所以这样，是因为李若溪。就像文峰之所以对她冰冷而恶毒也是因为李若溪一样。可是凭什么？凭什么李若溪可以令男人这样对她？这不公平。

"我不知道乔小姐的目标是什么。我能确定的是，我的目标必定与乔小姐的目标不一样。"苏若明开始后悔了，乔姿这是约他出来一起害李若溪的吧？这位乔小姐到底是什么智商？

"苏先生言之过早了吧。确实，我的目标是文峰，而苏先生的目标是李若溪，是不太一样。但不知道苏先生听说没有，文峰现在已经和李若溪公开在一起了！"乔姿觉得自己说起文峰和李若溪在一起这个事实都难以承受。若苏若明也是那样喜欢李若溪，难道他就能高高兴兴地看他们在一起？

"那又怎么样？"苏若明怎么会不知道。他那天晚上把文峰公司的地址发给了李若溪后，他去找她时已经见过他们在一起了。那两个人是如此甜蜜，让他觉得难受到不能呼吸。可是那又怎么样？李若溪喜欢的男人是文峰。李若溪想和文峰在一起，这是事实，他必须接受。

"我们联手，拆散他们。我得到文峰，你得到李若溪。"乔姿表达得简约而充分。

苏若明看着乔姿精致的脸，用一种质疑她智商的目光盯着她，“乔小姐，请问人在你眼里是什么？是个水果吗？说分就分两半，说切就切一块？”

“是又怎样？我努力去争取我喜欢的人，不惜一切，我有错吗？”乔姿不满苏若明看她的目光，就像她是个精神不正常的人。

“努力没有错。错的是你没有在争取喜欢的人，而只是在争取喜欢的东西。把爱人当成东西抢来抢去太自私了。说得严重一点儿，乔小姐，你应该去看看心理医生，看看专业的精神科分析能否帮助你正确地理解爱情是什么。”苏若明觉得已经没有必要与乔姿沟通下去，说完这句后起身要走。

末了又想起了什么，回头加了一句：“奉劝你一句，还是脚踏实地演你的戏吧，不要再去找若溪麻烦了。今天在这里，就算是我拜托你了。但如果你再对若溪做什么，我就不能保证我会做什么了。”

“你能做什么？你敢做什么？我怎么她了，你要怎么着？”乔姿很想拍着桌子站起来大叫。

苏若明没有理会她，头也不回地走了。

乔姿发脾气选择的地方是公共场所，又因为她与苏若明的外貌都太出色或是都有了点儿名气，咖啡馆里已经有人开始拿出手机拍照了。

乔姿想了想文杰替她张罗好的即将开拍的新剧集，还是把怒火压下去了，“你们都给我等着吧，我乔姿绝非你们能轻易看低的人。”

9

离锦城三号还有一条街道呢，李若溪就叫文峰停车，文峰很不乐意地把车拐进了路边的一个停车场，然后转头看她：“为什么不让我送你回家？”

李若溪盯着文峰三百六十度无死角的脸仔细地看了几秒钟，确定他这句问话的后面没有挖了什么大坑让她往里跳之后，才老实回答：“我们不是说好了吗？现在你不方便……我们还是低调一点儿好。”

“我哪里不方便了？我觉得我挺方便的呀。奇了怪了，不是你们女孩子才会有不方便的那几天吗？莫非……”文峰一边说，一边把目光往李若溪的裙子上瞄了一眼。

这一眼老流氓装正经，把表面母老虎内心纯情小处女的李若溪给看得老火“腾”地上了脸，“你就是个老流氓！每次都挖坑给我跳！还每次都那么低级！”

李若溪说罢下了车，甩着小马尾走了。

文峰把车窗按下，对着她的背影喊：“我哪里老了？我正值壮年好不？你这么没眼光你家里人知道吗？哈哈哈。”

文峰现在的乐趣确实如李若溪所说非常之低级。因为他现在最大的爱好就是调戏她，然后就看着她对他爱理不理，真不理他又难受地享受调戏她的样子。他从来不知道，恋爱会这么好玩。他现在每天睡觉前都期待第二天快点儿到来，好快点儿见到她。为此他大度地接受了牛松落每天残酷的嘲笑并且享受其中。换作以往，姓牛的早就不知道被他埋到什么地方去了。

文峰恋恋不舍地开车走的时候，不远处，苏若明正开着一辆黑色的新车远远地跟着李若溪。直到李若溪到了锦城三号的门口，看着她走进小区后，苏若明才开车离去。他觉得自己这样其实挺变态的，这样有什么用？可是又忍不住来，来了远远地看着她，既觉得美好，又觉得自己窝囊，真是来也纠结，不来也纠结。

这时，李若溪的电话打来了：“喂？在哪儿呢？”

“马上经过你家附近。”苏若明答，然后开始掉头。

“谢谢你呀。”李若溪指的是苏若明把文峰的地址发给了她，“有空儿咱一块儿吃顿饭呗。”

“李若溪，你可够残忍的呀，你和情郎双宿双栖，还想让我去做电灯泡，你还有良心没有啊。”其实苏若明觉得这丫头还是挺有良心的，还想起了要打个电话谢谢他，虽然他并不想要她这样的谢意。

“我不是那个意思。”李若溪想反驳一下苏若明那句“情郎双宿双栖”，却又觉得多余。

刚巧又有电话打进来，李若溪看了一眼，是妈妈，“苏若明，我妈妈打电话找我，一会儿我再打给你啊。”

10

“若溪，你在哪儿？近的话就快回来，远的话直接去医院吧，宝宝忽然发高烧了！”李妈妈的声音非常焦急。

李若溪的脑袋“嗡”的一声，只觉得不妙，“我就在小区外了，马上就回去。你收拾下抱着宝宝下楼，我们一起去医院。”

接着，李若溪马上又打了苏若明的电话，“你能马上过来吗？我妈妈说宝宝发烧了，要马上去医院。”

苏若明自然是马上就到了。

才四个多月的宝宝浑身火烫，一直昏睡着叫不醒。别说李若溪和苏若明了，连李妈妈都吓坏了。宝宝到了医院立即就进了急救室，医生诊断为急性肺炎，而且已经引起了并发症，孩子接着就被送进了婴幼儿重症监护室。

被医生视为年轻无知妈妈的李若溪还挨了一顿批评：“你们这些年轻人，总觉得怀个孩子容易。怀孕的时候一点儿都不注意。你们知不知道，孩子生下来的体质好不好和你们这当妈的有很大关系！着点儿凉就能引起肺炎并发症，这种体质，怎么在现在这种恶劣的环境生存下去？”

李若溪心惊胆战地听着，内心充满了自责：如果那个时候自己照顾萌萌再尽心一点儿，是不是宝宝现在的体质会好一点儿？李若溪隔着玻璃看着病床上躺着的身上、脑袋上都插了各式管子的李心尚，心情变得沉重。

但是，这还不是李若溪最为羞惭的时候。护士叫她去交费用，她刷光了几张银行卡，钱还是不够。为了和妈妈一起买房子、搬新家，她已经山穷水尽了。尽管最近这一两个月已经非常拼命地工作，但到底还是入不敷出。

“我来吧。”被李若溪因为小自尊而叫他远远地站在十米开外的苏若明到底还是忍不住了，他叹了口气，摇摇头，走过来掏出了一张卡微笑着递给了正在收费窗口里给李若溪脸色看的收银姑娘，“请刷这张卡。”

苏若明这魅力十足的美男往窗口前一站，再加上那张看似轻描淡写递过来的银行卡，收银姑娘的脸马上变成了向日葵花灿烂地盛开，“好的，先生。”一边脸红红地意淫苏若明，一边暗暗妒忌李若溪：这帅哥好帅，好像杂志上那个新晋男模苏炫，会不会就是他呀？这穷酸丫头是哪里来的福气呀……

“我会把钱还给你的。”李若溪尴尬地把自己那几张没钱的银行卡收好，喃喃地低声说。

“好。我会把账记着的。”苏若明笑道。他知道，他若拒绝让她还账，这丫头会尴尬得更厉害。

李若溪在医院里焦急等待李心尚脱离危险时，打了萌萌的电话。萌萌正在为《永远在一起》准备角逐新人“视后”奖项的消息而热闹庆祝。她接通了李若溪的电话，但根本没有听清楚说了什么，只说了一句：“没什么事就不要打电话给我了，我现在很忙。”

被无情挂断电话后，李若溪觉得自己真是贱，然后觉得无比失落。是，萌萌怎么能不忙？来医院的路上所经过的商场，大屏幕上放的都是萌萌巧笑嫣然的小脸。

所以，李若溪只能隔着重症病房的玻璃对宝宝轻轻地说一声：“宝宝要坚强哦，妈妈在这里陪着你呢。”才说完，她的眼泪就上来了。但她忍了忍，到底没让泪水掉出来。

第七章 完美主义者

这世上但凡有些完美主义的人，通常都由于他自己确实比较优秀，无论是外貌还是才情，都难以挑剔。然后在他人的赞美下渐渐形成完美主义的性格。

1

清晨，文峰的公寓里，文峰大少爷端着咖啡到客厅准备吃早餐。

那条新闻的标题叫：**新晋男模苏炫已为人父，与未婚女友李某深夜同送私生子入院**。本来像这样的八卦新闻，文峰是不会特意去看的。只是牛松落又把电脑乱放在沙发上，文峰坐下的时候嫌它碍事儿，随手拿起来扔在茶几上。触摸屏经他的碰触亮了，那条新鲜出炉的新闻一闪一闪直跳，文峰眼尾扫到了那张图片，觉得那个女人的脸像李若溪才拿起来仔细看，然后，他脸都绿了。

“喂，你干吗动我的电脑？”从厕所里出来的牛松落质问道，这位大神脸色看起来真差，他可千万别把自己昨晚好不容易写好的东西给删掉了。他急着上厕所，不记得是否存盘了。

牛松落说完这句话，发现文峰的脸色已经上升到了恐怖级别：“不是说电脑与女人不可共享吗？我捍卫我的电脑，你的脸至于绿成这样吗？”

“啪！”这一声巨响简直就要了牛松落的心肝，因为文峰大少爷直接把他的宝贝电脑给扔茶几上了！他的电脑！

真是忍无可忍，牛松落握紧拳头冲上去准备奋起反抗文峰的暴行，却被快速站起风一样经过他身边紧接着闪电出门的文峰给弄蒙了：什么情况?

文峰进了电梯，发现自己按电梯按钮的手都是抖着的：李若溪和苏若明?一个孩子？可是，昨晚他们才一起去约会！昨晚睡觉之前，她还给他回了“晚安”的短信。莫非她是在医院里给他回的短信吗？他就觉得昨晚她奇怪呢，怎么他给她发了那么多条短信，她就回了一条“晚安”，原来是因为孩子病了！关键问题是，她什么时候生了一个孩子？和谁?

文峰驱车赶往医院的时候，仔细思量，才稍稍淡定下来，他一直没有与李若溪见面的时间也就两个月不到。就算他没见她时她是去生孩子了，可之前总得怀孕吧？四个月前他在海边见她穿泳衣，小腰纤瘦，小腹也很平，肯定不是怀孕应该有的样子。可即使不是李若溪生的孩子，那个孩子也一定和李若溪及苏若明有一定关系！因为那些照片里有一张是两个人一起在医院交费窗口前拍的。

到了医院停车场后，文峰停好车，拿出手机想先给李若溪打个电话，但犹豫了好久还是没打。他在车里坐了一会儿，才深呼吸一口气，下车上楼，直奔儿科住院病房。

现在的狗仔记者可真是够尽职的，连孩子住的是重症病房都给说出来了，这倒省了不少事。

文峰上了楼，就直奔目的地，刚出电梯，就听到有个护士在走廊里叫道："李心尚的家属，李心尚的家属！"

然后就看到李若溪和一个高大帅气的年轻男人从走廊旁边的休息区站了起来，异口同声地答："在这里。"

文峰远远地看着那迎上去的两个人，听护士在问："是孩子的父母吗？"

苏若明居然回答："是。"

文峰的心里轰隆隆地响着，像什么东西倒塌了，又像被什么东西碾轧而过，沉重得有些喘不过气。

2

文峰一直远远地站着，看着护士把李若溪和苏若明叫进医生办公室讨论病情，有几个经过的护士已经在悄悄地偷看他。

虽然这段时间已经不再有他的娱乐新闻了，但毕竟那样红过，所以，他很快被认出来了："嗨，你好。请问，您是文峰先生吗？"有个胆大点儿的护士走过来小心翼翼地问道。

"抱歉，你认错人了。"文峰保持了礼貌，转身进了刚巧停下来的电梯。他没能忘记，他现在确实有很多的顾虑。至少他不能明目张胆地让人知道他其实仍在国内。他可以为爱情不管不顾，但他不能置她于危险之地。

文峰回到车里后，给苏若明打了电话，"到楼下停车场谈谈吧。"

苏若明看到文峰的电话打进来，心里便有七八分猜出文峰是看到他和李若溪在一起了。于是跟医生说了声"抱歉"，赶紧到走廊里接电话。

文峰开口就说与他见面，苏若明本想拒绝，但想了想还是下楼去了。

“昨晚你们在医院里的新闻已经出来了。”文峰心急如焚，干脆直入正题，“你现在混得不错，平时一举一动记者都会多注意几分。但有一点，我希望你能明白，若溪是我的女人，我不希望有不利于她的事情发生。所以，你最好马上把这件事情压下去。因为即使你还不那么红，事情也不一定会有很多的人关注，但我还是不希望见到你和她在一起的任何绯闻。”

文峰的话十分不客气，苏若明只差一点点就勃然大怒了。但最后一丝理智让他意识到，文峰虽然有些在故意激怒他，但说的也是事实。在为李若溪着想的基础上，这件事情必须尽快处理。

而且，文峰接下来问的一句话让苏若明瞬间满血复活：“那个孩子是怎么回事？”

“你们不是已经在约会了吗？你怎么会不知道若溪有一个孩子？”苏若明反问道，然后他看着文峰那张瞬间黑掉的脸，心里真是觉得爽快无比：我了解李若溪比你了解的李若溪要深刻。

“哦，对，你不说我还差点儿忘记提醒你了。不要试图做小三儿，你上位的概率等于零。你要继续暗恋是可以的，毕竟每个人都有自虐的自由。但请谨记离她远一点儿，因为我对觊觎我的女人的男人是不会手下留情的。”文峰自然不是好欺负的主儿，要比嘴毒心辣，还有人能比得过他吗？

“你自身难保，何须这么得意？”苏若明气结，为了文峰的那句暗恋。

“苏公子难道不是身陷囹圄吗？”哼，小样儿想将他的军，也不去打听打听，在文夫人的胭脂砒霜蜜里生存下来的他是怎样活到今天的。想想，自己大概比苏若明还要幸运一些，幼年即有父亲相助。不似他，父亲快挂了才被拉入家族战争，成年的继承人成为众野心家的靶子，该是被逼得多么不透气儿才会选择逃跑。

3

“你！”苏若明本还想否认几句，但他到底没说出话来。

他二十四岁之前，一直以为自己的父亲早早过世，妈妈靠着一点儿遗产独自抚养自己。虽难免有失去父亲的失落，但因为经济良好，母亲又美丽优雅，为人温柔和善，加上十分疼爱他，以他为生活中心，却也是快乐幸福长大成人。没想到某天有个病得快挂掉的老头忽然出现，说是他的亲生父亲，非要他回去做家族继承人。

他就想回就回呗，盼着有爸这不是有了吗？结果回来一看，坏了。底下还有老头跟别人生的异母兄弟，还有堂弟表弟一块儿跟他抢呢。抢就抢吧，那些手段实在是要多狗血就有多狗血。他又不是没本事养活自己，就算是一直在美国待着，他也能给妈妈一个富足美好的晚年，何必与他们抢？

可妈妈不愿意跟他回美国，他也不能丢下妈妈就自己走。所以，他只能离开那个“家”出走了。结果，他混着混着就遇上李若溪了，再混着混着就露脸了。他第一次上杂志后，老头的人找到了他，非要他回去。他没同意。但是，以老头子的固执来说肯定是不会放弃的。

文峰说得没错，他自己现在也是身陷囹圄。如果李若溪因为这些八卦绯闻而被苏家那帮野心勃勃的人冠以莫须有的罪名，那李若溪的梦想就别想有实现的机会了。

“不要再来找她了。”文峰黑脸道。

苏若明没答话，却真的没有再上楼，而是走向了他自己的车。

文峰又在车里坐了一会儿，到底还是再次下车走向了电梯。他不能就这么回去，李若溪欠他一个解释。

文峰上了楼，刚巧看到李若溪从医生办公室出来，手还在抹着眼泪。他的心一下就抽紧了，心里那些气瞬间消失，快步走过去问：“怎么了？”

文峰的突然出现，真是吓了李若溪一大跳。她抬眼看着他，惊得一时半会儿说不出话来，也忘记了自己正在哭，可那泪水还在眼睛里汪汪一片。

看着那眼神，心瞬间融化了，文峰温柔地把她搂进怀里，轻轻地继续问：“怎么了？”

李若溪这才反应过来，刚才柔弱似水的样子忽然就刚硬起来，一把将文峰推开，“你怎么在这里？”她的动作是如此突然，语气是如此陌生，充满了戒备。

文峰原本温柔的眼睛慢慢地眯成了一道利刃，“我怎么不能在这里？”

“我的意思是，那个，你怎么在医院里，你生病了吗？”李若溪问完马上就后悔了，文峰是那种她随便说点儿什么就能糊弄住的男人吗？不，从来不是。这个男人的眼睛就是一把解剖刀，时时都能把她抽筋解骨看个明白，“哦，你来找我。”

李若溪明白了。文峰肯定是知道了一些事，比如宝宝的事情。且不论他是如何知道的，总之现在他肯定是知道了，所以他才会出现在这里。

4

李若溪的沉默，让文峰心里刚熄灭的小火苗“噌”地又起来了：“不打算解释一下吗？”

李若溪抬眼看文峰神色冷峻的脸，知道他生气了。但她不知道他到底是生气她没有吐露自己有一个孩子，还是生气她有一个孩子这件事本身。

“我不知道怎样解释。”李若溪是真的不知道要如何向文峰解释，“事情就是现在你所看到的样子，我有一个孩子，他生病了，肺炎引起了肺积水，现在需要手术。他才四个月。”

“我想知道的是，你为什么会有一个孩子？”文峰看出来了，李若溪并不想给他想要的解释，“不是你自己生的。是谁的？”

“我不能说。”李若溪低头回答。文峰的眼神太犀利了，她生怕他看出一些什么来。

“什么叫你不能说？”文峰简直气炸了，这叫什么回答！这个笨女人替人养孩子，还替人背黑锅，还背得这么理直气壮！

“真的不能说。”李若溪心想凭文峰这样睚眦必报的性格，知道了非现在就去把萌萌往死里整不可。这可不成。她是不喜欢萌萌那种世人皆可为我所利用，不用即弃的做法。可是，萌萌这种杀敌一千，自损八百的狠劲儿，为的就是现在的上位。她对自己这么狠才上去，若溪是真不忍心去破坏。

“什么叫真的不能说？哈，李若溪，对我真的不能说。对苏若明就什么都可以说吗？”文峰觉得自己这副酸倒牙的样儿真是又熊又逊，没劲儿透了。但一想到苏若明竟然什么都知道，李若溪却只给他说个不能说，他就浑身跟火烧了似的喘不过气儿，“好，就算不能跟我说，那深夜送孩子来医院的为什么会是姓苏的？昨晚我送你回去后，你们马上就约会了吗？不让我送你到楼下就是因为他吗？”

文峰越说越觉得自己窝囊，越觉得自己窝囊，说出来的话就越恶毒，“李若溪，你早知道苏若明的底细了对吧？我一直以为你很笨呢，原来不是。演得真是好。恭喜你，我也上钩了。”

“你在说什么呀。”李若溪这个时候是真的不太明白文峰的话，但又觉得这个家伙真是哪句伤人拣哪句说，“你生气了就先回去吧。等你平静下来我们再说。”

“你连个解释都不愿意给还有什么好说的。”文峰转身走的时候，觉得自己要多熊就有多熊，要多幼稚就有多幼稚，可还是觉得非走不可。李若溪这个女人，就是不能惯！他一开始就惯着她。现在好了，她连个解释都不肯给他！

“我没有什么需要解释的！”李若溪也来气了，他这是什么态度？来质问她？她做错了什么吗？

“那看来我们是没什么好说的了！”文峰一时气结！又生气又纠结！

5

文峰走得和他来的时候一样，突然地吓李若溪一跳。李若溪眼睛里还有因为李心尚而蓄的眼泪呢，就那么泪汪汪地看着文峰走进电梯，然后又泪汪汪地看着电梯门关上。

这情形在别人眼里，就是情真意切的小情侣分别，男人强行掩饰内心的不舍快速离开，女孩是多么地不舍啊，看那眼泪都出来了。事实上是文峰气得不行，李若溪也是又伤心又气恼，郁闷得不行。

文峰气得走了。李若溪也没空继续为他伤心，李心尚马上就要做胸腔引流手术，孩子还太小，所以手术风险也相对大一些。妈妈的脚还没好利索，有太多的事情需要她去做，她已经无暇为情伤心。

李心尚进手术室的时候，苏若明来了。高大帅气的年轻男子，手里还拿着一只玩具熊，看起来很像一个时尚的年轻父亲。偶尔经过的护士都投来了不少心形的目光。

苏若明看李若溪心事重重，想了想，把手里的玩具熊递给她，“这个玩具熊其实是买给你的，知道吧？”

“哦。”李若溪接过，仍然无心开玩笑，“谢谢你呀。”

“你在害怕对吧？”苏若明假装严肃地说，“我就知道，像你这么幼稚的女人，怎么能当好妈妈呢。宝宝在做手术，当妈的应该坚强，坚信宝宝一定会健康起来，这样才能给宝宝信心。你看你，你都害怕成这样了，宝宝在里面还得忍着痛，还得担心你。宝宝啊，你摊上这么个妈，太值得同情了。”

“滚。”李若溪看着苏若明装作一本正经的样子，虽然没笑，但低落的心情总算有所缓解，说得没错，她不能害怕。她都怕成这样了，宝宝怎么办?

“竖着滚还是横着滚？”苏若明又一本正经地问，然后两手比画量了一下走廊，“我个子太高，横着滚滚不过去，竖着滚也滚不动，要不我还是留这儿吧？”

苏若明说着，还朝一个正偷瞄他的护士眨了一下眼睛，“再说了，我看护士们的工作也太忙太累了。像我这么帅的病人家属在这儿待着，也是对她们的福利。”

“求你了，别再说了，再说我得吐了。”李若溪给苏若明一个白眼，这家伙还真是越来越自大了。

“可别。”苏若明仍然坐得笔直，眼睛四处给护士放电，“现在我被人家误认为是你的老公，宝宝的爸爸已经很吃亏了。你要是吐，人家以为我们又有二胎就不好了。我看这儿的护士都挺不错的，我仔细看看，说不定我的真命天女就在这儿呢。”

“你就扯吧，扯吧。”李若溪还是兴趣不高，一想起宝宝她就伤心，一想起文峰她就想叹气。

“我觉得我至少比那个谁好。我至少不惹你生气。”苏若明没说文峰，只说那个谁。

苏若明没想到的是，这一次，李若溪居然大方承认了：“这倒是。”

6

“咦？今天太阳从西边出来了。”苏若明表示稀奇，这是第一次，李若溪愿意正面与他谈起文峰。

“是呀，还从西边出来了两个呢。稀奇吧？”李若溪真心喜欢和苏若明聊天，没压力。

“他上午来过了。”苏若明用的是陈述句。

“嗯。”李若溪停顿了一下，还是说了出来，“他生气了。”

“哼，真小气。”苏若明十分鄙视，“要不你别喜欢他了，转投我的怀抱吧。我现在可是当红男模哦，长得又这样帅，以后我也会有很多钱。最重要的是我不会惹你生气。你稳赚不赔，怎么样？”

“你当做生意呀，还稳赚不赔呢。像你这样到处勾搭小护士的，我不赔死才怪。”李若溪哼哼，不上他的当。

“你倒是火眼金睛啊，啊哈哈。真是不好意思，被你看穿了我的花花公子本性。”苏若明其实很想一本正经地向李若溪表白一次，但他到底忍住了。

李若溪从以前的不肯说文峰，到现在的不怕说起文峰。他知道，她只会为了他变得更勇敢、更果断，而对其他男子的感情拒绝得更快、更决绝。

“哈哈，老天叫我生就一副利眼，就是为了揭穿你这样的假好人。”李若溪的心情总算好起来些，“你说，宝宝会没事的，对吧？”

“不会有事的。这又不是很大的手术，而且主刀医生是全国最好的。别太担心了。”苏若明顿了顿继续说，“那个谁你也不必烦恼。男人都是这样贱兮兮的，他找事自己生气几天，气消了，就会跑过来了。跟条小狗差不多。”他不就是这样吗？贱兮兮地把文峰的地址给李若溪，贱兮兮地装知己，贱兮兮地为了压住有可能不利于她的绯闻回去求老头，然后还假装自己不在乎。

“唉，他不像小狗。他像只骄傲的小公鸡。”李若溪暗暗在心里加了句：傲娇，腹黑，嘴毒，还幼稚爱生气！

“小公鸡？”苏若明想起文峰平时那些高冷的形象，忍不住哈哈大笑起来，“还真的像，哈哈。”

“是吧，像吧？”李若溪也笑。

李若溪和苏若明正聊得起劲儿，完全没发现，走廊尽头的拐角处，文峰就站在阴影里。他正一步一步地往后退。没错。他又贱兮兮地回来了。可是，他发现了一个问题，李若溪和那个姓苏的聊得这么轻松自如，但很少能与他这样自然地相处。

也就是说，他从来都让她觉得紧张。

这一点认知，让文峰感觉难以接受。

7

这世上但凡有些完美主义的人，通常都由于他自己确实比较优秀，无论是外貌还是才情，都难以挑剔。然后在他人的赞美下渐渐形成完美主义的性格。再然后，便不太能接受他人眼里自己的不完美了。

文峰就是这样的完美主义者。

在他的人生经历中，首先他觉得爱情就是母亲与父亲的悲剧。然后是父亲与原配妻子的另一种悲剧。再然后是他几段不怎么记得女友长相的恋情，则被他分类成男女因为身体荷尔蒙变化所造成的性吸引。而不管是哪一种，文峰的体验都非常少。他甚至不太记得他为数很少的几个前女友的名字，更不会去介意与她们在一起时的相处情形。像乔姿这样的，对文峰而言，如果非要说一些感觉，无非就是对自己个人魅力的再一次肯定：因为自己足够完美，所以才对乔姿有足够的吸引力。虽然他并不想吸引她。

但李若溪呢？李若溪对文峰来说，就像是一块石头。一开始是块奇怪的石头，再后来是块坚硬的石头，然后成为可爱的石头。现在是他抱在怀里觉得重，放开又绝对舍不得的石头。而问题是，他要怎么才能让自己变得与这块石头在一起的时候成为自然而然的一体？

文峰觉得，他与李若溪之间，马上就要变成永远思考不透的哲学问题。

李若溪当然不知道文峰再次来过，她现在心思全在刚做完手术的李心尚身上。一看到才四个月的小婴儿浑身都是管子，靠呼吸机呼吸，她就难受得想掉泪珠子。可她又不能哭，她如果不够坚强，如何做妈妈呢？

李若溪尚且如此感受，萌萌就更加难以忍受孩子这受折磨的样子了。上次挂了李若溪电话，没多久若溪的短信又来了，她这才得知孩子生病的事。

萌萌是后半夜才去医院的，一是因为她一直在忙，二是因为夜越深，人越少。她从来都是一个谨慎的人。到了医院，又等守到深夜的李若溪离开，才快速过去看了一眼。

可就这一眼，彻底把萌萌给看崩溃了。她伸手捂住嘴，泪如泉涌，快步往楼梯走去，幸好这是半夜，即使有人，也都行色匆匆，无人注意到她。

萌萌一路流着眼泪狂奔离开，她只觉得痛。最开始只是心痛，后来不知道怎么的全身都觉得痛，痛得她手脚都开始冰冷麻木，浑身汗津津的。终于，她支撑不住，一下子倒在了医院的大堂里。

“快叫医生！有人晕倒了！”有人在大声地叫医生，而萌萌痛得只剩下后脑“嗡嗡”地响着。

8

萌萌醒过来的时候，已经在病房里了。她惊恐地快速坐起来，环视四周后，马上找手机看时间，凌晨四点半，她的心才算稍稍放下，这还是深夜，没有人知道她在医院里。

“感觉好点儿了吗？”一个医生和护士推门进了急救病房。

小护士大概比较喜欢看电视剧，很明显地认出了萌萌，“萌萌小姐，你比电视上还要瘦。我和我妈都好喜欢你的那部《永远在一起》。你演得真好，好感人。”

“谢谢你。”萌萌仍然感觉虚弱，但她尽量友好地微笑，是应该得意的，现在她不管去哪里，都已经有人能够认出她了。

“医生，请问我现在能走了吗？”萌萌急于离开。

“如果你感觉还好，可以走的。”医生说，“但是萌萌小姐，我建议你还是住院两天仔细检查一下身体。你刚才晕倒后我们给你做了检查，你身体的各项指标都不太好，为了你的健康着想，我希望你能考虑做个全面检查。”

“哦，好的。谢谢你。但一会儿我还有工作，我改天再来做检查吧。”萌萌觉得再在这里待下去，她会忍不住再去看孩子，然后一定会再次崩溃。如果被人拍到，后果将不堪设想。所以她决不能现在留下。

“那你也休息一会儿，等这瓶水挂完再走吧。”医生说。这个女孩的身体太虚弱了，应该是身体出了什么问题才会这样。

“好，谢谢医生。您辛苦了。”萌萌礼貌地道谢，等医生与护士离开后不久就拔掉针头悄悄离开了医院。她远远地把医院抛在了身后，奔向自己一直追寻的光明与荣耀。

某剧组，乔姿在拍一场站在太阳底下暴晒的戏。已经NG了好几遍，但导演还是不太满意，乔姿也没像以前那样耍大小姐脾气，而是一次又一次再来。这一次，她必须里里外外都做好，叫文峰知道，她决不只是一个花瓶。即使是花瓶，她也是努力的花瓶。

“姿姿，看你晒的，我都心痛死了。快来喝点儿水。”乔姿一拍完，来探班的文杰马上迎了过去，将矿泉水和水果递过去。

乔姿接过矿泉水，喝了一口，又拿起了一颗葡萄，刚吃一口，忽然觉得恶心，接着“哇”的一声，把刚才喝的矿泉水都吐出来了。

“姿姿，你怎么了？”文杰急忙问道。

乔姿自己都吓了一跳：对呀，她怎么了？

文杰到底心眼儿多一点儿，忽然想起什么。于是，把乔姿赶紧扶到她的私人休息处让她坐好，然后神秘兮兮地问：“姿姿，你的那个，呃，亲戚，多久没来了？”

“干吗问这个？”乔姿拍了文杰一掌，忽然也想起了什么，“好像有一个多月了。”然后她也吓住了，“不会吧？我怀孕了？”

“你别动！我马上去开车过来！我们去医院！”文杰觉得这绝对是个好消息呀！乔老头不喜欢他，可不会不喜欢外孙，对吧？

9

“你没有怀孕。”医生很肯定地告诉乔姿。

乔姿松了一口气，但文杰却难掩失落：“她刚才明明吐了。”

“除了怀孕，呕吐发生的原因很多，比如说吃了不干净的东西，或者肠胃不好，都有可能引起呕吐。”医生是一位和善的中年女子，看着这一对年轻人。文杰，她是认识的，文夫人的独子，这个美貌女子大概就是外界所说的那位千金吧。

“哦，可能是我肠胃不太好。我最近没什么胃口。”乔姿没觉得没胃口是坏事，反正她保持身材靠的也是节食，只是她的节食习惯不太好，总是吃多之后后悔，然后跑去催吐。

“节食和不按时用餐都会影响肠胃功能，从而引发呕吐。你可以吃点儿药，但要健康还是得保持良好的饮食习惯。你现在还年轻，可能觉得肠胃不好没什么，但将来如果你要孩子的话，肠胃不好一般都会遗传给孩子。到中老年之后，肠胃问题往往是引发癌症的根源。所以，还是注意一点儿好。老话说‘身体才是革命的本钱’不是？”医生还是尽职地建议，“为了健康着想，乔小姐最好还是去专门检查一下肠胃。”

“好的，谢谢你。”乔姿答应了，却没去检查，她真不觉得肠胃不好有什么问题。

文杰当然劝说不了她。再说了，乔姿没有怀孕，这就意味着他必须另寻突破口。即使没有找到突破口，努力保持现在与乔姿的关系也是必需的。因为目前天文化集团的股价是经不起波动的，一旦他与乔姿传出情变，如果被别有用心的人插手，他根本就无力回天。想想这些，文杰都觉得自己累。他是想要天文化集团没错，但没想到会这样辛苦。他是只想要钱，不想要赚钱的累呀。这时，他有点儿怀念只会刷卡的花花公子文杰了。

文峰公寓里，牛松落正瘫倒在沙发上吃零食、玩游戏。听到“嘀”的一声开门声后，整个人像只受惊的青蛙一样绷直跳了起来，一边手忙脚乱地收拾，一边哀号：“你不是说今天加班吗？为什么会现在回来？”

牛松落想到接下来的遭遇，要哭死了：这两天文峰简直比魔鬼还要可怕。前天早上摔了他的电脑后，傍晚回来逼着他把公寓里的每个角落都仔细擦了一遍！每个角落！用毛巾！仔细地擦了一遍！这可是九十平方米的复式！楼上楼下，他趴在地板上硬是干到了天将亮！

而这位大神一边喝咖啡、看电视，一边盯着他干完！这让他十分郁闷与不解。

“这是我的房子，我想什么时候回来就什么时候回来。”文峰冷冷地答道，然后一眼扫过杂乱无章的客厅，眼睛一眯，牛松落浑身忍不住就要打冷战，“和我住在一起，你很紧张？”

10

文峰反常的问话令牛松落摸不准自己到底应该说真话还是说假话，他能告诉文峰如果不是原来的房子被吵架的女友霸占，他就算被制作方追杀而死也不会继续住这里吗？谁愿意每天对着一个腹黑、洁癖症大爆发的男人！他又不是受虐狂！

“其实，这个嘛……”牛松落想说点儿好话，但半天编不出词。

文峰忽然转身上楼：“我知道了。”

他知道了？知道什么了？知道他为什么宁愿受虐也不回自己的家了？他暴怒的女友找到文峰投诉威胁了？牛松落不是太明白。但是他很高兴今天文峰没有让他做清洁工。不过，那家伙今天这么反常，是不是受了打击？

某家庭剧剧组。大街上，李若溪饰演一个心眼儿特别坏，没出场几分钟就出门被车撞死的小三儿。有场被原配狠揍的戏，有场玩心眼儿的戏，还有一场向男主角哭诉挑拨离间的戏，最后一场是被车撞飞的戏。

李若溪每一场都演得很卖力，被车撞的戏也没用替身。李心尚还在医院里呢，她需要钱，现在更不能东计较西计较。

贵宾休息卡座上，高姐穿着一件普通的大花T恤，浑身上下都是街道大妈装扮，坐在椅子上时也是大妈姿势。

一边儿的助理都忍不住佩服，高姐现在都这地位了，演起戏来还是这么认真拼命。

“那边演被车撞的那个，是李若溪吗？”高姐忽然转头问助理。

“好像是她。”助理看了看，答道。那个小姑娘拍戏时的狠劲儿还真有几分高姐的风范，“要去把她叫过来吗？”

“不必了。”高姐觉得，会主动舍弃林导演的人，不管是为了什么原因，要么是对梦想不够坚持，要么就是这个人本性有问题。她又不欠她的，何必辛苦去扶持。

“她挺努力的。”助理是因心性好，所以跟在高姐身边做了许多年，但她也决不多话，“吃点儿东西吧。您早餐就只喝了杯牛奶。十分钟后，就要开始二十四场了。要吵架呢。”

“咳，我是真怕吵架的戏。”高姐说着，接过助理递过来的筷子，从保温盒里夹起一只饺子的动作流露出了她本性的温雅。

“可是您演得很好，我在旁边看都吓一跳。”助理微笑着拍马屁。

“就你嘴甜。”高姐和助理说着话，眼睛却盯着那边因为摄像机摆位出了点儿问题，导演叫再重来一次撞车的李若溪。这妞儿那拼命认真的劲儿，真像当年的自己。这一行从来就没有水深水浅之说，要有实力，要有人脉，要够拼命，还要有机会，缺一不可。

高姐轻轻叹了一声，转头不再看李若溪。她给过李若溪机会了。没有珍惜的人，就不值得再给机会：“这饺子味道好，在哪儿买的？”

“不是买的。”助理想了想，还是说了，“是李若溪刚才拿过来的。说是她妈妈早上起来包的。还说，谢谢您。”

高姐“哦”了一声，若有所思。

第八章 甜蜜进行时

文峰还打算继续叨叨呢，没想到李若溪的脸已经凑过来了，嘴唇在他的右边脸上快速地擦了下。

1

晚上九点多，李若溪总算完成了一天的拍摄，虽然身体累得快散架了，可还是马上往医院里赶。她担心孩子，又担心腿没好利索的妈妈。

到了医院，李若溪没去等电梯，在电动扶梯上直接往上跑。

“若溪，小心点儿。”一个人从后面跑过来，把她拉住，“你不跑它也上去，这样危险。”赵磊子像教导小孩子似的跟李若溪说。

李若溪大吃一惊，特别是她看到赵磊子还穿着白大褂的时候：“你怎么在这儿？”

“我们医院和这儿有个交流项目，我到这边工作一段时间。”赵磊子笑了。回杨城工作是因为李若溪，再回到这里工作，也是因为李若溪。这么多年，他追寻她的踪迹，已经成为习惯了。

“哦，是这样。”李若溪没去想太深，像赵磊子是为了她才去了杨城，又为了她才来这儿，她就更加不会去想了。她认为，工作是追寻梦想的方式，所以不会想到一个大男人居然会为了泡妞而换工作地点。

“走吧。宝宝今天病情稳定了，早上玩了一会儿，下午一直在睡觉。刚才我去看的时候，阿姨正给他吃晚餐呢。”赵磊子知道李若溪担心的是什么。

“是吗？今天没发烧？”李若溪总算听到了好消息。

“嗯，没发烧，医生已经检查过了。小宝宝恢复得快，明天就不用打针了。”赵磊子说。他很高兴李若溪再次见到自己时没有流露出尴尬。比如上次分别时的感觉，就让他有些难受。

“太好了！感谢上帝。”李若溪觉得一直吊着的心总算放下来了。宝宝才不到五个月，光是住院都住了一周多，她真是被吓着了。

“走吧。”赵磊子微笑，和李若溪一路边说话边上楼去了。

医院外面，文峰的车在一个停车场停了好久，可他一直没下车。已经八天了，李若溪竟然连一个电话都没有给他打。文峰在气愤与郁闷这一点的时候，完全没有反省自己也没有给李若溪打电话。事实上，他每天除了工作以外的时间都在纠结要不要给李若溪打电话，一纠结就是八天。这八天里，他每天都要拐到医院来转一圈儿。不上楼，也不去找人，就是这么待着。文峰也觉得自己是个呆子。他鄙视自己，也在等待自己向李若溪妥协。

“我刚到医院。还什么钱，就不把卡号给你。”一个男人一边打电话，一边从文峰的车旁经过，文峰看出是苏若明，于是猜测电话那端应该是李若溪。可是，还钱？

“好吧。我允许你还，但也不用这么急吧？宝宝不是还没有出院吗？”苏若明一边打电话，一边急着上楼，没有发现车里的文峰。

文峰听到后再次受到打击：李若溪竟然向苏若明借钱了！她需要帮助的时候，竟然求助于苏若明而不是他！

2

文峰愤怒地驱车离开医院时，苏若明上了楼，进了病房。看到赵磊子后，苏若明愣了一下。想起第一次见到赵磊子时，他就在替李妈妈给李若溪送东西，苏若明苦笑：他怎么能忘记李若溪这个傻妞其实是个抢手货呢？

“哈，追债的来了。宝宝，叫叔叔。”李若溪心情很好。因为刚才宝宝一见到她就笑了，还“咯咯”地笑出了声音。

“若溪，怎么能这样说话。”一旁李妈妈一眼就看出了这个高大帅气的小伙子对李若溪有意，宝宝发病那晚多亏了他帮忙。

“阿姨，没事儿，我们都这样瞎聊天。李若溪，给我抱一抱宝宝呗。”苏若明看着李若溪抱着孩子的幸福小模样，也很想体验下做父亲的感觉。

“你带礼物了吗？”李若溪问。

“呃，没有。”苏若明有些尴尬，他忘记给宝宝买小玩具带过来。

“我带了。”一边的赵磊子不甘寂寞，从口袋里掏出一只拨浪鼓，摇了摇，响声成功地吸引了宝宝的注意力，宝宝的脸向他这边转过来了。

“哎哟，我的宝宝真聪明。没有礼物的叔叔不要理会他。哈哈。”李若溪说着，把孩子递给了赵磊子。

“哦。”苏若明本来想说李若溪你三观不正教坏孩子，这么势利。又觉得李妈妈在场，不好乱说话，只好“哦”了一声，尴尬地站着。

“若溪，你这孩子怎么教宝宝呢？你乱说话，可别以为宝宝不知道。小孩子就是不会说，心眼儿通透着呢。”李妈妈自然看出了苏若明的不自然，赶紧给他打圆场，“那个，苏先生啊，谢谢你呀。这些天多亏你帮忙了。”

“阿姨，别这么说。我也没帮上什么忙。再说了，朋友间互相帮忙也是应该的。”苏若明每次见到李妈妈，大概是因为心里对李若溪有意的关系，总有一种见岳母的感觉，特别地紧张。

“等宝宝出院后，你到家里来吃饭。若溪的朋友都说我包的饺子好吃，你要是也喜欢吃饺子，抽空来尝尝。”李妈妈笑眯眯地说。

赵磊子，还有这个苏若明，绝对都对她的若溪有意。但现在很明显，若溪好像并不中意他们两个人。但若溪最近又有点儿像是谈了恋爱的样子，莫非还有另外的男孩吗？李妈妈很好奇。

“谢谢您邀请我！我一定会去的！早就听说了，您包的饺子是天下第一美味。”苏若明赶紧拍马屁。

“阿姨，可不能漏掉我呀。”旁边正逗宝宝玩儿的赵磊子也不甘寂寞。

“都来吧，都来吧。还可以带上你们的朋友。”李妈妈笑道。来龙城有一段时间了，她除了带宝宝下楼散散步，也没认识什么人，觉得怪寂寞，“小苏，你是北方人吧？这个子高的。”

“阿姨，我妈妈是上海人。”苏若明很高兴李妈妈对自己有了兴趣。

病房里，聊天的聊天，逗孩子的逗孩子，倒也算其乐融融。

3

清早，李若溪一起床就去妈妈的房间看宝宝。宝宝自从出院后，身体恢复得不错，此刻正滴溜着眼睛看挂在小床上方的玩具呢。

那可爱的样子，让李若溪的心都要酥了，小步跑过去抱起他。“宝宝，想妈妈了吗？”

听到她的声音，小婴儿给了她一个纯净无瑕的微笑，看得李若溪不由自主地亲了一下他的小脸蛋。

“你还没洗漱呢，别亲，别亲！当心把细菌传给他了。”李妈妈走进来，赶紧把宝宝接到自己怀里，把李若溪赶去洗漱吃早餐。

李若溪吃着妈妈做的早餐，看着温馨干净的家，听着屋里妈妈哄宝宝的声音，觉得如果能这样永远和妈妈及孩子待在一起，也挺好的。虽然少了个男主人，但是，自己与妈妈的家，有过男主人的日子也就寥寥数年，而且对于她来说，一个暴怒的亲生父亲与一个冷漠的继父，无胜于有。

只是，她还是有点儿想文峰了。

李若溪在心里下了这个结论之后，对自己摇了摇头：她也奇怪了，文峰那个家伙有什么好的？脾气那么坏，嘴那么毒，除了脸长得好看点儿，就没有其他优点！难道自己这么肤浅？只对脸长得好看的情有独钟？苏若明也长得不错好不好？

李若溪一边想着文峰一边吃早餐，吃完早餐之后，已经气呼呼的了：他文峰有什么了不起的？她只不过说了一句她真的不能说，他就生气地跑了！还两周都没给她打电话！连条短信都没有！像话吗？这是要分手还是要怎么的？不行！她得去找他说清楚！

李若溪下了决心，就雄心万丈地出门去了。刚走出小区的大门没几步，就看到文峰站在车旁，正用幽怨的眼神看着她，她心里那股雄心壮志瞬间没了。她没想到文峰会在这里等她。这么早，看样子也不是刚刚到，而是等了有一阵儿了。

震惊之下，李若溪有一点儿尴尬，又想起了自己提出要与他不公开恋情的原因里，除了他的原因，还有就是自己并不想让他知道孩子的事。好吧，李若溪开始反省了。

一直盯着小区门口的文峰从李若溪一出现就看到她了，那步子迈得那个快，很生气的样子。正纳闷她为什么生气呢，李若溪也看到了他，然后文峰就看着她整个人居然蔫巴了下去！看到李若溪这小样儿，文峰在心里就笑了：这丫头这些天也没少乱想吧？

文峰伸出手指，向李若溪勾了勾手指，示意她过来。李若溪有点儿被他的态度所激怒，但到底还是叹息一声走过去了。

李若溪不情不愿的样子让文峰有一种想把她搂进怀里的冲动，但他还是忍住了：如果他现在过去拥抱她，他可以预期的一定是一顿暴力反抗。这可是人来人往的小区门口，他不习惯他的私密情感在公共场所太张扬。

4

“对不起。”文峰说这三个字的时候，就在期待李若溪的反应。

果然，李若溪没有让文峰失望地吓了一跳，原本无精打采的小脸猛然抬起，黑白分明的眼睛瞪得老大，“你说什么？”

文峰实在没有忍住自己飞速上扬的心情，走近一步，快速低下头，又快又轻地吻了下她的嘴唇。那滋味真是好，软，充满着属于她的气息。

但文峰不敢留恋下去，就似是故意为避免被揍一般，他说：“我说对不起。这是道歉之吻。”

“道歉之吻啊，哦。呀！”李若溪总算反应过来，整个人跳了起来，伸手想给文峰一掌，又觉得这好似更像打情骂俏的片段。心里那个郁闷哪，想转身走不理这家伙，可是自己明明还有话没说呀。他凭什么呀，生她的气两三周都没来找她也没个电话，现在来道个歉还吃了她的豆腐，这什么人哪。

“上车吧。”文峰搂着李若溪的肩膀，打开车门示意她上车。看着李若溪又生气，又郁闷，但好似还带点儿小兴奋的表情，文峰这几周来的郁闷瞬间烟消云散，看来是没错了，他这病只有李若溪能治。这病的名字就叫作：文峰没有李若溪不行。

“我要去工作。”文峰上了车发动车子后，李若溪怕他又把自己带到不着边儿的地方去，赶紧说明。

“我知道。地址是哪儿？我送你过去。”文峰心情不错，他在心里抽了那个在过去几周郁闷的自己几个嘴巴：让你不承认没了李若溪不行。

“西郊。”李若溪答，任文峰侧过身来帮她系安全带，她有一点儿尴尬，虽然已经与文峰确认是恋人关系，但她不怎么习惯他的亲密。但她又知道这种亲密应该是恋人间正常的行为。

“我拉着你的手，是不是会感觉尴尬？”文峰看出来了，一边开车一边问她。

“呀？”李若溪不敢承认，怕文峰这个玻璃人会生气，“没，没有啊。”

“抱歉，我让你太紧张了。”文峰再次道歉，但他的道歉明显又吓着了李若溪，于是又加了一句，“据说古代的女人侍候丈夫都是举案齐眉的，我这个人嘛，比较开明，你就不用那么尊敬我了。”

“什么呀！还举案齐眉呢！你想得美！”李若溪边反驳边笑。

“以后不管什么事情，都不必瞒着我。”文峰犹豫再三，觉得还是要跟李若溪说清楚，李若溪在他面前很紧张，他不愿她因为害怕所以有所隐瞒，“我爱你，包括了你的一切。不管是什么。”

“呀？”李若溪又被文峰忽然深情的语气吓了一跳，“哦。”

文峰看李若溪又进入了不适应深情文峰模式，在心里为自己叹息一声，继续正色教训她：“也就是说，我是你的天，你的地，你的男人，不管是高兴的事，还是困难的事，你必须都跟我分享。”

文峰说完停了停，转头看了李若溪一眼，满意于她眼睛里的不满与身体上的放松，“否则的话，哼。”

5

“否则会怎样？”李若溪贱贱地问。

“否则我就高调回归影坛，对外宣布你生了我的孩子，从此回家给我继续生孩子。”文峰说完，一本正经地问李若溪，“怎么样？咱俩的这个结局很赞吧？”

李若溪对于这个幼稚得可怕的男人彻底无语了。

“当然我也会第一时间选择相信你。”文峰心情大好，这几周对他来说，真是难以忍受。怎么会这样呢？以前被她一而再、再而三地拒绝的时候，也没觉得有这么郁闷过。也许是因为她答应和自己在一起后，甜蜜的味道太好了，所以一旦失去，倍加难过。

“谢谢。”李若溪说完这个词，忽然觉得有点儿不好意思。

“你在谢谢我？”文峰也惊着了，李若溪是那种会说谢谢的人吗？但是，她可真没感激过他，“让我想想，你要谢我什么？”

“谢谢你今天来找我。”李若溪回头想一想，不知道自己气呼呼地下楼来要去找他，到最后是否有勇气到达他的面前。是否会如自己想象的那样质问他到底是想分手还是想怎样。因为不管他是想分手，还是想继续冷战，她都觉得无法接受。但幸好，在她那股要去找他的勇气消失之前，他就已经来到了她的面前。

“如果我不来找你，我怕你永远不会去找我。我吃点儿亏算了。”文峰忍不住微笑，看到李若溪这副有点儿忸忸怩怩的小样子他心里就一阵软，想把她搂过来调戏一番，真是挠他的心肝似的，又难受，又舒服。

“你是吃亏的人吗？”李若溪可不相信他。

“真的不能告诉我孩子的妈妈是谁吗？”文峰问出这句话后忽然后悔了，李若溪不会给他想要的答案。

“抱歉。”果然，李若溪愣了一下，低声道歉。

“好吧。”文峰接受了，他刚刚才说了会第一时间选择相信她，但还是想调戏她一下，“如果我能得到一个吻，我就答应你不会去查。”然后文峰无视李若溪“你这个臭流氓”的眼神，继续施压，“你知道吧？我爸就爱背地里调查别人，摸清别人的底细。我呢，很不幸遗传了我爸的这个缺点。来吧，右边脸。正开着车呢，就不要求亲嘴唇了。不过你要是想坚持的话，我们可以停车再开始的。”

文峰还打算继续叨叨呢，没想到李若溪的脸已经凑过来了，嘴唇在他的右边脸上快速地擦了下，“好，亲完了。你说话要算数。”

“可以视为付账不明确不彻底吗？”文峰有停车做点儿什么的冲动。

“不可以！”李若溪要抓狂了。

“哈哈哈哈哈。”文峰大笑，他真喜欢这个女人，太喜欢了，喜欢到她扭扭捏捏都觉得可爱。

6

西郊某片场。李若溪刚下了一场群演的戏，身上还穿着一件又破又脏的戏服。

“李若溪。”高姐实在是忍不住了。李若溪到现在怎么还是什么戏都接，连一帮难民走过的场景戏也接，脸都没露。刚才还听到她跟一个场记说，有什么给钱的活都叫她。这丫头到底怎么回事？为这点儿小钱这样折腾，真是白埋没自己的才气了！

“高前辈！”李若溪一看是高姐叫自己，赶紧小跑过来，“高前辈，最近您身体好吗？”

“我挺好的。”高姐能感觉到，李若溪对自己是真的敬重，那种自然流露的关心也不是演出来的，这么想的时候，高姐的语气也软了下去，“你怎么回事？这时候不好好接一个角色琢磨，光去跑群演能成什么气候？”

“对不起。”李若溪有点儿惊讶高姐竟然会跟自己这样说话，但也听出来了，高姐是责备她不专心演戏，“我很抱歉。”

“你没有对不起我，也不必说抱歉。”高姐是真有点儿恨铁不成钢，“你只是要问问你自己，你想要的是什么东西。”

“我会努力的。”李若溪有点儿感动，她在这个圈子里听说过高姐人品好，也听说过她冷漠毒辣。可现在看来，冷漠大概只是有人刻意中伤，高姐与她非亲非故，自己也没后台没背景，高姐对她的关心与指点是她最需要的。

“努力也得有个方向。别光是说一说。那个叫萌萌的，应该是你的同学吧，她就比你做得好。也够努力，更懂得抓住机会。”高姐是替李若溪可惜。

“高前辈，您教诲得是。”李若溪非常感激，“若溪一定铭记于心。”

两个人正说着话，李若溪的手机响了，李若溪跟高姐说了声“抱歉”走到旁边去接：“喂，妈妈。嗯，我吃过饭了。你吃了吗？宝宝怎么样？拉肚子好点儿了吗？”

“嗯，好。今晚工作结束会晚一点儿，我不回去吃晚饭了。”

“嗯，知道了。妈妈再见。”

李若溪挂了电话，又走回高姐旁边。

高姐喝了口茶，还是开口问道：“前些日子，网络上有新闻说，你生了一个孩子，是真的？”

“是的，我是有一个孩子。”李若溪想解释一下，“但是我……”

“你结婚了？”高姐继续问。

“没有。”李若溪老实回答，“高前辈，事情是……”

“你不必说了，走吧。”高姐冷脸起身，转身快步走开，还以为她是可造之才，没想到不过是个糊涂妞，未婚生子？在这一行里，就是嫁得极好的已婚生子的女人，也不好混出头。她倒好，小小年纪就来了个未婚生子，这胆子大的，都蠢掉了！自己真是猪油蒙了心才想着要去帮她！

“高前辈……”李若溪追了两步，到底停住了脚。

即使追了上去，她又能解释什么呢？她现在是有一个孩子，她是个单身妈妈，这是事实没错。即使解释了又有什么用？

7

晚上九点。文峰总算等到了结束一天工作的李若溪，但她脸上难以掩饰的失落让他担心，“怎么了？”

“高前辈知道了我有孩子的事……”李若溪想起过去这几年的种种，就是高姐这样诚心诚意给她创造机会，最后她还是没有抓住，实在没有办法掩饰自己的低落。

“她没祝福你吗？”文峰半开玩笑地问。

“没有。高前辈生气了。”李若溪没有开玩笑的心情。

“她不祝福你可以理解，但是为什么要生气？”文峰不是太了解高姐曾经向林导演极力推荐李若溪的事情。

“高前辈给我创造过机会，但我没有珍惜。我令她失望了。”李若溪还是第一次向文峰倾诉自己的心事，感觉有点儿怪，但也觉得是另一种放松。原来说出来是这样的感觉，她以前从不知道。

“换我我也对你生气。你怎么可以莫名其妙地把自己变成了单身妈妈呢？”文峰说。

“是呀。我怎么会这样呢？看我把事情弄成了这样。”李若溪垂头丧气。

“你看，你把自己弄得这么糟糕。但还是找到了我这么优秀的男人做男友，这说明你还是很上进的。”文峰继续逗她。

“这和你有什么关系呀。”李若溪无力地给了文峰一个白眼。她就知道，这货决不会好好地安慰她，到最后又变成了他挖苦她兼自夸。

“当然有啊。你人生失败，我是你人生唯一的成功。这正说明了我是一个成功的人。”文峰对自己成功激起了李若溪斗嘴的兴趣感到开心，“而你应该这样想，像我这样优秀的成功男人成为了你的男友，就算是你成功的一部分了。不是有句话吗，男人成功靠打拼，女人成功靠男人。”

“我觉得你不是太成功。”李若溪的脑海里出现一连串儿的词：事业中断，被兄长父亲赶出国，灰溜溜地回来自己创业，找了个女友又穷又倔，还带着个拖油瓶！

“男人帅就是一种成功。”然后文峰问李若溪，“我不帅吗？你真的这么觉得？”

“帅能当钱花吗？拿着你的脸能到银行去刷卡取钱吗？”李若溪也笑了。

“肯定能啊。”文峰断言，并且给她举例，“想当年我就是凭着这张脸在娱乐圈里赚了不少。”

“喊，你要不是靠着文爷儿子这顶帽子，你能混起来？”李若溪一针见血。

“李若溪，有人告诉过你，你其实很毒舌吗？”文峰断言，“我明白了。你妒忌我有个好出身。没办法呀，我就是命好，哈哈。不过看在你承认我帅的分儿上，我原谅你的妒忌了。”

“喊，苏若明也很帅。”李若溪小声反驳。

“李若溪！”文峰声色俱厉，“在自己男友面前说别的男人帅，你觉得好吗？”

“我说的是事实。”苏若明因为帅，最近不但做模特儿，还开始接拍电影了。

“我今晚不请你吃饭了。”文峰说，“哪个男人愿意请说自己不帅的女友吃饭啊？回家饿着去吧！”

“你最帅！”李若溪乖乖改口了！都快到餐厅门口了，为着谁更帅这点破问题吃不上饭，犯得着吗？

“算你识相。”文峰哼哼。

“我是俊杰，识时务者为俊杰。”李若溪纠正。

8

李若溪今天难得休息，被文峰拉到公司里当打杂小妹。文峰的公司现在已经开始艰难起步了。但全公司就两个人：文峰自己，还有被文峰找回来虐待的前助理小张。两个人的公司，事情自然做不完，李若溪一有空都会被叫来打杂。其实就是给文峰冲个咖啡，接个电话，顺便被文峰调戏一下之类的工作。

文峰出去见客户，李若溪本来准备在休息室里眯一会儿，苏若明的电话就打进来了。

“李若溪！我的电影打元旦贺岁档，月底首映，你来不来？”苏若明已经好几个月没来找李若溪了。他太忙了，赶着拍电影、拍封面，赶通告什么的。他算是知道人红的滋味了。

“当然会去支持你呀。”李若溪替苏若明高兴。这几个月，她的工作还那样，仍然就只是在各个剧组混了个脸熟：哪个剧组缺人手了，临时找不着小角色了，都会来找她。可是，她仍然没有遇着演主角的机会，甚至连小配角都混不上。

在这个圈子里，多的是年轻貌美，又比她奋不顾身的追梦女孩。很久以前，李若溪就觉得，只要自己拼命努力，只要自己不放弃，一定能等到那个机会。现在她仍然是这样认为的。而且现在，妈妈、宝宝和文峰都在她的身边，她觉得自己没以前那么孤单了。

“那做我的女伴出席首映式可以吗？”苏若明得寸进尺，“我会介绍导演给你认识，还有编剧。”

“不好吧？我又没有参演。”李若溪脑子里闪过的其实是文峰瞬间眼睛眯成一线利刃的脸。

“来吧！我保证我只说你是我的女伴，又不是女友！”苏若明觉得自己现在已经在这圈子里站稳了，他要抓住每一个能拉李若溪一把的机会。

“我看时间吧。我一定会去电影院看电影的。”李若溪没敢答应。唉，有了男友就是愁，做点儿什么事还得想着他的脸色。

“我把礼服给你快递过去！”苏若明马上上升到行动级别。

“别呀，那个……”李若溪正想拒绝，但苏若明那边忙开了，都没听她再说就挂了电话。

苏若明的手脚真是快，那件礼服居然三个小时后就快递到了。

李若溪签收的时候，文峰刚巧回到公司，见了便问：“什么东西？”

“呃，是一件礼服。”李若溪拆开一看，妈呀，那盒子一看就是高档货，于是头皮一阵发麻。

“你买礼服了？”文峰瞄了一眼那盒子，确定不是爱网购的屌丝女孩李若溪可以买到的东西，“谁给你送过来的？”

李若溪低头答：“苏若明。”这文峰的眼睛能不那么锋利吗？

“退回去。”文峰丢下三个字，转身走进了他的办公室。

9

“好吧。”其实李若溪还想问一句：这礼服很好看，对吧？忽然一想，还是别问的好，文峰眼看着都要炸起来了，她放下礼服，只拿了一起送来的两张电影票追着文峰也进了办公室，“那电影我总可以去看吧？”

“嗯？”文峰好看的眼睛眯了起来。

“要不你陪我去看？”李若溪可不是胆儿小，首映式记者那么多，文峰现在才不会公开露面呢。

“不陪。”文峰说。陪自己的女人去看暗恋她的男人主演的电影，他有毛病啊！

“那我自己去看了。”李若溪觉得这是苏若明演的第一部电影，于情于理都要去支持的。

“随便你。”文峰一脸无所谓。

首映式那天，李若溪早早就到了电影院。人真是不少。李若溪不禁感叹苏若明现在真是混得挺不错，杂志封面啊，广告代言啊，电视综艺呀，电影都有他的事儿，人长得帅，粉丝就是多。

李若溪本来是挤在粉丝堆里的，一身白色西装，以白马王子架势登场的苏若明登场后，李若溪几乎被身边女粉丝的尖叫声淹没，“苏炫！苏炫！苏炫！苏炫！”

李若溪本想退到后面去，可没想到却被挤到前面去了。她还没反应过来呢，苏若明就快步走近，伸手把她拉了过去。

李若溪只觉得闪光灯乱闪，她自己都没反应过来，就有八卦的记者在问："这是谁呀？"

苏若明笑得那个美，回答得那个积极，"这是我生命中最重要的人。"

于是，李若溪又感觉到了一阵狂乱的闪光灯。

李若溪今天就穿了普通的T恤牛仔，看起来跟个普通的追星女孩没什么区别。但李若溪到底不是普通的女粉丝，虽没有见惯这种场面，但毕竟是摄影机底下混日子的。

她的微笑逐渐从容自然起来，稍一用力错开他搂着她的肩膀的手，低声说："喂，苏若明，祝贺你。我走了，别多事。"

李若溪好不容易挤出了粉丝圈，溜进了放映厅，借着半暗半明的灯光找到座位，刚坐下，手就被人拉住了！李若溪吓得大叫一声，用力甩开那个人的手跳起来要跑。

但对方的手握得很紧，"还想出去和他再来个亲密合影？"

"怎么是你！"竟然是文峰！他不是说不来的吗？反应过来后，李若溪赶紧坐下，然后转头四下观察，"你来的时候没被人看到吧？"

"你太高调了，我得低调一些。"文峰淡淡地答，然后质问，"你真的没觉得当着男友的面去和别的男人亲密合影不好吗？"

"什么亲密合影！"李若溪赶紧否认，"我哪有！"

"早知道你会否认。"文峰拿出了手机，"所以我拍了照片存证。"

"我……"李若溪看了下文峰的手机，上面正是刚刚苏若明把她拉过去拍照时的情形，一时无语了。

"嘘，电影要开始了。你有九十分钟的时间好好想一下如何补偿你心碎的男友。"文峰语气淡定地建议道。

黑暗中，李若溪完全看不见他的表情，不知道是恶魔的微笑还是真的愤怒到极点了在装酷。

10

一直到电影结束时，李若溪因为只顾着猜度文峰的心思，也没来得及看苏若明到底演了什么。她想不管文峰专心去看电影，可文峰不是把脸凑过来就是把手伸过来，一会儿亲一下脸，一会儿闻一下头发，一会儿摸摸手心，完全是不让她看电影的节奏。

电影结束时，李若溪明白了：文峰根本就是来打扰她看苏若明电影的！

“想好了吗？”两个人随着人群走出电影院，到了停车场人少一点儿后，文峰马上握住了李若溪的手问道。

“想好什么？.”现在李若溪对于文峰的各种亲密动作已经习以为常了。比如三个月前，他如果拉她的手，调戏一句，她会急得直跳脚。现在好多了，有时候还学会了一点儿反调戏的技巧，比如说，假装不知道他在干什么。

“这个。”文峰早料到李若溪会耍赖，拿出手机里的证据，“我可是从来没有当着你的面和别的女人又搂又抱的。我是有节操的男人。我受到了严重的伤害。你应该作出补偿。”

“那你也去找一个女人又搂又抱一次吧，我不会要你补偿的。”李若溪嘻嘻地笑。

“这可是你说的。”文峰慢条斯理地放好手机，一把将李若溪拦腰抱起，然后像扛一袋米似的把她扛在肩头向停车位走去，在李若溪挣扎时还给她的屁股上来了一掌，“安静点儿，否则我告你性骚扰。”

肚子被文峰的肩膀顶着真是难受！李若溪两只手抓住文峰后背的衣服，脸朝下看到他两条迈着大步的长腿，断定这货就是来折磨自己的。

电影里那些男主角把女主角扛起来的镜头看起来唯美，事实上她难受得都要吐了，“文大少爷！文老师！求你放我下来吧。我要吐了。”

“你敢吐在我的身上试试。”把李若溪扛在肩膀上的感觉不错，这丫头是瘦了点儿，但身材还算有料。

“你想乔姿了对不对？”李若溪威胁无果后开始诬陷，“《深夏之吻》里就有你这样扛着她的镜头！你一定是想她了！”

“啪！”文峰又拍了李若溪的屁屁一掌作为对她诬陷的回答，然后打开车门把她放进车里，“你再敢胡扯，我做的可就不只是打你屁股了。”

“你要干吗？”李若溪一坐下赶紧双手护胸，因为文峰现在眼睛里闪的那些莫名其妙的小火苗实在让她感觉危险。

“先强暴，然后杀人埋尸。”文峰闷闷地恐吓她，然后让自己快速放开她的身体，迅速关上副驾的车门。

等他再次打开驾驶座车门上车的时候，李若溪还在为他阴森森的语气后怕：“你不会是个变态吧？”

“哼。”文峰只“哼”了一声，他最近是有点儿欲求不满没错。抱着李若溪的感觉就像看着美食饿得要死却不能吃，他不是变态也接近变态了。

“那也只能怨我遇人不淑了。”李若溪现在开始喜欢与文峰的相处方式了，两个人斗嘴，打打情，骂骂俏，平常而有趣的甜蜜。

第九章 酸酸的醋坛子

你放着亲爱的男友的电话不接，跑去跟别的男人在一起！你这不算出墙算什么？

1

李若溪一进文峰公司，小张就给了她一个老板今天晴转阴，偶有大雷雨的眼神儿。

李若溪心神领会，赶紧悄悄凑近问个清楚，“今天又是为了什么事？”

“你自己看吧。”小张把屏幕转向李若溪，翻了个白眼，一副差点儿被这对小情侣气死的神情：老板是个醋坛子，可是准老板娘偏偏对招惹她的其他男人也没个准儿，绯闻上网页都不用打招呼的，说上就上。还每次都同现在最红的那个男模影星苏炫一起上，一会儿私生子，一会儿地下恋情，一会儿又苦恋多年，一会儿男星背后的女人。害得他这个小助理就惨了，每天严格按照娱乐新闻来定老板的脸色晴雨表，还要负责灭火调停，兼职通风报信等工作。唉，做助理难，做文峰的助理就更难了。

“这个……”李若溪最近的头也很大。

苏若明那个唯恐天下不乱的二货，电影虽然拍得不怎么样，但挡不住人帅，女粉丝们硬是把电影的票房给捧起来了。据说现在只要有他的杂志都会很快被抢光，代言的饮料、衣服都卖得很好。人红就红呗，可这货每次被人问起关于恋情、喜欢的女孩之类的话题，无一例外都要提到她。现在那些新闻都不写李某某了，直接就写李若溪。

现在李若溪到剧组去做群演跑龙套的时候，都有人居心不良地问她：“你都泡上苏炫了，还来跑什么龙套啊。”

话说，这些都还是好应付的。难以应付的是正在办公室里的那个阴晴不定的魔王。李若溪一想到文峰吃醋时那难以捉摸的表情，心里一阵发怵，真想转头逃跑算了。

“老板下午和制片方有会谈，你可不能让他挂着这脸去。”小张看出了李若溪的意图，赶紧按了通话键，“老板，若溪小姐来了。”

“让她进来。”文峰的声音“嗖嗖”地冒着冷气。

小张不由自主地打了个寒战，悄悄地问李若溪：“要我去给你开门吗？”

“我自己去。”李若溪是很讲义气的，她决定牺牲自己，拯救小张。

“今天的新闻标题是：李若溪是我生命中最重要的女人。”文峰坐在办公桌后面，李若溪进来他头都没抬，一边继续手上的工作，一边貌似轻描淡写地问，“你有什么感想？”

“呀？感想？”李若溪忙着猜度文峰这会儿到底在想什么，“我没什么感想啊。你呢？你有什么感想？”

上次苏若明在电影首映后，媒体放出了他搂着李若溪的肩膀的照片。还引用了之前李心尚生病时在医院里被拍到的那几张照片，硬是写出了二人同居多年并育有一子的新闻。但这种新闻居然无损苏若明的魅力，反而给他增添了一顶好男人的高帽子。

那条绯闻出来后，苏若明居然从来不否认，一有人问就笑。

但文峰可就气坏了，一连几周盯着李若溪的眼神都跟着了火似的，还时不时想出个什么惩罚她的新点子，比如让她给他吹头发、剪指甲之类的杂事儿。

2

“我感觉很好。”文峰继续着他那不愠不火的语气，“我的女友是别的男人生命中最重要的女人，我感觉再好不过了。”

“你的感觉应该不是太好吧？”李若溪小声猜测。

“打电话给他。”文峰说。

“啊？”李若溪拿出手机，犹豫着要不要听话，她现在打给苏若明要说什么呀。关于让他不要再在媒体面前提起她的事情，她都说了很多次了。但苏若明是个姓石头的，人家就是依然故我，她能有什么法子。

文峰忽然起身，倾身隔着办公桌拿过李若溪的手机拨通了苏若明的电话，苏若明很快就接了，“喂，若溪。”

“那个苏……”李若溪还没来得及说话，文峰的手忽然托起了她的下巴，然后她的嘴就被强吻了。李若溪甚至震惊得都没发现文峰的另一只手还拿着手机正对准了两个人正Kiss（接吻）的脸。

苏若明自然看到了直播："幼稚！"他说了一声，把手机扔到桌子上，但马上又拿了起来，"文峰，你想怎么样？"

"即使可以理解为你在帮李若溪打知名度，但我也不喜欢你的方式。"文峰还有点儿留恋李若溪的嘴唇，但他不想给苏若明看太多，打击到位就够了。再说了，等李若溪反应过来，小辣椒是要爆的，他可不想自己被小辣椒女友炸到的场面被苏若明看到让对方暗爽。

"很抱歉，我说的都是真心话。"苏若明现在已经下定决心了，自从他日渐上位之后，他觉得无论如何都要为自己争取一次，哪怕没有机会，也要尽全力。只为李若溪。

"你干吗？"李若溪抢过手机挂断，顺手给了文峰一掌。

她虽然用了力气，但在文峰眼里无异于娇嗔，"又骚扰我，要再来一次吗？"

"谁要和你再来！"李若溪差点儿要尖叫了！他刚才居然就这样跟苏若明视频通话了！也就是说被苏若明看见了！

"我们不是情侣吗？"文峰反问。

"我们是没错，但……"李若溪一时不知如何反驳。

"为什么要介意他？你想劈腿？"文峰停了一下，上下扫视了一眼李若溪一百六十厘米的个子，然后鄙视，"想劈腿腿也得长点儿呀，你这俩小短腿儿劈得成吗？还是好好跟着我吧，别再想着出墙了。"鄙视完后文峰也没给李若溪反驳的机会，"去给我冲杯咖啡，然后把小张整理好的文件拿进来给我。"

"可是……"李若溪觉得刚才讨论的问题还没讨论完呢。

"可是什么？你还想再跟我甜蜜一会儿？"文峰一副欢迎再来的样子伸开手，"来吧。"

李若溪大败而逃，出门看到小张一本正经地坐着，看到她出来那眼神儿了然于心的样子，李若溪觉得他刚才肯定偷听了。于是脸又烧了起来。

3

“李若溪，那边有部抢劫珠宝店的戏，演一个店员，有两句台词。你去不去？”李若溪刚从一堆杂草中爬起来，一个认识的导演助理就过来找她。

“去。”李若溪应得爽快。

“李若溪，有部被男二劫持路人的戏，两分钟，没台词，你来不来？”这种临时缺人的，本来找谁都行，但很多人最先想起的都是李若溪。

“马上来。”因为李若溪有求必应，做事又卖力。

李若溪虽然一直否认，但圈里圈外的人都知道，她是新晋红人苏炫的“女友”。这名儿出的，虽然是左右不乐意，但好歹是有人记住李若溪了。也知道了她一直以当演员为梦想，无奈直到现在都在跑龙套。但不管是什么样的名气，有点儿名气了总会好些，李若溪现在是不愁没活干了。除了四处跑龙套，她还在几部电视剧里演了几个小配角，每天忙着在各个片场之间跑，连见文峰的时间都没有。

文峰最近也非常忙，小公司刚起步，什么都艰难，想要在天文化集团掌控的影视娱乐圈分一口饭吃可不是件容易事，而文峰又不是个喜欢做容易事的人。

李若溪各个片场跑多了，见到萌萌的次数也多了。萌萌现在跟以前大不一样，身边光是助理就有三个。都说萌萌脾气是古怪些，但对身边的人还行，对导演制片更是没有架子。传说她会做人，日后长红有望。

李若溪听到这些话，也替萌萌高兴。但萌萌似乎并不想看到李若溪，每次看到李若溪也在片场，总是远远地避开。就是不可避免地当头碰见了，也是尽量连招呼都不打。

这一天，两个人又在一个片场里不可避免地迎面遇见了。李若溪叫了声萌萌的名字，后面那句“你最近还好吗”没问出口，萌萌就冷着脸朝前走开了，看都没看她一眼。跟在萌萌身后的助理也觉得奇怪，怎么一向待人和善的萌萌见了李若溪是这种冷酷的态度，但助理没敢多问。萌萌最讨厌的就是有人问起她的私事。

旁边还有不少工作人员，见到了这一幕的，也有那么一两个，知道李若溪与萌萌都是电影学院出身，只是现在一个红透半边天，一个还在跑龙套。大家半是同情半是嘲弄的目光看在李若溪身上，多少让刚被萌萌的冷脸打击过的李若溪觉得更加难堪。

若是以前，李若溪说不定会哭的。但现在，她虽难受，但没顾上：那边忙成一团的摄制组跑过来一个人朝她吼："李若溪！李若溪！你来了还不赶紧去换衣服！拍摄马上开始了！"

"马上去！"李若溪赶紧朝服装间跑去。

忙碌的人没资格忧伤，更没时间郁闷。这是真理。

4

自然也会遇到有苏若明在片场的时候。

"若溪小姐！"这么称呼李若溪的，一般就只有小张，高姐的助理，还有就是苏若明的助理了。

"你好。"李若溪看到苏若明的助理觉得头有点儿大。因为这时候大家都已经在用一种"还敢说你们没有奸情"的目光在谴责她了。

"苏先生请你到他的休息室去一下。"苏若明的助理是个有点儿微胖的女孩，对什么人都超有礼貌。虽然她左看右看，不觉得李若溪有什么特别之处值得苏炫那么迷恋，但助理之外的身份是苏炫铁忠粉的她，还是决定以苏炫的爱好为爱好。

"有什么事吗？"李若溪很不自然地跟着助理走向苏若明的休息室，身后那注目光使她如芒刺在背。

"你去了就知道了。"其实助理也不知道，因为她的老板苏炫只说了一句："去帮我把李若溪叫过来。"

休息室里，李若溪刚进门，苏若明马上站起来叫："李若溪！快过来！你看，这是粉丝团整理了咱俩的恋情回顾，超有意思的！”

李若溪对苏若明的这种行为已经习惯性无语了。

“没什么感想吗？”苏若明饶有兴趣地问道。

“没感想。”李若溪左右看了看，休息室里就她和苏若明，然后才冷起脸，伸手把苏若明递过来的平板电脑接过来，“啪”的一声，直接反扣在桌子上，“苏若明，我有男朋友了！”

“我知道啊。”苏若明无耻地笑，“这是绯闻。”绯闻嘛，可以信，也可以不信。

“你这样让我很困扰！”李若溪咬牙切齿，特别是文峰，最近那个醋坛子在很远的地方就能闻到酸味。

“是吗？”苏若明假装无辜，“我以为挺好的呢。”他一想到文峰那张黑脸，心里就觉得爽。他让文峰得到了喜欢的女孩，他还不能气文峰一下吗？

“苏若明！”李若溪有揍人的冲动，她以前怎么没发现呢，苏若明这么具备贱人的潜质。

“哟，打扰了两位的打情骂俏呢。”苏若明正要说什么，有人推门进来，嘴里也没客气。

李若溪一看，差点儿没认出来：乔姿怎么瘦了这么多！

文杰最新为乔姿打造的这部偶像剧里，男主角请的是正当红的苏炫，女主角自然就是乔姿了。

“姿姿，你瘦了好多！”李若溪这么说的时候，有一点儿担心，因为她记起之前乔姿保持身材的方式有些极端，要么不吃，要么吃了去催吐，“你没事吧？”

“瘦了不好看吗？”乔姿不想跟李若溪多说，她最近确实不是太好，几乎已经到了吃了就吐的程度。但她挺满意自己现在的身材，虽然瘦，但是上镜好看，海报出来后，媒体都说她瘦得有仙气。

“好看。”乔姿是瘦了之后更有气质一些，但是，李若溪总觉得她瘦得有些不寻常，“只是太瘦是不是不太好？”

“管好你自己吧。”乔姿现在看到李若溪是各种坏心情，“这里到处是记者，你勾三搭四的时候也想一想别人的感受。”

“我……”李若溪想反驳什么，没说出口。因为乔姿戗完她，转身就走出去了，根本没给她反驳的机会。

5

“别理她。”苏若明安慰道，“她脑子有问题。”

“你脑子才有问题！”李若溪气结，回了苏若明一句，然后也转身走了。

“喂，你去哪儿？”苏若明叫道。

“我去哪儿关你什么事。”李若溪戗他，这个无聊的家伙，下次再怎么叫她，她也不来了！

“作为绯闻男友，我问一声你的行踪不可以吗？”苏若明继续嘴贱，但李若溪已走远，他没来由地觉得自己有些心酸。

李若溪走出了苏若明的VIP贵宾休息室，只觉得被乔姿戗得心里郁闷。“噔噔”地往前走着，差点儿撞到了人都没注意。

才要道歉，被对方拉住，“若溪，你干吗？一副魂不守舍的。”

李若溪一看，竟然是思琪，“你怎么在这儿？”

“我来试镜。”思琪苦笑，“然后被刷了。”思琪不想说回国这么久自己遭受的各种冷遇，简直比以前有过之而无不及。先是被经纪人单方面要求解约，然后是到处受挫。对她感兴趣的，都是想占她便宜又不想给她工作的。

“可能是角色不适合。”李若溪安慰道。

“就你会安慰我。”思琪不像萌萌与乔姿那般，觉得李若溪是伪善，思琪是身材火辣，但为人比较单纯，“咱俩好不容易遇见了，一起吃饭吧。”

“今天不行啊。我得留在这儿，下午还有工作。”

“刚才我看到姿姿也在。这次她又是女主角，你就是有工作，也只是个跑龙套的。今天就和我去吃饭呗。”思琪可不认为乔姿会给李若溪什么好脸色。

“龙套也得跑啊。”李若溪自嘲，“你不知道我现在是远近闻名的龙套女王吗？”

“得了吧，你还龙套女王呢。”思琪说完，忽然看到了什么，喃喃地叹气，“唉，这家伙又来了。”

“谁呀？”李若溪朝思琪看的方向望过去。

只见一个金发碧眼的中年男子一脸欢喜地跑过来，“嗨，哈尼。”李若溪从他看思琪的迷恋眼神中断定这不是思琪的粉丝就是追求者。

“一个无聊老男人。”思琪回答。如果说她最近真的有什么好事的话，就是这个在加拿大认识后就对她穷追不舍的英国人了，“嗨，哈里。”

“我应该在那边等你的，但我太想你了。”哈里用英文说。他对思琪一见钟情，不惜放下工作追到中国来。

“这是我的朋友李若溪。”思琪向哈里介绍李若溪，“她就像我的妹妹一样。”

“英文有进步嘛。”李若溪用手肘轻撞了一下思琪，大方地向哈里伸出了手，“哈啰。”

“这货完全不懂中文。我只好迁就他了。”思琪也笑。

哈里看了一眼李若溪后，嘴里对李若溪一通赞美，眼睛却只盯着思琪。

李若溪算看出来了，这老男人对思琪是真的着迷了。“得了，你和他约会去吧。我再待在这儿，这家伙该怪我不识相了。”

“那我先走了，改天打电话给你。”思琪现在是挺享受被哈里追求的感觉。

“快去吧。”李若溪其实挺为思琪高兴的，这男人年纪是大了一点儿，但那只为思琪一人神魂颠倒的样子，就是陷入了爱情的模样。

6

李若溪结束了拍摄正准备去换回衣服，大老远的，就听见包里的手机在响。跑过去掏出来一看，十几个未接来电都是文峰的，赶紧打过去。

“李若溪，你知道不知道，你现在这种出墙的行为在一个世纪前是要被浸猪笼的。”文峰一手拿着手机，一手放在桌子上轻轻地敲。

“我哪里有出墙了。”李若溪对于被扣上出墙的帽子努力反驳，但最近这就像一个游戏，她把这帽子摘掉，文峰马上又给她扣上。她再摘掉，他继续扣上。周而复始，没意思透了。

“你放着亲爱的男友的电话不接，跑去跟别的男人在一起！你这不算出墙算什么？”文峰忽然大吼。吼完后，他闭上眼睛，想象李若溪被吓了一跳后，把手机拿得离耳朵远一些伸手捂着话筒无声地反驳他的样子，嘴角不禁上扬。

他今天心情不错，公司从开始运行到现在终于要开始拍电影了。各方面都已经顺利谈妥，剩下的就是把李若溪弄过来做女主角了。现在谁也别跟他说什么任人唯亲、裙带关系之类的。他遇上李若溪后，原则什么的基本就统统破了底线。所以现在他也是破罐子破摔的态度，他已经跟所有合作方都说了。女主角他已经找好人了，大家不用操心。

何导演因此对他有点儿不满。何导演怕文大少爷为了美色不顾一切，他想找有实力的年轻女演员，像萌萌那样的。为此昨天开会时两个人不欢而散。但文峰不介意，现在这是他的公司，他说了算。

“我刚才在拍戏。”李若溪无声地吐槽完，耐心地解释，“电话在包里，放在更衣间呢。我这不是马上给你回电话了吗？”

“你还有理了！”文峰哼哼，“现在马上给我过来。否则，哼哼。”

“好。”李若溪应得顺溜，她工作结束了。这几天忙疯了，一直没机会见面，她还真的挺想他的。现在她和文峰的相处模式看起来就是文峰一直在欺压她，就跟大少爷和小丫环似的。

但李若溪明白，文峰为了她，已经改变了太多。他不再干涉她的工作与生活，给了她更多更大的自由与空间。完全放弃了以前那种“跟着我吃香喝辣，你啥也不用干，只要陪着我就好”的想法。虽然他嘴上对她呼来喝去，但李若溪迁就他就跟逗小孩儿似的，乐在其中。她喜欢这样的相处模式，因为爱，两个人都在为对方改变，都在迁就对方。

文峰挂了电话，嘴角还一直挂着微笑。李若溪装乖顺小丫头的小样儿，他也没救地觉得她可爱到想过去抓住咬一口。不过，待会儿过来后，她如果知道自己内定她为公司第一部电影的女主角，以她那非黑即白正义凛然不走邪路决不依靠男友上位的性子，会是什么反应呢？他又开始期待他的小爆椒了。

7

“我们不是说好了吗？”果然，李若溪提出了反对的意见，“连试镜都没有，你独自就把女主角定了下来，导演他们肯定有意见吧？”

“这是我的公司投资的电影，我说了算。”文峰不以为然，他果然没猜错李若溪的反应，不过她没有暴走，有点儿没意思。

“你对我没信心对吧？”李若溪盯着他，半是威胁半是愤怒，“不然怎么也得安排个试镜走个过场。”

“我是对你没什么信心。”文峰逗她，“你看你都在这个圈子里混这么久了，也没混出点儿名堂来。和你一起的萌萌，你看人家现在红的，人家那才叫实力。”

“萌萌是有实力没错。”李若溪承认，“但是……”但是什么，她没能说下去。说但是萌萌上位的手段恶劣吗？还是说萌萌丢给她一个孩子，顺便还抢走了原本属于她的机会？怎么说都不是，李若溪只剩下无语。

“承认自己实力有问题了？”文峰看着李若溪纠结的表情，猜测她内心到底在纠结什么，但嘴上没忘打击她，“身为你的男友，我可是作出了很大的牺牲。我一人独断地把女主角给你，这可是大赌了一把。要是被你给演砸了，我这公司就直接关门大吉了。所以，为了感激我，你也得硬着头皮上啊。你不愿意，说明你也觉得自己的实力有问题。”

“我不比萌萌差。”李若溪气儿上来了，“试镜！必须试镜！否则我不干！”

“啧啧，你这有骨气的。”文峰双手抱胸，居高临下地看着李若溪自尊心小宇宙膨胀的小样儿，一边觉得她可爱，一边为她叹气：她这样的性子，要是他不罩着点儿，她在这圈子里怎么生存下去呀。

“你真对我那么没信心？”李若溪眼神如刀，一副你敢说是我就杀人的小模样。

“给个吻的话，可能会有一点儿信心。”几天不见，文峰对李若溪是朝思暮想。

“这个……”李若溪气结，“这跟对我有信心有什么关系？”

“我的女友天天跑去跟我的情敌一起工作，我见不着自己的女友就算了。好不容易见着了，连吻都不肯给我一个。你说，我能对你有什么信心？”文峰理直气壮地指责道。

“我……”李若溪很委屈，她怎么又错了呢？

幸好，上帝给李若溪派来了救兵小张，他小心翼翼地在外面敲门：“老板。”

“什么事？”老板语气里的不满非常明显。

“何导演来了，他一定要和你见面。”小张欲哭无泪，这位导演据说是圈里的年轻鬼才导演，脾气不小。他这个小助理为难啊，左右都是不能得罪的主儿。

8

何导演走后，文峰回到办公室，发现李若溪已经歪在沙发上睡着了。

他走过去，在她的面前蹲下，仔细地看着这个女孩的脸。大概是因为刚从片场赶过来，脸上应该还是戏里的角色的妆，很浓。这浓妆在她的脸上，竟然也不显得俗艳，在她熟睡的小脸上，反而有一种娴静典雅的美。

对于自己的这个感觉，文峰对自己摇头苦笑，他就不想再指责自己病入膏肓了。刚才，何导演提出要通过试镜决定女主角的事，他答应了。不是因为何导演，而是因为刚才李若溪说了。他还能再为她无原则一点儿吗？他觉得自己的下限有待刷新。在是否吵醒她之间犹豫了一秒，文峰当机立断地坐在沙发上，把她搂进自己怀里，一边搂着她，一边拿起平板电脑开始浏览网页。

李若溪睡得浅，被他的动作弄醒，看清楚是他后往他的怀里钻了钻，闭上眼睛想继续睡。

但文峰没让她得逞："别睡了，我饿了。"

"我不饿。"李若溪只觉得困。

"你要是不陪我去填饱肚子，"文峰慢悠悠地威胁道，"我身体的其他地方也要饿了。"

"那你饿着吧。"李若溪喃喃地回答完，忽然感觉到了什么，"腾"地从文峰怀里跳起来，"你……你怎么……"她说不下去了，虽然她并不是无知少女，但她是害羞女李若溪呀。

"我要是没反应，你才应该吃惊。"文峰一点儿也不尴尬，微笑着欣赏着李若溪瞬间脸红的样子。但为了接下来可以好好和她吃饭约会，他决定放弃在这个问题上继续调戏她，"晚餐去找雷诺怎么样？"

"他那里好贵的！"李若溪马上变身精打细算的小媳妇，"我们现在又不是有钱人！"文大少爷这个奢侈的毛病怎么就是改不了呢？

"我们去蹭他一顿，不给钱。"文峰想说自己没她想象中那么没钱，公司里没请其他人不过是因为想低调一点儿。

"上次我们已经去蹭过一次了！"李若溪一想起雷诺那家非要排队预约才能吃上饭的高端法国餐厅，就觉得很不好意思不给人家钱。

"那你想吃什么？"文峰问完，又说出了自己的条件，"我不吃大排档。"他对于在那样杂乱的地方约会无法接受。

"到你家去，我给你做。"李若溪说完，想起了自己十分凑合的厨艺，后悔了，"不不不，我们还是到外面吃吧。"

"我真可怜。"文峰笑道，"我的女友不漂亮，没钱，没名气，没实力。这也就算了，连做饭都不会。你得感谢我，如果不是我，你都没人要。"

"谁说我没人要？"李若溪还想说，有的是人要。但文峰的声音提高了："你敢跟我提姓苏的和姓赵的试试！"

“是，谢谢你。”李若溪没想提苏若明和赵磊子，但这也足够让人欲哭无泪了：被讥讽了还得跟人说感谢，这是什么逻辑。

9

“这就对了。”文峰柔情蜜意地吻了过去，手没忘记固定她的脑袋以防他的小爆椒女友随时炸开，毕竟他刚刚又赢了她……

李若溪试图反抗无果，遂停止反抗享受之。李若溪觉得既然已经爱了他，就没理由非要争个赢字。而且，这个男人嘴上虽然恶毒，但在大多数事情上，还是优先考虑她的感受。就这一点，已经值得感激。

“我就不能亲你，一亲你就觉得更饿。”文峰理智仍在的时候结束了这个吻，再吻下去，他可不敢担保自己还能做柳下惠先生。

李若溪“哧”地笑了，她觉得和文峰还未到更加深入亲密的时候。文峰了解了这一点后，已最大限度做出了让步，过去的他虽然不算花心乱搞型的男人，可也绝不是清心寡欲的和尚。

“再笑就不要去吃饭了。”文峰的语气仍然维持高冷，“留下来吧，咱们做点儿什么好了。”

“快走，快走，饿死了！”李若溪马上跳起来往门外走。

文峰扬起嘴角，摇摇头，跟在她后面出了门。

到了试镜那天，李若溪早就做好了准备，把工作都安排好了。

早上，李若溪早早起床，准备吃了妈妈做的爱心早餐后就到文峰的公司去。到了客厅发现平时一向早起的宝宝居然还没有醒。进屋一看，李心尚脸红红的，正“呼哧呼哧”地睡着呢。

李若溪伸手摸了一下孩子的脸蛋，烫得她吓了一大跳：“妈妈，宝宝发烧了！”

“是有点儿烧。”其实孩子在夜里已经有点儿不对劲儿了，因为知道李若溪今天有很重要的事情，所以李妈妈故意没说，想等李若溪出门后自己带宝宝去医院看看。

“妈妈！”李若溪一边抱起宝宝拿起衣服帮他穿上，一边责备妈妈，“这不是有点儿烧了！是已经高烧了！他都没有精神了，一直在睡觉，等于半昏迷了，很危险的！你怎么不早点儿告诉我？”

“你今天不是有重要的事情吗？”李妈妈也慌了，赶紧过来帮忙给宝宝穿衣服，“我想等你出门后再带他去医院！”

“妈妈，宝宝发高烧了，这怎么能等？”李若溪看着妈妈内疚的样子，觉得自己吼妈妈不对，可是也免不了又生气又伤心，眼泪在眼睛里直打转。

“对不起，妈妈错了。”李妈妈看到女儿竟然急得要哭，自责极了，“妈妈这就带宝宝去医院，你快去工作吧。”

“你自己都在生病，怎么带宝宝去医院啊！”李若溪说完，又觉得自己不应该对妈妈吼，“没事。我们先带宝宝去看医生，情况不严重的话，我再去工作。”

怀里的孩子半睡半醒地往李若溪怀里挤了挤，浑身烫得跟个小火球似的，李若溪怎么也放心不下让仍患低血压的妈妈独自带宝宝去医院。

10

到了医院，挂号护士一看宝宝都烧成这样了，赶紧叫了医生过来看。医生初步诊断为急性疱疹感染。于是又去验血，又是打退烧针，一通忙乱。

宝宝不舒服，一直哭闹，烧也一直没真正退下去，医生又要求办了住院。这一通折腾下来，一个上午都过去了。

医院里闹哄哄的，加上孩子一直在哭闹。李若溪又心疼妈妈，又心疼孩子，忙着跑上跑下做检查，文峰的电话打到她的手机没电关机，她也没来得及接。

等到宝宝终于退烧后安静地睡着的时候，李若溪看了一眼时间，明白自己又错过了文峰为了迁就自己才安排的试镜。

等李若溪终于赶到文峰的公司的时候，小张一看到她就跑过来，“我的姑奶奶，你怎么才来！”小张想说：导演最属意的萌萌也来了！并且人家已经通过了试镜！这次可是公开的试镜。

为了给电影和李若溪提高些知名度，文峰是花了钱请媒体来的。可李若溪大小姐硬是到最后都没出现。小张都不想提老板那张越到最后越接近零下温度的脸。只记得最后，老板黑着脸宣布萌萌得到了这个演出机会，随后转身回到了自己的办公室，直到现在都没出来过。

“对不起。”李若溪一进门，头就低着，都没敢抬头看文峰。

文峰从早上打不通李若溪的电话开始，火苗就一直“噌噌”地往上蹿。可他这怒火焚身了半天，李若溪直到最后都没出现。等到他的怒火转为担心时，李若溪才来。这坏丫头一进门就没敢抬头，那内疚懊悔的小样儿让他的冰心顿时化作暖水一杯。

文峰站起来走过去，把她搂进怀里，下巴放在她的头顶上：“我以为你出了什么事呢。”

“宝宝生病了。”李若溪说完这句，就觉得自己很是委屈。从早上发现宝宝发烧就开始在眼眶里打转的眼泪，这会儿扑扑地掉在文峰的衬衣上渗进去。

没一会儿，文峰就觉得自己的衬衣湿了一大片，把这丫头推开一看，哎哟，那眼泪都糊了一脸了！还在一颗一颗往外冒呢！

文峰伸出手抹掉了一行，又一行流了出来。文峰上次见她哭，还是那次献身未遂后看她蹲在路边的样子，那种悲恸他至今想起都觉得心痛。可现在这委屈的模样，文峰还真没见过，又觉得心疼，又觉得可爱。想亲过去，又嫌弃她的眼泪一把一把的，只得继续把她抱在怀里，任她的眼泪毁掉自己的衬衣：“李若溪，我可告诉你呀，我这件衬衣很贵的。”

“多贵？”李若溪哭着问。

“你要赔吗？”文峰反问。

“不赔。”李若溪哽咽着，回答得很坚决。

“那就别问了，继续哭吧。”文峰笑笑，这件衬衣作为他第一件被女人可爱的眼泪浸湿过的私人物品，应该保留一下，以示留念。

第十章 拜见未来岳母大人

李若溪一看，还有一个大盒子装的遥控车玩具，不禁暗暗为文峰的情商着急：宝宝还不满一岁，这玩意儿得吓着他吧？

1

傍晚，文峰陪着李若溪一起去了医院。到楼下的时候，李若溪忽然伸手把文峰挡住不让他进电梯：“不行。你不能去。”

“为什么？”文峰问了一声，看到旁边几个探病的人都带着果篮或礼物，顿悟，“你等我一下。”说完转身往门外走。

李若溪赶紧拉住他：“你要干吗？”

“那个。”文峰伸手指了指旁边一个拎着大果篮的人。

“哧。”李若溪笑了，“我不是那个意思。”

“那你什么意思？”这时候，文峰想起自己都已经做李若溪男友这么久了，还没有正式拜访过李若溪的妈妈呢。从得知有宝宝的存在后，好似也没有带着李若溪和宝宝一起出去玩过。一方面因为自己太忙，另一方面，李若溪也很少在他面前提起孩子。除了这次，他才意识到这个孩子在李若溪的生命中已经是无法磨灭的存在，他再刻意地去回避已是不可能的了。既然必须选择面对，那就早点儿面对的好。

“我……”李若溪低头，有些不好意思，“我还没有告诉妈妈我们的事。”

“李若溪。”文峰盯着她的眼睛，一字一顿地说，“李若溪，你一直没告诉别人我是你的男友，还公然允许姓赵的和姓苏的一直在我丈母娘面前乱蹦跶瞎表现。”说完这句，文峰还故意停顿一下，然后才继续，“爷很生气，后果也很严重。”

文峰说完，两手握着李若溪的肩膀，半抱半推把她挪到角落，“现在，先在这里等我。我去给丈母娘买见面礼。你敢先跑一步试试。”

李若溪本想分辩两句，但还是闭嘴站在那里等他了。

没一会儿，文峰两手提满东西回来了。李若溪一看，还有一个大盒子装的遥控车玩具，不禁暗暗为文峰的情商着急：宝宝还不满一岁，这玩意儿得吓着他吧？

文峰从小锦衣玉食，但过得比较孤独。虽然说他并不喜欢父亲养育他的方式，但文爷身上的一些东西到底他还是遗传到了：比如说买最贵的东西给儿子就是最爱儿子。所以刚才文峰到了商店里，也不知道要买什么，最后十分土豪地对人说：把你们最贵的几样给我拿来吧。于是就有了一堆华而不实的营养品和摇控玩具汽车。

电梯里，因为李若溪很紧张，所以搞得看着她的文峰也有一点儿紧张。

为了缓解紧张，文峰问李若溪："等会儿你要怎么介绍我？"既然已经这么紧张地来了，他可不能没名没分，得事先说清楚。

"说是朋友行不？"李若溪看了一眼文峰刀尖儿一样的眼神，嘿嘿地笑，"嘿，一定不行吗？"

"男朋友，或者以结婚为前提交往的人。二选一。"文峰今天要立自己的地位，以防其他人想以讨好丈母娘的招儿和他抢李若溪。

2

结果上了楼还没进门，就听到宝宝在"哇哇"大哭。李若溪赶紧跑进去看，原来是因为宝宝乱动，挂水的针头跑偏了。护士正在给重新扎针。

李妈妈正按着因为痛和不舒服而手脚挣扎的宝宝，李若溪看得那个心痛啊，脸都扭曲在了一起。

快一岁的宝宝，会喊妈妈了，"哇哇"地叫着"妈妈，妈妈"哭着，把李若溪的心都揪住了，一边心痛一边帮忙按住挣扎的孩子，"宝宝别哭，妈妈来了。妈妈在这里呢。"好不容易，才算把针给宝宝重新扎上。

一旁的文峰手里提着大堆东西，听着孩子凄惨的哭声，看着李若溪和李妈妈只顾着孩子看都没看他，自己站着也帮不上忙，心里一阵尴尬。

这时，打完针的护士忽然发现病房里来了一个大美男。

这护士以前正好是文峰的粉丝，于是捂住嘴发出一声长长的尖叫后，花痴地跑过来问："文峰！你是文峰！对吧？哦，天哪！我竟然见到真人了！"

文峰本想扯出一个职业微笑说"你好"，但一想，自己和李若溪之所以进行地下恋，不就是为着不给某些人知道自己在国内吗？于是矢口否认：“抱歉，您认错人了。”

“不是吗？”护士震惊之余，也很不好意思，“不好意思。可是，真的好像啊。”

护士终于走出去后，文峰看着捂着嘴在笑也不向李妈妈介绍自己的李若溪，心里恨意顿生，转而向李妈妈来了一个九十度大礼，“阿姨，您好。我叫文峰。我是若溪的男友。刚才我没对护士小姐承认是因为怕引起不必要的麻烦。对不起。若溪因为一直嫌弃我不够好，所以不让我来拜访您。但我以后一定会加倍努力让若溪对我有信心。今天我听说宝宝病了，您身体也不舒服，所以才执意来打扰您。请您原谅。”文峰的道歉倒是诚意十足，他太想给李妈妈一个好印象了，未免有点儿紧张。

他这紧张的样子反而让李妈妈感兴趣了，“你和若溪正式交往了？”

赵磊子对李若溪的心思她知道。那个姓苏的帅小伙对李若溪有意她也看得出来。但眼前这帅小伙就不好说了。明明没见过，可就是看着眼熟。那眉目是俊得没话说，看起来也是个正派人。但看刚才护士小姐的表现，还有他说的话，明着说李若溪嫌弃他，其实是投诉李若溪不领他回家见家长呢。问题就在于，为什么李若溪一直没说和他在交往？

“是的，我们交往有半年多了。”文峰决定还是在准丈母娘面前安分点儿，这小老太太看着挺柔弱，其实骨子里应该是很坚强的女人，和他印象中的妈妈很相似。

“是吗？”李妈妈看向李若溪，李若溪有点儿不好意思地向妈妈点头承认。李若溪这一点头，李妈妈可真惊着了，“是真的？”

这些日子，她是看出来女儿好似在恋爱。原来就是和这个叫文峰的小伙子在一起吗？可为什么要瞒着？难道这小伙子是有家室的人？

李妈妈因为太担心李若溪，一想就想远了。对文峰的态度也淡了起来，“你的心意我收到了。谢谢你。你要是忙，就先回去吧。这里有我和若溪就行了。”

文峰一听，有点儿惊讶自己被下了逐客令，但他还是有礼貌地告辞道：“那我就先走了，下次再正式到家里去拜访您。”

3

文峰走后，李妈妈才问女儿：“你们真的交往那么久了？”

“嗯。”李若溪不打算再瞒着妈妈了。

“为什么不公开？”李妈妈真为女儿担心，这个叫文峰的男子，比苏若明与赵磊子都要年长些，性格也沉稳许多。而且一看就知道并非出身普通家庭。而如果是富家之子，长相又这样出众，是否已有家室，才不敢公开与若溪在一起？

“是这样的，妈妈。”李若溪决定把文峰的事情告诉妈妈，她看出来妈妈对文峰存有戒心，“不公开我们的关系是我提出来并坚持的。”

“为什么呀？”李妈妈都要为这傻女儿哭了，难道真的如她所想，她已经插足了人家的家庭做了小三儿？

“一年之前，文峰还是影视明星，得过‘影帝’奖项的。你不太看电影可能不知道，前年你喜欢的那部电视剧叫《烈火》，你还记得吧？是他主演的。”李若溪只能一点儿一点儿地解释。

“哦，难怪我觉得他面熟。”李妈妈继续问，“他是为了名气、形象才不公开的？”

“妈妈！”李若溪失笑，“不是那样的啦。你先别乱猜，我慢慢告诉你。”看来再不跟妈妈说清楚，她就要猜到悲剧上去了。

“真是个可怜的孩子。”听李若溪说完文峰的一些经历，特别是天文化集团继承人易主，文爷下令让文峰出国不许回来后。李妈妈对文峰心生怜意。想起了李若溪的生父与继父，继父对李若溪冷漠疏离她还能理解，毕竟不是亲生。可若溪的生父，对李若溪更是冷酷自私到底。

李妈妈想起种种往事，对比文峰的遭遇，更是感同身受，“自己的亲生儿子，从小没了妈，说赶走就赶走。男人啊，真是！”

“他没有对我仔细说过这些。”李若溪也透露了一点儿她的担心，“但据说，他在美国留学时也遭遇过不少事情。所以，我觉得他既然是悄悄回国的，做什么还是尽量低调的好。”这些当然不是文峰告诉她的，是小张透露的小道消息。小张还说：有钱人的世界，为了争财产，谋杀也是有人做得出来的。

“事情？”李妈妈想象力也足够丰富，“你是说，为了争财产，还有人想要他的命吗？不行，不行。你要和他分手。我不同意你们交往。”

“为什么呀？”李若溪不明白了。

“他是很值得同情没错。可这攸关性命啊！万一，那些坏人看到你和他在一起，连你也伤害了可怎么办？”李妈妈想，自私就自私点儿吧，为了李若溪的安全着想。

“妈妈！这是法治社会！不会发生你想象的那种事情。”李若溪尽量安慰妈妈，她有些后悔向妈妈透露太多了。

4

一个山清水秀、绿树成荫、繁花似锦的别墅区的某角，《浮世星梦》剧组正在紧张拍摄中。因为是精品剧集，所以拍摄场地的一切都力求最精致。

苏若明，现在最当红的明星苏炫坐在游泳池边的休息椅上，正在喝一杯果汁。他现在的曝光度很高，就是下楼买瓶水，第二天都能在网络上成为街拍热点。但苏若明并不觉得这种受人瞩目的感觉很好。现在他身边有经纪人，有助理，还有公司的形象顾问，更糟糕的是，还有他那个过去二十几年都没出现过的父亲给他派来的隐形保镖。

想起这一点，苏若明就禁不住地想叹气：他现在无限怀念和李若溪一起在各个剧组跑龙套的日子：不用顾忌任何人，互相抬扛，一起吃盒饭。都是些细小的点滴，但就是感觉美好。

“有后台就是不一样啊。”苏若明的助理拿着一盘切好的水果走过来，一边递给苏若明一边吐槽，“老板来探班，给全剧组送水果。只可惜女主角只吃了两口就吐了。”说完，小助理八卦地猜测，“炫哥，你说，乔小姐是不是怀孕了？一吃东西就吐。”

“谁知道。吃你的东西，别乱说话。”苏若明拍了小助理的脑袋一记，不想有什么谣言从自己身边出去。乔姿现在瘦得都有点儿脱形了，他看她不像是怀孕，更像是过度节食造成的厌食症。

“嘿嘿，这里又没有别人，我就是随便说说。看起来，文大少东真的很爱乔小姐呀，当着这么多人的面，低声下气，百依百顺的。这样的男人，我要是女人，早就自己抱着嫁妆嫁过去了。”小助理继续多话，他是学主持的，不让他说话等于要他的命。

幸好，苏炫对助理的态度比绝大多数明星都要好，只要做事靠谱儿，说话多点儿在苏若明这儿都不算事儿。

“长成你这样的女人，要想嫁出去，再多的嫁妆也难。”苏若明没放过打击小助理的机会。

“嗯，下辈子吧。下辈子我一定投胎成乔小姐那样的。”助理“嘿嘿”地笑。

休息半个小时后，拍摄重新开始，是几场在游泳池边的重头戏。

苏若明和乔姿站在泳池边做准备的时候，苏若明看了一眼戴着墨镜远远地坐在休息位上向这边看过来的文杰，对乔姿说：“有些人看起来很好欺负的时候，其实是正在积蓄力量准备给你致命一击。”

“你什么意思？”乔姿不喜欢苏若明的原因仅仅在于苏若明喜欢的人竟然是李若溪。如果苏若明喜欢的人是她，那么即使她不喜欢他，也不会对他反感。更何况，苏若明是父亲看中的男人。虽然现在不过是个没争到什么名分的私生子，但据说苏家老大对扶植他为继承人非常坚持，苏家为此正乱成一锅粥呢。而苏若明又是个不知道低调行事的人，偏偏这时候在娱乐圈混出了名头。

这下就更给那些反对他的人找到了理由，堂堂名门望族，居然去做戏子。苏若明自己都一团乱麻，还想给自己什么建议吗?

5

“这个世界上，绝没有无缘无故就对自己无原则地千依百顺的人。”苏若明也不想说得太明白，“你可以当我乱说的。”

“管好你自己吧。”乔姿不以为然。她能明白苏若明指的是文杰，但这么久相处下来，她已经了解到，文杰只不过是个草包。他接管天文化集团后之所以能支撑到现在，完全在于天文化集团本身实力雄厚。而且有文爷在背后撑着，原本的人事运行发展模式都没有很大的变化。

如果说文杰真的有什么本事的话，那也是因为他背后可能有个智囊团。再说了，现在她只是跟他订婚，又没有正式结婚，大不了分手，有什么好提防的?

“算我多嘴。”苏若明也觉得自己多嘴了，这乔姿根本没把李若溪当朋友，他何必鸡婆。

“知道就好。”乔姿冷哼一声。

“别和我太敌对，别忘了我们在演情侣。我不想因为你的关系吃NG。”苏若明也不好惹。

“你还是担心你的业余吧。”乔姿毕竟是科班出身，难度不高的戏她还是应付自如的，不像苏若明做模特出道，除了卖帅外，演戏还算个生手。

“多谢指点。”苏若明苦笑，女人还真是不能得罪呀。

《我的青春我的梦》剧组，拍摄也正在紧张进行中。

今天萌萌的戏份不算太多，但是她感觉自己特别累，她的身体出问题了，她能够明显地感觉到。她的例假时来时不来，就没有停的时候。她以为自己只是因为太忙了，累的。但最近，她的下腹部一直在疼痛。

“萌姐，你没事吧？”连萌萌的助理都看出来了，萌萌冷汗涔涔，都快把妆花掉了。

“我有点儿不舒服。今天没什么戏了，我去向导演请个假，你陪我去医院吧。”萌萌有些害怕，她感觉不好。

“好。”助理连忙收拾东西。

萌萌的预感对了，光是医生叫她做的检查，她就觉得不妙。再结合医生并不轻松的脸色，她的心都吊起来了。

“初步怀疑是子宫肌瘤癌变，明天再来一趟吧，明天检查结果出来后，再制定治疗方案。”医生看着脸色苍白的萌萌，同情心顿起，“如果发现得早，一般都是可以治疗的。现在只是怀疑，还没有确认，不要太过担忧。保持好心情，对恢复健康有好处。”

“如果确诊是的话，最糟糕的结果会怎样？”萌萌好不容易才找着自己的声音问医生。怎么会这样？她不能相信，不敢相信，她怎么会得了癌症呢？不会的，这不可能！

“每个病人的体质不同，病情的程度也不同。也有医生无法治疗却恢复健康的例子。”医生劝慰萌萌，“这种时候，有家人陪同你会感觉好一些。明天来的时候，让一位家人陪你来吧。”

6

萌萌不记得自己是如何从医院回家，又如何再次度过了一个不眠之夜的。第二天她又向剧组请了假，天一亮，就到医院里等着。她从未如此忐忑不安过，虽然也演过类似遭遇的角色，但当事情真的降临在自己身上时，萌萌觉得自己完全崩溃了。身体的躯壳好好地坐在这里，可身体里面的一切全都是沙子堆成的形，稍一碰，就会粉碎成尘。她不信鬼神，但坐着等医生看报告单的她禁不住在心里不断地祈祷。

可悲的是，没有人听到她的祈祷，医生神色凝重地告诉她：她的子宫已经癌变，最保守的治疗就是手术切除子宫。

萌萌捂住嘴，很久都没有发出声音来，只有眼泪往外奔涌：不公平！这不公平！她才刚刚开始在事业上奔跑，她所期望的风光都还没有看到，怎么可以现在就让她得了癌症？这不公平！

医生大概是见多了不敢相信自己会得癌症的病人，只是脸色平静地看着萌萌失声痛哭，不时给她递几张纸巾。

另一个拍摄剧组里，高姐刚下了戏，和导演正在聊天。李若溪也在这剧组里当群众演员。高姐已经不是第一次看到李若溪这么拼命了，只要是戏，不管有没有台词，任何时候她都非常认真。这样肯努力的年轻女孩，现在真的不多了。上次听说她居然是个单身妈妈后，一度觉得这女孩不自爱。但是，努力的人，总应该有个机会。

高姐和卢导演聊起了下一部新剧时，就提了一句："卢导，咱那部新剧里，我不是还缺个女儿嘛，给你推荐个新人怎么样？"

"成啊。"卢导演和高姐也算合作多年，也相信高姐的眼光，"你很少推荐人，是谁呀？"

"叫李若溪。是个新人，但是演技不错。你要是有兴趣，我让她来找你试镜。"高姐说。

"你推荐的，错不了。"卢导演在朋友面前，也是个爽快人。

"那也得你先看看。你是导演。"高姐笑道，在这圈子多年，朋友到底还是有一些，"你看，就是那边演被挤倒在地的学生的那个女孩。"

"呀，是她呀。这女孩我遇见过两三次，啥都肯演，怪能吃苦的。"卢导演哈哈大笑，"好！就她了。"

"她其实演过一个偶像剧的配角，但是由于一些原因，戏份都被剪掉了。"那部剧捧红了玉女乔姿，而李若溪则被打压。高姐回想起来，这李若溪也真是够不走运的。

这时候的李若溪不知道高姐再次给她争取了一个机会，她还趴在地上被人踩着呢，这场混乱的踩踏戏什么时候她才能死成啊，有几个群演没注意力道，她被踩得好痛。

好不容易结束后，李若溪一边揉着被踩痛的肩膀，一边往回走，导演助理跑过来找她："李若溪，卢导找你。"

李若溪往导演那边一看，高姐也在，正看着自己笑呢。

7

傍晚，文峰坐在车里，看李若溪笑得跟朵盛开的小花儿一样向自己跑来，嘴角不由自主地扬起，这丫头今天的心情很不错呀。

"有什么好事，这么高兴？"李若溪上车坐好后，文峰一边帮她把安全带扣好，一边问她。

"我有角色演了！"李若溪兴奋得都管不住自己的笑，"卢森导演的戏！演高姐的小女儿！算是主角之一哦！"

"哟！不错嘛！祝贺我们的苦菜花李若溪小朋友终于迎来了春天。"文峰看到她高兴成那样，觉得自己像个大家长在听孩子报告说考试得了满分似的。这感觉有点儿错乱。

事实上，文峰从来没有遇到过像李若溪这样经历丰富的女孩子。刚认识她的时候，觉得她非常认真。被她一再拒绝的时候，觉得她有些矫情。她答应和自己交往以后，在他面前表现出的更多是俏皮的、软弱的，需要保护的一面。但是，在她的宝宝面前，她又像足了一位温柔的母亲。但此刻，李若溪就更像一个炫耀成绩需要表扬的小孩子，看着幼稚，但觉得可爱，无限地吸引着他。

"嘿嘿。"李若溪也笑，"我觉得很开心。虽然这个角色是高姐帮我争取的，但是卢森导演说，他见过我好几次。你看，我的努力没白费吧？"她得意得马上就要把自己吹起来了。

"那是！谁白努力也不能让你白努力呀。"文峰现在的原则是李若溪开心他就开心，"今天你心情这么好，怎么也得让雷诺请一次客。"

"好，出发！"李若溪欢快地答道，忽然想起了什么，"可是，我心情好，为什么是雷诺请客？你作为我的男友，不应该是你请客吗？哦，我知道了，你又想白吃雷诺的美味牛排了！对吧？文老师，你这样不对哦。”

“我现在不是穷嘛。”文峰“嘿嘿”地笑，享受心情好到爆棚的李若溪的调戏。

“别怕，以后姐发达了，姐养着你。”李若溪伸手拍拍文峰的脸，觉得很滑，又用手指摸了摸，“哟，这皮肤挺滑的。我养着你也不吃亏，哈哈。”

“那我吃点儿亏算了。”文峰“嘿嘿”地笑，“既然你答应养着我，我也就不嫌弃你长得一般，身材也很平了。”

“我哪里平了！”李若溪叫道，然后还挺了挺自己的胸。

文峰瞄了一眼她的样子，好玩得很：“勉强一点儿的话，除了胸，你其他地方都不算平。”

“贼。”李若溪果断地在调戏身材这个问题上不再上文峰的当，“我不和你说这个了。哼。”

“哈哈哈哈。”文峰发现李若溪又幼稚又蠢，用当下流行的词儿来说，就是蠢萌蠢萌的。

8

早晨，萌萌的保姆车正赶往何导演的电影拍摄现场。萌萌闭目靠在椅子上，脸色很差。

上周从医院回家后，她无法做出决定，也一直没有再去医院。这几天她除了感觉有些累，也没有别的异常。萌萌于是无限希望只是医院误诊了，自己根本就没有得子宫癌，更不需要做切除子宫的手术。

其实，萌萌也想好好休息几天，但是她把自己的工作安排得太满。除了正在紧张拍摄的《我的青春我的梦》，还有上次从李若溪手里抢过来的电影，以及一些为了增加曝光度的综艺通告。

现在开拍的这部电影，何导演对演技的要求很高，剧本台词场景都一场一场地抠细节。其实这部电影一开始她根本就没打算去拍。可何导演据说是导演界的鬼才，作品虽然不多，但每拍一部都会引起轰动。所拍过的几部都是拿过国际奖项的。

更重要的是，她听说了李若溪也有机会演这部电影。李若溪的实力她是知道的，她不能让李若溪这么快就得到机会。她就是这么自私没错。她总是害怕，李若溪会抢走她现在的一切。所以她屈就去试镜了。意外的是，李若溪竟然没有来，她自然就得到了主演。问题在于，以她现在的身体状况，同时拍一部电影和一部电视剧，还有各种活动通告，她能应付得来吗？

萌萌觉得自己能撑过去，但是，她的身体并不尽如人意。

第一场戏开始没几分钟，萌萌就晕倒了，现场一阵忙乱。

萌萌是昏迷中被送到医院的。她醒过来的时候，已是深夜。病房里空荡荡的，她的助理已经趴在旁边的休息床上睡着了。

萌萌睁大眼睛，盯着挂水的点滴发了会儿呆，把助理叫醒，“帮我去叫医生吧。”

值班医生刚巧就是萌萌的主治医生，进了病房看到萌萌后，神情严肃起来：“你爱惜生命，生命才会爱惜你。你的身体已经出状况了，还不注意休息，怎么可能不出事？身体就像一部机器，也是需要维修保养的。你必须把工作停了，好好休息。”

“情况很糟糕吗，医生？”萌萌让助理先回家，然后才开始问医生自己的情况。她生病的事，目前为止她还没有让任何人知道。

“尽快安排手术吧。要是扩散了，情况就很难控制了。”医生的语气缓和一点儿了。她对萌萌印象比较深刻，每次都独自来医院，也没有家人和朋友陪伴。看起来很坚强，其实是挺脆弱的一个女孩子。唉，还那么年轻。

“除了手术，没有别的办法了吗？不是还有化疗吗？”萌萌很恐惧，切除她的子宫，这怎么可以！

“化疗是手术以后的事情。你现在的情况，化疗是控制不住病情的。”医生也很无奈，这么年轻的女孩子，就永远失去了做母亲的机会，多可惜。

9

“谢谢医生。”萌萌知道已经到了不得不接受现实的时候，“我会好好考虑的。”

“好好休息。别把自己弄得太累。要有体力，才能撑过去。”医生好言安慰，“有了健康才有一切。”

“是的，谢谢医生。”医生说得没错，有了健康才有一切。她要是就这么没命了，那她拼了命才得来的一切又有什么意义？

萌萌在脑子里已经开始安排自己的行程了：《我的青春我的梦》的拍摄很快就会结束，她可以结束后进行手术。但何导演的电影如果不能为她延后，势必是不能拍了。大部分活动和通告也得暂停。这样的话，为了避免更多恶劣的影响，只能把生病的事实告诉经纪人了。

文峰的公司里，因为萌萌毁约辞演，何导演正在拍着桌子发火：“说不演就不演啦！现在红点儿的女演员都这德行吗？行程冲突是什么破原因？来试镜的时候怎么就没说会行程冲突！”关键在于由于行程冲突，辞了他的戏而演别人的戏，对于才高气傲的何导来说是莫大的侮辱，这不是欺负他名气不够响吗？

“只能另找女演员了。”文峰也很头大，萌萌那边的毁约赔偿金和书面道歉声明都已经到位了。而整个电影剧组已经开始拍摄，每一天每分钟都在花钱。没有女主角，这些钱就在白花，如果不能找到何导中意的女演员替上，他的公司就等着赔本关门了。

“另找？”何导演大吼，“找个有点儿演技有点儿德行的容易吗？这世道！”

“不妨再试镜一次。”文峰笑眯眯地说道，“按宣传角度来讲，是增加曝光度。而且，你有了培养新人的机会。”

“不然还能怎么办？”何导演今天一早从片场得到萌萌辞演的消息，已经快气疯了，“我回片场去了！你最好明天就把主演给我弄过来！”

“你不来亲自试镜吗？”文峰笑问道，如果是由他决定，那就好办多了。直接把李若溪快递过去不就行了，他根本就不会安排试镜海选。

“试什么镜！”何导演这个暴脾气现在还处在被自己选中的女演员看低的失落里，“你弄过来了不合适我就退货！”

“好。”文峰满口答应，他敢把他的李若溪退回来试试。

何导演回到片场后，因为没了女主演而各种火大。在何导演踢飞一张椅子后，片场里的人基本都逃得远远的。

只有场记范叔一脸淡定地走过去，慢悠悠地扶起椅子，对何导演说：“只要你不嫌她没名气，现在我就给你找个女孩过来，演技你看了再说。”

范叔在这个圈子里也算是个人物，混了多年虽还是个场记，但人脉很广，在何导演出道伊始就已经和他相识，所以何导演在范叔面前多少还得压住几分自己的脾气：“叫过来我看看。”

于是，刚刚在另一个片场演完一场打斗戏的李若溪接到了范叔的电话：“若溪，在哪儿呢？”

10

“哭。”何导演从上到下扫了李若溪一眼，然后，盯着李若溪的眼睛，只说了一个字。

李若溪愣了一下，仔细地打量都没正眼看自己的何导演。

上次在文峰的公司里匆匆见过何导演一面，没有正面打过招呼。还是棒球帽，小胡子，乍一看就一普通青年，仔细看还有点儿不修边幅，却是近几年声名鹊起的导演怪才。不怪才怪，叫她过来试镜，让她往灯光下这么站着，就给了她一个字：哭。能不怪吗？

但李若溪的眼泪真的就那么来了。她就那么看着何导演，脸上也没有什么表情，只是眼睛由一开始特别亮，慢慢地一点儿一点儿地暗下去。那眼神暗到最后，眼睛里蓄满了晶莹的眼泪，可就是许久也没掉下来。就那么忍着。忍了又忍，眼睛里的眼泪太多，最后装不下了，李若溪抿了抿嘴唇，那眼泪一下冲破了防线，像断了线的珠子般瞬间成了行。

场上的其他人远远地看着，就只看到李若溪站在光亮处与何导演在对望，没台词，也没动作，甚至没看到响动，就只是觉得李若溪的背影和侧面都挺可怜的。

过了好一会儿，就看到导演伸出手，慢慢地给李若溪鼓掌，然后是范叔，再然后正面对着李若溪的几个工作人员掌声渐次响起。

何导演说了“好”，然后对范叔说：“把剧本给她。”

“好好干。”范叔把剧本给仍愣在当场的李若溪，微笑着说。

“我通过了？”李若溪接过剧本，她好一会儿才把眼泪收回去，还不敢相信，就这么得到了机会。

“导演看起来是没问题了。”范叔便开始招呼其他人，“都开始干活吧，该干吗干吗，开工！”

文峰根本就没打算安排公开试镜。他怕李若溪像上次那样，又出意外错过机会。所以他只吩咐小张跟相关媒体弄一条何导演新电影更换女主角的新闻，打算忙完下午的事情之后跟李若溪见面，之后直接就带她去见何导演。

可他还没来得及去见李若溪呢，何导演就打电话过来说已经找着女演员了。偏偏何导演也没说找到的人是李若溪。文峰顿时一阵气结，啥活也干不成了，郁闷得在办公室里乱转。

李若溪光顾着看新到手的剧本，也没来得及打电话给文峰。

于是，倒霉的小助理只好眼睁睁地看着文少爷一个人在办公室里各种不舒服，各种找事。

小张偷了空悄悄地给李若溪打电话，“若溪小姐，你在哪儿呢？过来救命啊。”

“我在看剧本！”李若溪兴奋地回答，剧本很精彩。没想到又是那个叫牛B的编剧的剧本，与上次她看过的那个电视剧剧本比起来，他的电影剧本更精彩，更有深度。

“拿来公司看成不？”小张苦着脸求道，“老板正酝酿大暴雨，我等着你救命呢。”

第十一章 兄弟反目成仇

哥，这是我最后一次这样称呼你。以后我们就没有什么关系了。

1

“怎么了？”李若溪一进门就无声地用口型问小张。

“今天还没打听到具体原因。但早上是因为电影被女主角放空枪了。”小张悄声说，然后按了办公室通话，“老板，若溪小姐来了！”小张也纳闷啊，早上看到何导演冲进来发火，老板的表情一直很淡定，很沉得住气。

“让她进来。”文峰一边说一边想，明天去找何导演，找个理由把他定的女主角换了。反正他是老板，他说了算。

“告诉你个好消息。”李若溪一进门，就扬了扬手里刚拿到的剧本，“上帝玩了我一圈，还是把这部电影给我了。”

“何导选的人是你？”文峰失笑，敢情他一个下午都白郁闷了，“怎么现在才告诉我？”该死的何某人，只说自己有了人选，也不说是谁就挂了电话。

“嘿，我忘了。”李若溪笑道，她是真的忘记了，这电影转了一圈儿最后又回到了她手上，她高兴得有点儿得意忘形。

“居然没把你天一样的男友放在第一位，得罚。”文峰把脸凑过去，示意李若溪认罚。

“好。”李若溪心情好，结结实实地在文峰脸上亲了一下，还不忘记摸了他的脸一把调戏一番，“这时候是应该跟我的小面首庆祝庆祝。”

“最近你得意不少。”文峰欣赏她的得意，“今晚为你庆祝。看在你这么高兴的分儿上，今天我决定给雷诺付钱吃饭。”

“您真大方。”李若溪真同情雷诺，就因为第一次见面时抱了她，来了个见面吻，被文峰记恨，以去他的餐厅白吃白喝坚持不付账而报复至今。

“我是土豪，你忘了？”文峰的心情已经全面转晴，“为此你还唱歌献媚要求与我做朋友。李若溪，你为了追求我，真是够无耻的。”

“唉，好色是我的硬伤啊。”在毒舌文峰的长期荼毒下，李若溪已经由最初的玻璃心修炼成精钢心了，她瞄了一眼文峰桌上翻开的文件，“我去会议室看剧本，等你忙完。”

“好。”文峰因为郁闷，整个下午基本没做什么事。他为自己可耻地变成被李若溪所左右的女友奴而叹息，更不可思议的是他居然乐在其中。

李若溪在会议室里看完剧本后，想了想，还是给苏若明打了个电话，“苏若明，姐终于当女主角了，和你分享一下喜悦之情。”

“真的？”苏若明正在和乔姿对台词，一接李若溪的电话就什么都忘了，“这怎么也得庆祝一下呀。我给你开个派对怎么样？”

“晕，开什么派对呀。”李若溪可不想文峰再打翻醋坛，太酸了，她受不了，“你小子红得快，我就是告诉你我在奋起直追，哈哈。”

“李若溪，我就知道，你总有一天会闪耀光芒的。好好干，‘影后’的位置等着你呢。”苏若明太为李若溪高兴了，越说越得意，一点儿都没注意到旁边的乔姿越来越暗沉的脸色。

李若溪接拍了电影，成为女主角了？是文峰不顾一切地在捧她吗？乔姿握紧拳头，妒忌与愤怒如潮水般在心头涌动。

2

雷诺的餐厅里，李若溪坐在位子上焦急地等待着文峰。她今天是独自来的。

临出门时，文峰打来电话说临时有事不能去接她，于是约好到餐厅再见面。结果她到了这儿，足足等了两个小时，文峰还没出现。

李若溪发了短信过去问忙完没有，也没收到回复，不禁有点儿担心：是公司出了什么事情吗？

“你今天真漂亮。”晚餐高峰时段已过，雷诺终于有空过来安慰李若溪了。可怜的女孩，独自在这儿等了文峰一整晚，“你想先吃点儿什么吗？”雷诺觉得她一定饿坏了。

“我不饿。”李若溪真没感觉到饿，她越等越觉得不安，文峰一定出了什么事，刚才打电话到办公室去，小张说公司临时有事，但忙到快八点的时候，文峰接了个电话就匆忙出去了，连手机都没有拿。

“你得吃点儿东西。”雷诺亲自去厨房端来一块黑森林起司蛋糕，他记得李若溪喜欢这款甜点，“他是个浪漫的男人，说不定正在为你准备惊喜。”以他法国人的浪漫思维是这么猜测的。

“我很期待呢。”希望真的如雷诺所想。

现实却是这样的：医院，急救手术室外，匆忙赶到的文峰一看到文杰就抓住他的衣领把他压到了墙上问“怎么回事？”

文杰的眼里掠过一丝慌张，回头看了一眼优雅坐在椅子上冷冷地看着文峰的母亲后沉静下去。“爸爸在家里突然晕倒了，可能是脑梗塞。”文杰看着文峰怒火仍盛的眼睛，继续解释，“他血压高，最近又听说了你回国的事。”

文杰一开始的慌张是因为文峰竟然这么快就得到了文爷昏倒的消息并且准确地找到了医院。这代表母亲的猜测是对的，文峰不是得到了公司内部某些人的暗中支持，就是早已积蓄了一定的力量。

文峰也在暗中关注着公司的消息，所以才会在他已刻意封锁消息的情况下，还能第一时间找到这里。

“他的高血压没有到随时会昏倒的程度！”对于父亲的身体状况，过去几年里，文峰都是亲自去医生那里给他拿的药，每次的检查结果他也会第一时间从医生处得知。但这次他离开后，文杰第一时间就给老头换了个家庭医生，这里面没有猫腻才怪。

“一定要我说得那么清楚吗？”文杰推卸责任的本事从来不差，“你的离开让爸爸非常伤心。更何况你最近一直跟那个跑龙套的丫头在一起，老头都快气疯了。”

“你最好别让我知道你做了什么！”文峰放开文杰，慢慢平复情绪。

文夫人仍优雅端坐，偶尔看一眼手术室的灯光。对于文峰的到来以及与文杰的冲突，她看都没看一眼。她一如既往地坚持着自己的原则与态度：文峰在她的眼里，就如同透明的空气一般。

3

雷诺的餐厅里，李若溪不想辜负雷诺的好意而开始吃蛋糕。雷诺还想和她聊点儿什么时，客人几乎已经散尽的餐厅里，来了一位衣着极讲究，气质也十分高雅的中年女子。

那个女人不着痕迹地环视了餐厅一周，径直向李若溪走了过来。

雷诺首先站了起来，用不太标准的普通话说："你好。抱歉，我们餐厅已经打烊了。"

"没关系，我是来找这位李小姐的。"中年女子给雷诺一个得体的微笑，用十分纯正的法语对他说，"可以请你回避一下吗？我有些话想单独跟这位李若溪小姐说。"

李若溪虽然在大学里也选修过英语和法语，但都学得一般，也没在这两个语种的国家生活过，所以只勉强听得出这位女士称呼自己为李若溪小姐。但从对方的表情判断，她有可能是来找自己的。可是，她并不认识这位女士啊。

"好的。"雷诺来中国这么久，还是第一次见到法语说得这么好的中国女人，并且她的气质与风度都不同凡响，"你真是一位优雅迷人的女士。"

但对方显然兴趣并不在他："谢谢，我可以和李若溪小姐单独谈谈了吗？"

"请便。"雷诺只得识相地离开。

"李若溪小姐，你好。"中年女子坐下后，用中文向李若溪打招呼，"我姓赵，外子姓苏，你可以叫我苏太太。"

"你好。"李若溪暗叹对方的优雅与礼节，那得是多年的克制与自持才能养成的气质吧？

"我是苏若明的母亲。"中年女子直接表明了自己的身份与目的，"我来找李若溪小姐，是想拜托你一件十分重要的事情。"

"啊？"李若溪还在消化这么优雅美丽的女人竟然是苏若明的妈妈这件事情：苏若明那个混混的妈妈竟然是如此高贵的人！苏若明那小子也太会装了

吧？硬是装穷屌丝在她面前晃了两三年！

李若溪想起了一些小细节，比如苏若明穿上那些时尚大牌后，总有一种轻易就能驾驭的气质，她怎么会以为苏若明是屌丝呢，那种大牌衣服是随便一个屌丝能轻易穿得好看的吗？再想起苏若明给她找的那几件说是朋友商店里“卖不出去”的礼服，李若溪不禁恨得牙头紧咬：好你个苏若明，藏得真深，装得真好！

“若明的父亲身体不太好，希望他能尽快回去做事。虽说演戏也是一种工作，但若明既是苏家血脉，就有责任替父亲分忧。我想请若溪小姐帮我们劝劝他，放弃演艺工作回去帮帮他父亲。若明和你是好朋友，也许他能听取朋友的意见。”苏太太简约地表达完自已的意思后，十分歉意地看着李若溪，“我也知道，这件事情是不情之请。但外子的身体最近每况愈下，已不能独自负荷工作的繁重。若溪小姐你是心思清明的女孩，还望你能够成全我和外子的父母心。”

4

“这个……”李若溪实在不知道如何回答对方，这意思是苏若明在离家出走，要她去劝苏若明回家吗？

“若明一直非常喜欢若溪小姐。”苏夫人说完这句，稍停顿了一下，从包里拿出一张闪黑的银行卡放在桌子上，慢慢地推到李若溪面前，“无奈若明身为外子的血脉，苏家这样的家庭是无法接受普通女孩的。还请若溪小姐帮我们劝若明回家后，不再与他联系。我知道若溪小姐已心有所属，也请若溪小姐看在若明对你一片痴心的分儿上，断了他的念想。”

苏夫人说的要求，做的事情都算过分，但她却优雅地刻意放低自己，让李若溪发不出脾气来。“我知道，我这样做是为难若溪小姐了。但绝对没有看低若溪小姐的意思。我知道若溪小姐是一个十分坚强自爱的女孩子，可现在物价高，养老育儿的费用也不少，所以，也想请若溪小姐能收下这点儿心意。”

苏夫人的态度和语气都低低的，这种做着盛气凌人的事却没有用盛气凌人姿态的人，最让李若溪头痛了："我……"

"若溪小姐可能不知道，我年轻的时候，也只是一个普通家庭出身的女子。也没想过要嫁入了不得的门第里去。可谁让我遇见外子了呢？我和外子为此分开过许多年，也害得若明在没有父爱的环境里长大。这些年的艰难我自己是知道的。若溪小姐，我是作为过来人跟你说这些话的。当然，若溪小姐绝非那些盲目追求名利的肤浅女孩。只望若溪小姐不要嫌弃这些钱，这是我对若溪小姐的母亲和孩子的一点儿心意。"苏夫人真是把自己的态度低了又低，语气中表达了足够的诚意。

"我明白了。"李若溪被她的态度搞得心里千回百转的，好不容易才整理了思绪，她再也不要跟这样的女人面对面了，太可怕了，"我答应你，我会去劝苏若明的。我也答应你，之后不会再跟他联系。"

李若溪把卡拿起来，郑重地放回苏夫人的手上，"这个卡，我就不要了。你就当是我有骨气吧。我能养活我的孩子，也会让我的妈妈安度晚年。谢谢你的心意，我心领了。"

"若溪小姐真是个性格爽快的人。"苏夫人有些尴尬地拿着被李若溪硬塞回来的银行卡，"十分感谢，那我就先告辞了。"她优雅地站起身，微微向李若溪欠身，"抱歉对你造成了困扰，再次感谢你。"

"您客气了。"李若溪也起身还礼，真累呀，苏若明到底出身于什么样的家庭，有这样的妈妈，一定够他受的，真同情他。

苏夫人走后，李若溪又看了一眼时间，居然已经十点半了，文峰到底去哪儿了？

5

此时的文峰，正站在刚刚离开手术室仍昏迷不醒的文爷的病床边，用一种不可思议的目光盯着正把一份放弃继承权的协议递给他的文杰。

面对兄弟眼里的鄙视，文杰并没有不好意思，两虎相争必有一伤，兄弟争权自古难免。如果他不趁着现在老头昏迷不醒的机会把文峰逼到最后，万一老头醒了，机会就渺茫了。

“哥。”良久，文峰才出声，“你真这么恨我？”

“是，没错。”文杰大方承认，他终于不用再在文峰面前扮演只会吃喝玩乐的纨绔兄长了，“但更恨你的，应该是我的妈妈。”

“我知道你妈妈恨我。”从小到大，在大妈的眼里，文峰就从来没有存在过。好在也没有在同一屋檐下生活太多的时间，母亲去世，父亲把自己接到身边的两个月后，父亲与大妈就在两处相隔很远的房子各带着一个孩子分开生活了。

几乎所有的人都知道文爷夫妻不睦。加上文爷的刻意打压，大妈的娘家日渐式微。大妈在各种场合也受尽了嘲弄，到后来几乎就不再参加社交活动了。想必，对他的恨意也日渐厚积。

但是，文杰自小都是认他这个兄弟的，虽不曾交心，但也从未交恶。

“我以为你至少记得自己有个弟弟。”文峰看着文杰的眼睛说道。

“很遗憾。从小我最希望的事情就是没有你这个弟弟。”妈妈所受的冷遇与嘲弄，在文杰年幼时对他也是一种伤害。对弟弟和善，不过是他想讨好父亲的手段。而如果没有这个弟弟，他就可能得到父亲的一切，包括爱与关注。

“如果我不签呢？”文峰冷笑地看着那几张纸，“如果我坚持不签，你打算怎么办？”

“你必须签。”文杰说，“妈妈说，你必须签。”其实妈妈的原话是：他必须签。如果不签，别说看到他父亲醒过来，就是看着他死，都不会有机会。

“我签了，你又会担得起吗？”文峰很明白，他这个哥哥吃喝玩乐精通，但在商场上，不过是个草包。

“这就不是你担心的事情了。”文杰也知道自己的斤两，但是，他没有管理公司的才能，不代表他的妈妈也没有。

“好，我签。”文峰看了一眼病床上靠呼吸机呼吸的文爷，接过文件，简约扫一眼那些条条苛刻的不平等条约后，提笔签上了自己的名字。最后把手指按在文杰递过来的印油上的时候，文峰轻轻地说，“哥，你不当我是你的弟弟可以，但不要忘记了他也是你的父亲。”

文杰看着文峰在文件上按了手印，有点儿不敢相信文峰竟然这么爽快就签了。他以为自己会被胖揍一顿呢，“我没忘记啊。否则我就不会送他来医院了。”

如果不是他的父亲，他就直接让文爷在家里死掉算了，何必送来医院抢救，害得现在还担心老头会醒过来掐死他。

“哥，这是我最后一次这样称呼你。以后我们就没有什么关系了。”文峰的语气阴冷得让文杰脊背森森发冷。

6

李若溪在餐厅里一直等到十二点，雷诺为她延迟了两个小时才打烊。

“别太担心。”雷诺把李若溪送回家，一路上李若溪都沉默不言，雷诺试着安慰她，“以前我们在美国的时候，他遇到过很多困难，他很厉害的。就像，嗯，不死的那个什么鸟。你们中国有一种喜欢往火里飞的鸟，很厉害，不会死的。”

其实要一个中文说得不怎么样的法国人来安慰自己真的挺搞笑，但李若溪现在超级没心情，她不知道文峰到底怎么了，很是担心：“谢谢你呀。我到了。你回去吧。今天真是太麻烦你了。”

“别这么说。”法国人具有浪漫的天性，雷诺看着李若溪担忧的样子，很为她心痛，“明天。明天太阳一出来，他就会来找你了。”

李若溪回到家，躺在床上，辗转难眠。她想起雷诺说他遭遇过很多困境，又想起传说中他为兄长的母亲所不容的一些传言，难以入眠。

好不容易熬到了天亮，李若溪悄悄地起来，准备去厨房给妈妈和宝宝准备早餐。

刚把米放到锅里准备熬粥的时候，李妈妈起来了。“若溪，你怎么起这么早？昨晚那么晚才回来，怎么了？”知女莫若母，一看她的脸色就知道她肯定一夜没睡。

“我没事。”李若溪对妈妈尽量自然地挤出一个笑容，“我昨天不是确定了出演一部电影女主角嘛，昨晚看剧本看得太兴奋了，所以没睡着。”

“可不能太拼命啊。”李妈妈说，“慢慢来，该是你的跑不了。”

“我知道，妈妈。”李若溪轻轻地抱了抱妈妈，觉得有妈的孩子就是好。一晚上的辗转难眠，看到妈妈，就觉得好些了。

“我来做吧。”李妈妈接过李若溪的活儿，“你去看宝宝醒了没有。”

“好。”李若溪走出厨房，就听到宝宝在房间里奶声奶气地叫：“妈妈，妈妈。”

李若溪的心马上化成水，小跑进房间：“宝宝，妈妈来了。”

小张打电话来说有了文峰消息的时候，李若溪正在给宝宝冲牛奶，看到是小张的电话，接的时候都有点儿慌张：“喂，小张，有他的消息了吗？”

“可能是在医院，昨晚琳达去打听了一下。据说文爷昨晚突然昏迷入院了！我猜老板可能是去医院了。但我还没有见到人，我现在正在去医院的路上，到了我再打电话给你。”小张昨晚为了打听老板的下落真是没少折腾啊，都直接跑到琳达的公寓里去了。

虽然说他也有私心，但确实是为了打听老板的消息才去的。想到这儿，小张暗暗赞叹自己：老板啊，我对你这么死忠，你知道吗？

7

小张到了医院，正在想要怎么打听贵宾病房的消息呢，文峰就神一样出现在他的面前。

文峰大神接过小张非常识相地主动递过去的手机，看了一眼小张哼哼道：

“不错，还知道找到这儿来。”

“爷，您知道我是多辛苦才打探到的消息吗？”小张诉苦以表功高。

“昨晚琳达没让你进门吗？”文峰反问。

“这个……”小张冷汗直冒，他的老板能不能别这么上知天文下知地理，中间还要知道他这个小助理的心事呀，就算知道，能不能不要戳穿啊！

“从今天开始，你和我两个人轮流守在这里，如果你发现他醒了，一步也不要离开。一定要在第一时间通知我。”文峰把小张带到文爷的病房里，很严肃地吩咐道，“这件事不能告诉任何人，也不能拜托任何人。明白吗？”如果不是文爷现在不宜移动，他早就悄悄地把他转移到他们不知道的地方去了。

“明白。”小张点头，老板很严肃，事情一定很严重。然后小张忽然想起了什么事，赶紧报告，“老板，昨晚你忘记带手机了，若溪小姐在餐厅里等了你一晚上。”

“知道了。”文峰冷着脸答道，惹得小张在心里一阵吐槽：你就装吧，一转身肯定马上就往若溪小姐那儿跑！

“老板，您忙吧。我在这儿守着！”小张觉得自己像极了传说中的忠犬君。

“嗯。”文峰转身走了，人进电梯就拨了李若溪的电话，“是我。出来一下吧，我到门口接你。”

李若溪是飞奔下楼的。在路边等了好一会儿，文峰的车才到，李若溪看到他开着车缓缓地停在自己面前，一直吊着的心才慢慢地放下。

上了车，李若溪也不说话，只看着文峰的脸微笑。

之前工作忙的时候，也有过好几天不见的情况，但昨晚她忽然意识到情况不同了，因为与他失去了联系，她忧心得难以成眠。想着只要他没事，只要他平安，她才能好好活下去。所以此刻，她充满感激的小眼神盈盈动人，很特别。

文峰叹息一声，侧身把两手伸过去拥抱她，轻轻拍了拍她的背，“我没事，别担心。”

“文爷呢？他还好吗？”李若溪也担心他的父亲。

“做了手术，还没有醒。”文峰没有告诉她，医生说文爷只有醒过来意识清醒了才算脱离危险期。

“会好的。”李若溪也轻轻拍拍文峰的背安慰道。

文峰把头埋在她的发侧，终于露出了笑容：“抱歉昨晚没能给你庆祝，我们改成今天中午吧。”

“不要。”李若溪拒绝道，“你昨晚一定一夜没睡，先回家休息吧。”

文峰放开她，伸手捏捏她的脸，调戏道：“这么小看你的男人吗？我觉得我还能做点儿什么证明一下的。”

“流氓！”李若溪嗔骂，然后还是劝道，“我们都回去休息吧。我昨晚看剧本也没有睡。”

“真的是看剧本没有睡吗？不是因为担心我？”文峰能感觉出来李若溪还是担心自己，所以故意装得轻松。

“是因为担心你。”没想到李若溪居然老实承认了，“所以我们都回去休息吧。”

“好。”文峰答道，有一些事，他也需要好好想想要怎么做。

8

李若溪穿了一件丝质文艺风格的洋装，站在文峰面前，有些不安地问他：“这样真的好吗？”

“很好看。”文峰对李若溪的气质非常满意，心里有些不舍得带她出去给人看，一会儿何导和牛松落见了，也会感觉李若溪就是剧本中那个女主角的。他没看走眼，李若溪就是一块璞玉，好好打造，越经岁月，就越会光华自现。

“我问的不是这个。”李若溪说，“你这样大张旗鼓地开记者招待会，真的好吗？”

“有句话不是说‘最危险的地方就是最安全的’吗？”文峰笑着，“他们越是想要我安静地等待，我越是要动静大一些，越多人关注，他们就会越难施展手脚。”

“可我还是担心。”昨天小张偷偷地告诉她，文爷可能是被人下毒害成这样的，也不知道还能不能醒过来呢。李若溪吓得不行，觉得这有钱人的世界也太可怕了。

“别担心，有我呢。”文峰搂着她的肩膀，准备出场，“你只要负责打扮得漂亮和演技好就行，其他的交给我。”

“可是……”李若溪还是担心。

“别可是了，跟着我，微笑。”

快到门口时，文峰才放开李若溪的肩膀，大步走在了前面，李若溪跟着他，走向了闪光灯聚焦的方向。

“文峰先生，请问你这是高调回归娱乐圈吗？”

“文峰先生，有传闻说文爷病倒入院，是真的吗？现在怎么样了？”

“文峰先生，有传闻说你是放弃了天文化集团的继承权才被允许回国，你可以证实一下吗？”

“文峰先生，请问你选择开影视公司是要公开与天文化集团展开对抗吗？”

“文峰先生，请问一下，你与文杰先生已经彻底决裂的传闻是真的吗？”

李若溪安静地坐在何导演旁边，听着那些记者一边狂拍照一边问文峰问题，那些问题一个比一个让人难以回答。

李若溪相信导演和她一样郁闷，这明明是他们这部新电影的开机发布会，为什么会成了文峰的私人采访？但是，如果不是因为有文峰的关系，这个开机发布会很有可能没有人来。

幸好，文峰不管回答什么问题，最后都会把话题转回这部电影上。第二天，各大媒体包括网络上的娱乐头条都成了《文峰投资影视，高调回归娱乐圈》这条新闻的天下。有的网站还做了关于文峰的各种专题：作为私生子上位影坛传奇一个版面，兄弟争家产一个版面，历年女友一个版面，作品年鉴又一个版面。

关于文峰的各类报道，很是火热了一阵子。文峰以这样的方式，终于又把自己推到了风口浪尖。顺带的，李若溪参演的第一部电影，也获得了一定的关注度。

9

郊外幽静的一处别墅内，文夫人拿起摇控器，把正在播放文峰的新闻关掉，对坐在沙发上一脸郁闷的儿子文杰说："别管他，你先做好你的事。"

"可是现在媒体都紧盯着老头入院的事情，他们会不会怀疑到我们头上？"文杰很担心，他要是背上了杀父罪名，公司的那帮股东会继续支持他才怪。

"住口！你没做！他们也不会怀疑！"文夫人无法抑制怒火，对儿子大吼。那个贱种生的儿子，居然遗传了老家伙的狡猾！而自己的儿子，从小就事事需要自己出主意，只会玩乐惹祸，这怎么不让她抓狂？

"可是妈妈……"

文杰还想说什么却被文夫人严厉地打断，"出去！记住我刚才说的！不要再说那句话！也不要再想这件事！"

文杰很少见妈妈发火，觉得有些恐怖，赶紧起身走开了。文夫人伸手抓住桌子上的一朵玫瑰，用力捏碎，扔在了桌面上。

文杰离开了家，郁闷得想出去找几个疯狂的妞放纵一番。但妈妈又要他去找乔姿，一想起乔姿因为文峰的消息而阴晴不定的脸色，再想想今天关于文峰铺天盖地的娱乐新闻，文杰就觉得悚。他真命苦，有文爷那样的爹，文夫人那样的妈，还要侍候乔姿这样的女友。

文杰开着车，真是觉得欲哭无泪。

“若溪，这边的电视剧也马上要开机了。同时拍一部电影和一部电视剧，能做好吗？”高姐自然也看到了文峰高调回归的新闻，但她更关心的是李若溪是否能够做好。因为是她向卢导演推荐的人，她不希望若溪因为无法做好而让人诟病，跌倒在起跑线上。

“高前辈，我知道你的担心。但我会努力的。这边的电影已经先开机了，两边拍摄的重叠期是一个月左右，我一定会尽全力做好，不会辜负高前辈的。”李若溪早已将两部剧的台词熟背于心，也用心研究过人物的背景与身份，练习过能表演人物性格的小细节，这是她多年辛苦才等来的机会，她势必会尽全力做到最好。

“我知道你会努力，只是想提醒你不要太过贪心。”高姐是怕李若溪终于等来了机会，却因为贪多而不注意质量，如此一来，日后势必难以走远。

“谢谢高前辈，我明白。”李若溪也明白高姐在担心什么，其实她自己也有一些担心。但是，她不能因为害怕做不好就放弃机会。尽全力，拼命跑吧。

李若溪第一场戏的拍摄，因为有点儿紧张NG了一次。第二次，何导演就让她过了。之后的几场，她的状态越来越好，劲儿也越来越足，就跟剧本里的人物上了身似的，演得很活。

何导演虽然没有公开夸她，但看得出来对她很满意。何导演的脾气怪，要求也特别高，李若溪陪着他一场一场地抠戏，不但非常认真，而且很谦虚，但又敢于提出自己的想法。几天拍摄下来，何导演越来越欣赏李若溪了。

10

这天，李若溪所在的电影剧组与苏若明所在的电视剧组竟然在同一个拍摄地点撞上了。看到苏若明后，李若溪才想起那天与苏夫人见面的事情，有些后悔自己当时那么爽快地答应帮苏夫人劝苏若明放弃演艺事业回家去。

苏若明喜欢做什么工作关她什么事呢？苏若明就是真的和父亲闹了矛盾离家出走又关她什么事？她为什么要答应人家帮忙去劝？再说了，她又有什么资格去劝啊？一想到这些，李若溪的脑袋“嗡”的一声响，她觉得自己真是笨大发了。

“哈，你这女主角待遇不怎么样啊。”苏若明听说李若溪所在的电影剧组也在这儿，老早就找来了，远远就看到李若溪自己抱着一包服装道具，于是一路小跑过来强势接过她手里的包裹，“你还得自己打杂呀？连个助理都没给你请吗？”

“这些活儿又不是没做过，请什么助理呀。”李若溪一想起答应苏夫人的事情，就觉得面对苏若明有点儿尴尬。

“助理是明星的必备利器呀，你看到哪个有点儿名气的影星自己拿服装包裹的？”苏若明教训她，“成了女主角，就要拿出女主角的架势来。不能还把自己当成打杂的，懂吗，亲？”

“你哪天有空咱俩一起吃顿饭吧。”李若溪说。唉，一不做二不休，把心事说了算了，免得压在心里难受。再说了，她实在是怕那位苏夫人等不到消息再来找她，那样尴尬的场面，她实在不想再经历。

“我今天就有空啊。择日不如撞日，要不今天拍摄结束后吧。”李若溪开口要一起吃饭，苏若明当然不能错过机会，“就这么说定了。你几点结束？我大概七点。七点后我过来找你。”其实他是趁着那边在准备场景的时候过来找她的，他今天的拍摄任务也挺紧张。

“顺利的话应该也能八点前结束吧。”李若溪想了想今天安排的戏都是白天演，何导演应该不会在晚上还拍，他对光影要求挺高。

“好。那八点见。”苏若明兴高采烈地走了。

李若溪看着他欢快的样子，不禁一阵无语：苏若明这性子，还真是和苏夫人格格不入啊，大概也难以融入苏夫人所说的那个大家族吧？苏若明是因为这个才放着富二代不做宁愿自己出来跑龙套的吗？

“胆子是不是有点儿太大了？明明是有男朋友的人，还四处和别的男人约会？”文峰站在李若溪身后，慢条斯理地说。

“呀，你怎么来了？”李若溪吓了一跳，赶紧环顾四周，看有没有记者跟着。自从上次的记者发布会后，两个人就没有再单独见过面。一是因为文峰变得更忙碌，二是因为到处都有记者盯着，李若溪怕又弄出什么不利的绯闻出来。

第十二章 岁月静好情意浓

李若溪笑着否认，接过文峰洗干净的盘子用抹布擦干放好。她此刻感觉自己前所未有地幸福，她够着了自己的梦想。

1

"我要是不来，怎么知道你又开始约会别的男人准备出墙呢？"文峰"嘿嘿"地笑了两声。

李若溪感觉到了阴险，"只是吃顿饭，而且我有事要说。"

"那位苏夫人拜托你劝苏少爷回家了？"文峰问得非常直接，他一点儿也不介意李若溪知道他了解她的一切。

"你怎么知道？"李若溪问完，随即想到雷诺那个大嘴巴是文峰的死党，"雷诺竟然也是八卦爱好者。"

"我只是想告诉你，我的耳目遍布你的周围。所以出墙的事你想想就好，不要真的去做。否则的话，哼。"文峰一想起刚才苏若明高兴的样子就很不爽。

"我没有想出墙……"李若溪说到这儿，又觉得自己的解释好多余，"我有和朋友见面吃饭的自由！"

"在那个朋友没有暗恋你，没想挖我墙脚的情况下，你是有和朋友见面吃饭的自由。"文峰伸手拿起她的一缕长发，低头闻了闻，"最近换洗发水了？"

"啊？"李若溪的脑子没转那么快，"哦，是的。最近宝宝爱抓我的头发玩，这个据说更健康一点儿。"说完忽然想起周围可能有记者，赶紧跳开退两步，"你干吗？要是有记者会被拍到的！"

"你还是担心背着我和别的男人去吃饭时不要被人拍到吧。"文峰眯起他的桃花眼，十分危险地威胁，"我不介意你和我有绯闻，但是你要是再和姓苏的传出什么事情，我就会很不高兴。"

"我……"李若溪看着文峰转身离开的背影欲哭无泪，怎么办？她又没做什么坏事，怎么还是被他说得有背叛了他的感觉？

某高级餐厅里，李若溪背书般把苏夫人的要求转述给苏若明后，拿起水杯狠狠喝了一口：妈呀，她总算说出来了。

"你什么时候知道的？"苏若明问的是自己的身份，这件事知道的人不算太多，他以为李若溪一直是不知道的。

"你妈妈来找我的时候。"李若溪老实承认自己不是目光犀利的人，在第一次他给她弄来了一条名贵的裙子时，她是有所疑惑。但她没往更深处想，她以为这个世界上所有人都跟自己一样简单呢，"当然，我虽然有点儿觉得被欺骗，但你有自己的理由。"

"她就叫你劝我别在娱乐圈混，回家去给老头子干活？"苏若明想想妈妈的那些软手段，觉得一定还有别的要求，"没说别的？没有拿钱砸你？"

"有。"李若溪开玩笑，"给我一张黑色的卡，钱一定很多，但我不敢要。我怕我还不起。我是有骨气的，嘿嘿。"李若溪故意没说苏夫人要求她不再与苏若明联系的事情。她非常不希望与苏若明涉及情感方面的话题，想也不要想，更不要提起。

但是，苏若明却没如她的愿。

2

"既然她已经来求你开口了。"苏若明沉吟了一下，"她是知道你对我的意义了。李若溪，我可以答应你，马上放弃这一切回去。但是，有一个条件。"

"什么条件？"李若溪没想到苏若明这么爽快，本来以为他会大发雷霆，然后不答应愤怒离去。富家少爷被揭穿装穷之后，不是装酷就是恼羞成怒。

"我们结婚吧。"苏若明说出这句话的时候，眼睛紧紧盯着李若溪的脸，"和我结婚吧，若溪。"只要和她在一起，他什么都愿意去面对。

"先不要拒绝！不要！"李若溪愣了一下，正要拒绝，被苏若明急切地打断，"请你等一等，哪怕是考虑一分钟。"

"苏若明。"李若溪无奈至极。

"那天你打电话给我说，你得到了演电影的机会，我很害怕。你本来离我就已经很远了。而以你的实力，文峰又在帮你，很快你就会成名。到时候，你离我就更远了。"苏若明说出心事，声音已近似哀求，"所以，先别急着拒绝我，试着考虑一次好吗？”

“我已经有男友了。”李若溪真的不能考虑。

“我知道。”苏若明忽然笑了，李若溪为难的样子让他觉得难受，比直接拒绝还令他觉得难受。所以，他在瞬间又决定放过她，“哈，我逗你玩呢。感觉怎么样？除了文峰以外的其他男人向你求婚，有什么感受？”

“啊？”李若溪皱眉，盯着忽然从一脸深情变成没心没肺笑得灿烂的苏若明，愤怒。都说女人心海底针，在她看来是男人心海底针才对！一个文峰已经够她看不明白的了，眼前这苏若明也越来越阴晴不定，“你想吓死我呀？”什么不玩，居然玩求婚，要是他真弄枚戒指来，她不得吓晕过去！

其实，苏若明还真带了一枚戒指，现在就在他桌子底下的手里攥着呢，可是，他到底没敢拿出来。因为他知道，就算拿出来了，李若溪也不会收下。他不舍得为难她，一直不舍得。

“你妈妈说你是商学院的硕士。你挺厉害的嘛。学的是商业，干吗跑出来演戏？做商界精英不是比做明星牛多了吗？你不会是个草包吧？怕把你爸的公司给弄倒闭，所以才逃跑的？”李若溪盲目猜测。

“是呀，我就是个草包。不过，你可别说出去呀。”苏若明顺着她的话戴上了草包帽子。李若溪不了解也好，苏家的产业决不是一家普通公司那么简单，他不是背不了，而是嫌累，不想去背。

“好吧，给你保密。”李若溪真的以为苏若明不过是一个普通的闹脾气的富二代，“不过，你妈妈好像真的很希望你能回去。她说你父亲的身体不好。”

“我妈喜欢夸大事实。老头子的身体好着呢。”至少上次见他的时候，还觉得很硬朗，随手就能拿起高尔夫棍要揍他。

“那就好。”单纯的李若溪也就信了。

3

《我的青春我的梦》杀青新闻发布会一结束，萌萌就直接去了医院。

她的身体状况已经不允许再拖下去了，她同意了切除子宫的手术方案。她接拍的下一部影视剧还有近三个月才开拍，来得及做手术。

手术前一天的傍晚，萌萌又悄悄地离开医院，去了李若溪所住的小区。在一处僻静的地方等了许久之后，她终于看到了推着婴儿车下楼散步的李妈妈。

当李妈妈把宝宝从婴儿车里抱下来，让他在草地上走的时候，萌萌的心脏“突突”地狂跳起来，他竟然已经会走路了！

为了避免被人发现，萌萌离得很远，无法听清楚宝宝咿咿呀呀在说什么，但能感觉到，宝宝已经会说话了。萌萌心里百感交集，一些难以承受的东西在她心里涌动，在无法忍耐之前，她咬着牙让自己离开了现场。

“可以签字了吗？”手术前两个小时，萌萌问刚刚来到的律师。

“你过目后，如果没有别的意见，就可以签字了。”连律师来自龙城最知名的律师事务所，见过的名人权贵当然不少。但像萌萌这样年轻漂亮的当红明星连夜找他来立遗嘱的事情，还真是不多见。而且她的遗嘱也不太一般，只把很少的一部分财产留给了家人，其他大部分都留给了一个与她没有血缘关系的人。

“我看过了。把我的要求都写清楚了。我签字之后就会生效了对吧？”萌萌拿起了笔，爽快地签字，按手印。

“是的。你的经纪人梁颂先生是见证人。在他的见证下，这份遗嘱自签字时起即有效。”连律师一边回答萌萌，一边仔细收好文件。

“好的。辛苦连律师了。谢谢你。”萌萌礼貌地道谢。

“不客气。为你服务是我的职责。”连律师答道，“没有其他事情的话，我就先走了。萌萌小姐，祝你手术顺利，希望你健康起来，你可是我们事务所不少小伙子的女神呢。”

“谢谢你。承你吉言。”萌萌心里非常担忧，如果切除了子宫仍不能阻止癌细胞的扩散呢？她不敢去想，真的很害怕。

“要不要我去把你的父母接来？”连律师走后，萌萌的经纪人梁颂问道。

萌萌是他所遇到过的比较敬业与有野心的年轻女星了。只有一点他不是太理解，萌萌不喜欢自己的家人。平时与家人联系很少就算了，甚至在这种要经历生死关头的大病面前，萌萌竟然连自己的父母都没有通知。

“不用。”萌萌简短拒绝了。

她太了解她那势利的父母了，在得知她得了癌症将有可能断绝他们的富贵梦后会有怎样的反应。她的生活已经足够惨烈，不想再面对一群关心她的钱比关心她本身更多的家人在她生死关头闹哄哄的样子。

4

“手术后，还要进行一段时间的化疗。所以，我的计划是半年后的剧本仍然照接，通告尽量少接一些，对媒体的一致回应是你在为新电影闭关。”梁颂再次跟萌萌确定手术后的工作安排，其实他有点儿想利用她和癌症抗争这件事情做一些宣传，但萌萌不同意，他只能向她妥协，“一切等你恢复健康后再说。”

“我会的。”萌萌很坚定。关于恢复健康这一点，没有人比她更迫切了。李若溪已经接拍了她毁约的电影，并且还在高姐与卢导演共同监制的电视剧里饰演分量不轻的角色。李若溪很有可能马上就要红起来，这让萌萌更觉得时不我待，“有个消息，希望你能向相熟的媒体透露一下。”

“什么事？”这圈子里明星的更新换代太快了，梁颂也怕萌萌做手术的这段时间里，她的地位被人取而代之。

“李若溪靠潜攀附文峰而上位的事情。”萌萌说得很简约，但她相信与她有共同利益的梁颂会听明白的。

“我会安排的。”梁颂开始思考接下来的操作步骤。用无中生有的绯闻打击对手不过是常见的手段。这圈子里从不存在什么正人君子，他梁颂也不是。

萌萌手术醒来，在身体的极度疼痛中所看到的第一条娱乐新闻就是：新人李若溪疑靠绯闻上位，与老板文峰关系暧昧，与男星苏炫疑育有一子。这篇报道不但扯上了文峰，还涉及了苏炫。

萌萌笑了，梁颂够狠。

李若溪有点儿坐不住了。这几天，整个剧组都在因为她的桃色绯闻窃窃私语，连何导演看她的目光都有些异常。

文峰当然也看到报道了。除了扯上苏若明这一点令他不满外，对李若溪的贬低也让他很是恼火，文峰是绝对不介意和李若溪传出绯闻的。再说了，李若溪是他的女人，也不算绯闻不是？

文峰的办公室外，小张吃惊地看着全副武装的李若溪，“若溪小姐？”

大风衣，棒球帽，大墨镜，李若溪这是想更引人注目吗？

“老板在吗？”原谅她没有这种被狗仔追拍的经验吧，她知道自己的打扮很奇怪，也很惊悚，但至少她没认出来是自己。李若溪快速进门后环视周围，幸好，文峰直到现在还坚持光棍儿公司，除了小张外没有请其他的工作人员。

“在里面。”小张看她紧张兮兮的样子，不禁失笑，若溪小姐有时候实在是太有笑点了。

“好。”李若溪直接就推门进文峰的办公室，还不忘回头嘱咐小张，“看着点儿呀，别让记者冲进来。”刚才在楼下她好像看到狗仔记者了，她恨绯闻！真心的！

“你这打扮，是想更引人注目吗？”文峰好笑地看着她身上那件过大的风衣，格格不入的丝巾与墨镜，她还戴着棒球帽套上了运动外套的帽子，这大夏天的，她这是要把自己热死吗？

5

“接受你的嘲笑。因为我也觉得自己很可笑。”李若溪一边扯下丝巾，脱掉风衣和运动外套，再把墨镜和棒球帽丢掉，总算好好地透了一口气，“不过我原谅自己了，我这是屌丝柴火妞不小心走红了的不适应症。”

“这是我见过的最糟糕的脱衣表演了。”文峰双手抱胸，向后靠在椅子上，一一点评，“风衣太大，和里面的运动外套不搭。棒球帽又太普通，发型不够性感，墨镜不是高档货。最要紧的是，里面穿得太多。”脱到最后居然是邻家普通女学生的白T恤加牛仔裤，没劲。

“你就嘲弄我吧。”李若溪走过去，两手撑在办公桌上，一副气势凌人的样子，“萌萌毁约，然后让范叔向何导演推荐我，这件事是不是你安排的？”

“咦？这个绯闻就让你对自己这么没信心了？”文峰看着李若溪气势汹汹的样子笑了。这丫头这两天因为绯闻的事，在剧组应该没少听闲言，所以连带她自己都相信了，“我是一心想捧你没错。只可惜你不同意，人家何导也没同意。何导欣赏有演技的女明星，一开始就非让我找周萌萌不可。试镜那天周萌萌一来，何导就没再试其他人了。至于周萌萌为什么毁约，那就是她的事情了。经纪人放出的风说是闭关准备新电影去了。不过，有消息说是因为她身体不好，无法继续拍摄才选择毁约。”文峰知道的内幕当然比李若溪多。

“萌萌身体不好？”李若溪惊愕。

“只是传言。”文峰可不关心谁病了谁没病，他更关心这个，“你为什么这么介意？”前段时间她和苏若明的绯闻见天上媒体炒，也没看她有什么反应，怎么一与他有绯闻，就火得冒险上门兴师问罪？

“我爱的是你这个人。他们竟然说我玩心机多年勾引你就为了上位。太过分了！”李若溪还是觉得很火大，那报道说的是什么，说她心机深沉，看准了文峰的实力，多年谋划，不惜在文峰落魄时陪他吃苦，终于成功上位。

“你有多爱我？”第一次听李若溪说爱自己，虽然不是严肃的深情告白，但文峰感觉无比好。

“我一直都是只爱你这个人！我没想过要靠你上位！”李若溪越想越气愤，“想靠你上位我干吗等到现在！早几年你不是更风光吗？这些乱写的坏蛋，根本就没有记者的职业道德！气死了！气死了！”

“嗨……”文峰站起身，向气得拍桌子的李若溪倾身，柔情万千地说，“嘘，别说话。我要吻你了。”

“啊？什么……”李若溪一时还没明白自己做了什么换来文峰深情款款的

吻，不过她此刻没机会问了，她的嘴没空。

“你不能每次我都还没说完事情就亲过来呀。”李若溪抗议。

“你都表白两次你爱我了，我觉得我不回报一个吻是不足以表示绅士风度的。”文峰不以为然。

“这种过分的绯闻要怎么办？”李若溪仍然不适应人怕出名猪怕壮的感觉。

“你要学会适应，只有红才会有绯闻。”文峰很淡定地教育他的土包子女友。

6

“乔小姐，请问你什么时候会和文杰先生结婚？”

“乔小姐，你是广大男生心目中的女神，你结婚了，会有很多男粉丝心碎的，你会介意吗？”

“乔小姐，你在新剧里和苏炫合作，你觉得他怎么样？”

“乔小姐，恭喜你，《浮世星梦》的收视率节节高升！请问你有在准备下一部新剧吗？”

“乔小姐，你和苏炫先生获得荧屏年度最般配情侣奖项，文杰先生有吃醋吗？”

乔姿最近很忙，在强大的财力支持下，她的新剧《浮世星梦》的宣传十分到位。收视也一直占据榜首。在同期女星萌萌半隐退为新电影闭关的无对手情况下，可以说是一时风头无二。不管出席任何场合，都是全场闪光灯的焦点。

但乔姿也明白，如果没有父亲强大的财力支持，她的剧集根本不可能做到现在这样高大上的水准。而现在，不但媒体在追问她与文杰的婚讯，文杰也开始了软磨硬泡催着她准备婚礼。问题就出在这一点上：她根本就没有要与文杰结婚的想法！文杰只不过是她在文峰那里受挫后的移情工具，只不过是个备胎而已！她乔姿为什么要和一个备胎结婚？

新剧的成功让乔姿重拾了一点儿信心，她觉得自己至少向文峰证明了她是一个努力的说到做到的人。至少她并不比李若溪差，甚至比李若溪要优秀许多。

乔姿觉得自己有足够的资格，所以鬼使神差般直奔文峰而去。

文峰看了一眼闯门而入的乔姿，眼尾扫了一眼跟在乔姿身后阻止不及欲哭无泪的小张，“我是不是应该换个助理了？”

“老板……”小张都要哭了，像他这样当得了秘书，做得了爱情修补剂，还充得了病人看护的助理哪里去找？还动不动就威胁要炒了他，还有没有天理？

“去把昨天的资料整理分类出来，十分钟后拿进来给我。”文峰对小张说完，还觉得给乔姿十分钟时间是不是太长了？

乔姿一进门，看到文峰后，她的勇气其实已经消退了一半。

文峰连招呼都不打，一副对她的到来极度不欢迎、不耐烦的神情更是令她备受打击。但她看到文峰干脆扯掉了领带和松开的衬衣袖口，她的勇气莫名地又回来了。

因为公司缺人手需要事事亲为忙碌终日，文峰的俊脸显得有些疲惫。和与以往精致得无可挑剔的着装相比，现在简直就是要往邋遢堆里凑了。

那种强烈的拯救感再次给了乔姿勇气，看吧，李若溪能给他的，就是这么底层和屌丝！整个公司，连老板居然只有两个员工！她的文峰，绝不用受这样的罪！

7

“乔小姐来鄙公司拜访，有什么指教吗？”文峰看了一眼表情变化还挺丰富的乔姿，对她暴瘦得有点儿可怕的身形觉得有点儿吃惊：这女人是减肥减成了神经病吧？

“文峰，别再这样下去了！你不应该做这样的工作，不应该变成这样！”乔姿觉得自己特别悲愤，“你不喜欢我继续演戏，我可以放弃的。只要你高兴，全职太太我也愿意做。我会帮助你建立起一个能和天文化集团抗衡的公司，你不必受这些罪！”

“乔小姐……”文峰只想抚额叹息，这个女人是暴瘦得连脑回路都不一样了吧？她是在他这里受到的拒绝还不够吗？

“我爸爸只有我一个女儿，而你很有能力，他一定会很欣赏你的。我们家有和天文化集团抗衡的实力。文峰，我是真的很爱你，我没有办法阻止自己不去爱你。要是我有办法阻止自己就好了。所以我只能这样一次又一次地来求你。”乔姿说到最后，眼泪一直在掉。

文峰看着她，心里也有些不忍，但到底知道不忍才是对她的更残忍，“也许以后我会比现在更穷。但你要知道，不管我穷成什么样，你都不会是我要选择的女人。我已经有自己心爱的人了，我的心我的爱和我的人，已经决意要全部给她。我没有任何东西再给别的女人了。你明白吗？”

“我不明白！”乔姿几乎成了哭喊，“凭什么是李若溪！凭什么是她？我哪里比不上她？”这大概也是乔姿最纠结的问题了。

“你凭什么觉得不是她？你又哪里比得上她呢？”文峰冷了脸，“执著也许是种好的精神，但过度执著就会变成神经病。”

“她什么都比不上我！”这就是乔姿的执念，“不应该是这样的！”

“在我看来，是你什么都比不上她。”文峰的脸更冷了，无理取闹的女人真令人头痛，“您请回吧。我很忙。”

“为什么要这样对我？”乔姿无法明白。

“我觉得我对你的态度还是很正常的。”文峰反问，“你为什么不反问一下是否是你自己的问题？”

“是因为有李若溪存在，对吗？”乔姿握紧拳头，问得很悲凉。

“如果你一定要认为与她有关的话，我也无法改变你的想法。但就算没有李若溪，我对你的态度也不会有所变化。”文峰真是不耐烦了，“小张，还不把客户资料给我送进来！”

早就站在门外一边满脸尴尬地偷听毒舌老板大战痴情公主，一边等着老板传唤的小张赶紧敲门进来：“老板，我来了。”上帝可一定要看到他的伟大呀，他可是救苦救难救急的好人才！

8

离开文峰公司后，乔姿的眼泪就没断过。

文杰赶来找到她的时候，她正蹲在地上一边哭一边吐。但因为她的胃里并没有什么东西，所以吐出来的都是水和胃液。或者因为太难受，文杰要把她扶起来走回车里的时候，她竟然晕了过去。

“呕吐引起了胃痉挛，加上不进食造成的营养不良，还有脱水症状。她的厌食症很严重，需要接受治疗。”医生这么对文杰说道。

“那请你制定治疗方案吧。”文杰不敢死心塌地帮乔姿耽搁了。他有些犹豫，这种时候是否要通知乔姿的父母。但他又有些害怕乔姿的父亲，因为无论他如何讨好，那老头就是对他印象不佳。如果这次乔老头又把乔姿得了厌食症的事情归罪于他，那他更不用想得到他的注资了。都怪他那个独断专横的爹，在房地产上升得这么奇怪的时候投资房地产。如果那块地拿不下来，他这上不上，下不下的，搞不好天文化集团就在他手里给搞垮了。他费了半天劲才抢过来，还没玩几天就完蛋了，那他得多惨。

“阿姨，这件事情我实在不能再帮姿姿瞒着你们了。她这样，我太心痛了。我受不了了。你那么疼爱她，她一定会听你的话。”文杰最终还是决定通知乔姿的父母。如果乔姿到了生死关头，那么对他而言，也是生死关头了。

乔父在得知女儿为了保持身材节食而导致了厌食症后，脸一直阴沉得可怕。对一直细心侍候乔姿的文杰也一直黑着脸，对醒来的乔姿只丢下一句话就走了：“再不想吃东西你就饿死算了。连保持健康身体都做不到的女儿，我救回来也没用。”

乔父生气地离开后，乔夫人嘱咐了文杰两句，赶紧追过去给女儿说情。

乔姿醒过来发现自己在医院后，脸上的悲戚已然退去，取而代之的是一种莫名的恨意，她现在恨文峰，也恨李若溪。入骨入髓地恨。但这种恨无处发泄，在她的身体里乱窜，她觉得自己就要疯掉了。

“姿姿。”温柔男友形象附身的文杰走过去，把瘦得有点儿脱形的乔姿拥进怀里，“别想太多，你有我呢。”

“我怎么能不想？”她的尊严就这样一次一次地被文峰践踏。她已经像可怜虫一样哀求与悲鸣，可他就是视而不见！这一切，都是因为李若溪！“我恨李若溪！文杰！我恨那个女人！我恨不得她去死！”

“真的吗？”文杰脑子里忽然闪过一个计划，一个足够丧心病狂的计划，“你真的希望她去死吗？”

“是！我希望她马上死！马上死！”即使李若溪死，也不能消除她心头的恨意。

“好，好，那就让她死。”文杰轻轻拍着乔姿的后背，温柔地安抚她，“我会帮你的。无论你要做什么，我都会帮你的。”

他要做一件令乔姿不得不嫁给他的事情，哪怕意味着两个人会一起绑上炸弹。那又怎样，他必须得到乔老头的资金注入，他不能让天文化集团倒在他的手上。

9

电梯里，文峰穿着正装，左手抱着一大束花，右手抱着一大盒玩具，俊脸因为紧张一直板着。

站在他旁边的李若溪看他紧张的样子一直很想笑，“别紧张，我妈妈不会吃了你的。”

文峰看了没心没肺的李若溪一眼，“因为你坚持要求搞什么地下恋，结果让我未来的丈母娘对我的印象十分不好。我如果不能讨丈母娘的欢心，你以后就会成为夹心馅儿。想到这些，你还能笑得出来吗？”

“我已经向妈妈解释过了。”李若溪想起上次在医院时，文峰被妈妈下了逐客令后的神情，忍不住笑，“真的。你别这么紧张。今天是我妈妈主动邀请你来的。这证明她想改善对你的印象。”

“真的吗？”和李若溪相处久之后，因为太过了解这个女孩其实是一个缺心眼儿的小二货。对于她的判断力，文峰渐渐坚定了自己的怀疑态度，“何导演真的夸过你的演技好吗？我怎么觉得他一定在为你的演技着急呢？”

“这和我的演技有什么关系！”李若溪低声辩解，最后在文峰火一样的目光下低声承认，“其实是我想改善妈妈对你的印象啦。她没有邀请你，但是我跟她说了你今天会来吃晚饭。”

文峰深深地为自己的女友叹息一声，再次问道：“你确定她喜欢的花真的是这种？”真的有人只喜欢一大把的紫色勿忘我和白色满天星？这两种花可都只是配花呀。

“我确定。我妈妈常常把这两种花留到最后。”李若溪诚实地点头，但说完后也觉得哪里有点儿不对。

“你确定不是因为这两种花的花期更长，凋零得更慢才留到最后？”文峰的心里只剩下深深的叹息。现在他了解了，李妈妈真的很爱这个女儿，所以，李若溪厨艺不怎么样，对妈妈的了解也十分表面。

文峰叹息完后，伸手按了离现在最近的一层电梯。“出去按下楼的按键吧。我要重新选择礼物。而且，你不许再给我意见，因为我不会听的。”

“好吧。”李若溪乖乖地走出电梯，按了下楼的按钮，再在文峰鄙视的目光中回到电梯里。

“我妈喜欢吃西瓜和葡萄。”每年暑假，家里都有这两种水果，“哦，还有桃子。”

“你确定不是因为你放暑假的时候这三种正好是时令水果吗？”文峰反问。

“啊？是那样的吗？哦。”李若溪真想找个洞钻进去，原来她真的那么不了解自己的妈妈！

“你这么不孝顺，你自己知道吗？”文峰给李若溪加上了最后一根稻草，“你最喜欢的东西，我猜你妈妈都能写成一本书。”

“我错了。”李若溪眼泪都快出来了。

“应该哭的是我，还有我可怜的准丈母娘。我的女友没心没肺，我准丈母娘的女儿更没心没肺。”文峰给李若溪下了结论。

10

“你确定我妈妈会喜欢这个吗？”文峰重新买的礼物居然是护肤品和一套书。

李若溪特意过去看了看书名：“《普希金诗集》和《泰戈尔诗集》！你确定我妈妈喜欢读诗歌吗？”李若溪惊叹地问完后，忽然想起小的时候，妈妈哄她睡觉，好像不怎么讲故事，经常都在背一些诗歌。可是，文峰是怎么知道的?

“我不知道，但我想至少比一把配花要靠谱点儿。”文峰可不想告诉她上次去医院的时候，看到病房的陪护床边就放着一本名人诗选。回头再想想李妈妈的出身，确实很有可能喜欢读诗。

“我错了。”李若溪反省自己的不靠谱建议都来自只顾享受妈妈给自己的爱，而没有学会去爱妈妈。

果然，李妈妈虽然并没有表示出对于文峰很大的喜欢，但是愉快地收下了礼物，并且给文峰做了很丰盛的晚餐。

吃完饭后，李妈妈在客厅里陪宝宝玩，李若溪则和文峰在厨房里洗碗。

令李妈妈有些意外的是，看起来高傲冷漠、出身富贵的文峰，洗碗动作比自己的女儿还要熟练。这说明，他独立生活过，可能对生活的质量要求很高，但是并非事事都要人侍候。这个男子，心思缜密，而若溪是那样纯良得都有点儿缺心眼儿的性子，如果与这样的男人作对，肯定是要被吃干抹净。怕就怕，这样的男人，对若溪就算真，也未必能久。

若溪不知道妈妈的心思，在厨房里一边洗碗一边和文峰聊天。她看出来妈妈对文峰的态度有所变化，对此感觉心情轻松多了。

“何导演真的赞过我演技好。”李若溪向文峰强调。

“我和我的公司就靠这部电影翻身了，你要是把它演砸了，哼，你就等着养我吧。”文峰故意恐吓她。

“我很有信心的。”李若溪笑着吹牛，“我什么都不会，就会演戏。”她连洗碗都不如文峰熟练。

“我知道你什么都不会。”洁癖症患者文峰专心对付盘子上的污渍，嘴上没忘记挖苦他的小女友，“我也没要求你什么都会。因为就算我要求了，你也做不到啊。”

“你提个要求试试？”李若溪犯贱。

“用英文说句‘我很爱你’来听听，你不是最近还和思琪一起去上英文口语课了吗？我看看学得怎么样。”文峰调戏她简直得心应手。

“嗨！”李若溪压低声音说，“我妈妈以前是名牌大学毕业生，听得懂英文的！”

“哦。那说说，为什么会想起和思琪一起去上英文课？”考虑到丈母娘在，文峰觉得还是收敛点儿好一些。

“因为思琪答应了哈里的求婚，她准备嫁到英国去，当然要学英文呀。”李若溪答非所问。她可不想告诉他，有次看到他用英语和几个外国人谈笑风生，于是觉得自己太菜，所以决定也进修，好拉近和他之间的距离。

“不是因为我的英文很好，怕我用英文骂你听不懂才去学的吗？”文峰一语中的。

“不是啦。”李若溪笑着否认，接过文峰洗干净的盘子用抹布擦干放好。她此刻感觉自己前所未有地幸福，她够着了自己的梦想。她的妈妈就在她的身边，她还有了一个可爱的孩子和一个相爱的男子。而和她有同样梦想的朋友们，也都有了各自的天空。这很好，不是吗？

如果这一刻就是永恒，那也叫作完美人生了。

意林红石榴读者有奖调查表

意林红石榴书系致力于为16～28岁的女性提供最具特色的情感图书，你的意见对我们至关重要。只要认真填写读者调查表，并在第一时间寄回意林红石榴编辑部的前50名读者，都会获得我们免费寄赠的意林红石榴书系图书一本以及精美礼品一份。

个人资料

姓名：＿＿＿＿＿＿ 性别：＿＿＿＿＿＿

昵称：＿＿＿＿＿＿ 年龄：＿＿＿＿＿＿

通信地址：＿＿＿＿＿＿＿＿＿＿＿＿

＿＿＿＿＿＿＿＿＿＿＿＿

邮政编码：＿＿＿＿＿＿ 电话：＿＿＿＿＿＿

QQ：＿＿＿＿＿＿ 微信号：＿＿＿＿＿＿

E-mail：＿＿＿＿＿＿＿＿＿＿＿＿

1.受教育程度：

□初中及以下 □高中 □大学 □硕士及以上 □留学归来

2.每月购书消费：

□50元以下 □10～200元 □200元以上

3.你是怎么知道《灰姑娘的星动时代Ⅱ艺往情深》上市的?

□意林官网 □《意林》《意林·原创版》 □朋友推荐 □网上

其他渠道 ＿＿＿＿＿＿＿＿＿＿＿＿

4.吸引你购买《灰姑娘的星动时代Ⅱ艺往情深》的原因是什么?

□封面吸引人 □故事好看 □广告宣传 □对题材感兴趣 □消费惯性

□作者粉丝 其他原因 ＿＿＿＿＿＿＿＿＿＿＿＿

5.你觉得《灰姑娘的星动时代Ⅱ艺往情深》封面如何？

□很喜欢 □一般 □有待改进 □不喜欢 原因 ________________

6.你认为《灰姑娘的星动时代Ⅱ艺往情深》的定价如何？

□便宜 □还行 □有点贵 原因 ________________

7.你平时读小说是出于什么原因？

□打发时间 □放松 □与朋友交流 □贴近自己的生活 □个人喜好

其他原因 ________________

8.你更青睐什么样的阅读方式？

□纸质书 □电子书 原因 ________________

9.你更容易被什么样的内容所吸引？

□成长之痛 □梦幻爱情 □欢喜冤家 □职场生活 □关于友情

其他 ________________

10.你会被什么样的图书活动吸引？

□限时折扣 □签名售书 □赠品 其他 ________________

11.你更喜欢什么样的图书赠品？

____

12.你觉得我们有什么需要改进的地方？

____

____

13.你有什么话想对作者凌霜降或者编辑们说呢？

____

____

调查表回邮地址：

北京市朝阳区南磨房路37号华腾北搪商务大厦1006室 欢乐意林红石榴编辑部收

邮编：100022 E-mail：hongshiliubj@163.com 咨询电话：010-51908751

Wei,BieLuanlai

第一章　遭人陷害

她用力握紧自己的手，告诉自己要镇定。可是委屈与难堪瞬间已经填满心头，她为什么总遭遇这样的事，为什么她总是倒霉的那个？

“语岚。”

高语岚出差回来，刚进办公室，还没来得及坐下，就听到有人叫她。

高语岚回头看，是温莎。

说起这个温莎，姿色在公司里排第一，每月业绩收益在公司里也排第一，为人干练，颇有手腕，笼络领导的本领也是数一数二，可以说是公司里的大红人。

此刻，温莎正快步向她走来。

高语岚不知道她有什么事，正要开口问，却不经意看到旁边座位上的同事神情古怪。她还没反应过来，就被温莎一把抱进了怀里。

“亲爱的，对不起，我都说了。”

说什么了？高语岚如丈二和尚摸不着头脑，正疑惑间，忽然眼前一暗，唇上一紧，淡淡的香水气息和绵软的唇间触感吓了她一大跳。

温莎很温柔地吻了她，然后轻声细语，温柔腻人：“亲爱的，别生我的气。”

高语岚僵住，像被人点了穴。

发生了什么事？

她刚才，是被人吻了吗？被一个女人吻的？

高语岚呆若木鸡，脑袋空空，简直不敢相信。

她是个老实本分、古板守旧的良家妇女……不，是良家姑娘啊！

除了高中时早恋了一把，全心投入耗时七年最后却惨遭男友抛弃之外，她可是清清白白，从不乱搞男女关系，至今空窗感情没着落，这怎么就被人给吻了？

简直，太乱来了！

温莎似乎并不在意高语岚的反应，她只安慰式地抚了抚她的脸，然后转身走了。

高语岚傻呆呆地以极慢的速度转头，愣愣地看着温莎离去的身影，为时已晚地抖着手，指着那个方向，说不出话来。

这……这……犯罪分子从容潜逃，怎么办？

高语岚的神志慢慢归位，她闹不清怎么回事，却完全不敢去看同事们的眼光，她心里明白，此时此刻，自己绝对是众人目光的焦点。

神啊，给我个地洞可好？

神没回答，倒是有个小小的声音说：“语岚，经理让你一回来就去找他。”

高语岚一震，转头看了眼那名通风报信的同事，在她的眼睛里看到了同情。

同情？一股不祥的预感顿时涌上了高语岚的心头。

经理是个近五十岁的男人，秃头。

他认真严肃地端详了高语岚十分钟后终于开口：“我说小高啊……”

高语岚正襟危坐，不明所以，忐忑不安。经理长时间的沉默让她开始走神。

她一会儿得去找那个温莎算账，莫名其妙地吻她做什么？都是女人，好恶心！这种恶作剧不解释清楚，她以后怎么在公司做事？

“你来公司也一年多了，其实一直表现不错。”

“应该的，应该的。”

温莎刚才说她都说了，这话是什么意思？

“你知道公司一直不赞成办公室恋情。”

“经理放心，我不会的。”

刚才那些同事奇怪的表情，是怎么了?

“可你恋爱也就算了，还弄个这么……不同寻常的，这在公司里的影响很不好。”

高语岚一呆，猛地抬头，对上了经理的眼睛，那眼神，恕她愚钝，看不明白。“经理，你说谁谈恋爱?”

“你啊！”经理摸摸自己光秃秃的脑门。这次的表情高语岚看懂了，经理的脸上分明写着“再装下去就没意思了”。

“可是，谁恋我了?”高语岚惊愕，难道公司里有哪位精英男士看上了她而她不知道?

经理大人横她一眼。

高语岚莫名其妙，不是有人恋她，那难道是误传她恋了别人，造成别人的困扰了?

“经理，我没有恋谁啊。”高语岚认真地为自己辩解，虽然她也很想谈恋爱，走出感情的低谷，开始全新的人生，可这事就是没发生啊。

经理咳了两声，看着高语岚，用手指敲了敲桌面，似乎在斟酌着该怎么说。

高语岚心中那种不祥的预感更强烈了。刚才发生的怪事一幕一幕在她脑海中过场，然后她听见经理说：“你和温莎的事，全公司都知道了。”

“温莎?”高语岚一声大呼，顿然醒悟！

真的太乱来了！

“经理，我绝对没有爱上温莎，我喜欢的是男人！”

经理瞥了她一眼，没说话。

“经理，我跟温莎绝对不是那种关系。难道她跟你说她爱上我了？就算是这样，也与我无关啊。我跟她都不熟，这里面一定有误会，真的，要不把她找来，我们当面说清楚……”

经理咳了一声，打断她的话：“小高啊，我理解你现在的心情。”

理解？不是相信？

那有屁用！

“经理，你一定要相信我！”

经理无语，默默地开始摆弄电脑。

“经理，我发誓，我爱的是男人！是男人！是男……人啊……”高语岚那“人啊”二字差点儿没咽进嗓子里，因为经理把他的笔记本电脑转了过来，高语岚见鬼一样地盯着屏幕。

那是温莎与一个女子拥吻的照片，似乎是在一间酒吧之类的地方，她们穿着火辣，吻得热烈。温莎露了半张脸，被看得清楚，那个女人却是只能被看到后脑勺和身段，乍一看，还真的很像高语岚。

高语岚惊讶得张大了嘴，指着屏幕，手又开始抖，“这个……这人不是我。真的，那不是我！”

可经理已经不想跟她在“是不是”这个问题上纠缠了，他正了正脸色，语重心长地说道：“小高啊，这恋爱呢，是个人的自由；爱男的还是爱女的，也是个人的自由。不过公司有公司的规定，我也不想这样，可我还是很遗憾地通知你，你的离职申请，公司批准了。”

“我没有提交离职申请啊！”高语岚跳了起来。

“如果你没有申请离职，那公司就得给你发辞退通知，那多不合适。所以，还是你自己提出更好些。”

高语岚傻眼了，这太欺负人了！

她用力握紧自己的手，告诉自己要镇定。可是委屈与难堪瞬间已经填满心头，她为什么总遭遇这样的事，为什么她总是倒霉的那个？

“经理，我不能接受，我没有犯错。”

“小高，这张照片今天一早全公司的同事都收到了。你刚出差回来，可能没来得及看邮箱。这件事的影响非常不好，也违反了公司的管理规定。温莎已经把所有的事情都坦白了，事实就是如此，你不承认又有什么用？为了纠正公司的风气，稳定工作情绪，公司做出让你离职的决定，合情合理。况且公司里的气氛已经不适合你继续工作下去了，所以你还是配合的好。”

高语岚恍然大悟，原来同事们的反应是那个意思，但她冤枉啊！

“我是被陷害的，照片上那个人不是我！”

经理叹气，“小高，温莎都承认了，你现在说这些都没用，公司已经做出决定，你今天就把工作交接清楚吧，人事部会找你办手续的。”

高语岚咬紧牙关，再也按捺不住满腔怒火，“我找温莎去，她为什么要这么害我？”

高语岚“咚咚咚”猛踩地板，杀到了温莎的办公室。屋里没人。

温莎的助理小声说：“莎莎被批评了，公司放她一周长假反省。”

长假？凭什么始作俑者放长假，而她这个受害者却被开除？凭什么？

她是小人物，她不重要，所以她就得被陷害、被欺负吗？

“把她的电话号码告诉我！”高语岚凶巴巴的，吓了小助理一跳。她递了张温莎的名片给高语岚。高语岚一把抢过，开始按

上面的手机号码拨电话，结果对方竟然关机了！

旁边一名男同事用暧昧的眼神看着高语岚打电话，好像在笑她装模作样。

高语岚大怒，冲他喝道："我跟她不熟！"

她转过头来，又问小助理："她住在哪儿？"

小助理连连摇头称不知道，旁边几名同事又看过来，那些目光让高语岚急火攻心，一拍桌子，冲他们大叫："我跟她真不熟！"

所有人猛地低头，佯装在忙。

高语岚站在那儿环顾四周，偌大的办公室，排满了工作间，塞满了人，每一个人的电脑里都有一张所谓她的同性亲热照。有人路过，借机偷偷看她一下，有人埋首于位置上，等她一望过去，就把头埋得更低。

高语岚心里发凉，终于知道，这里的气氛确实不适合她了。

高语岚忍着气，含着泪，回到座位交接工作，收拾东西。平时几名关系好的同事过来帮忙，安慰了她几句，但高语岚还是觉得心里很不好受，很快办完手续，回家去了。

这天晚上，高语岚趴在酒吧买醉。

她一向是个乖宝宝，烟酒不沾，早睡早起，工作认真，老实本分。买醉这种事，真的是她太受刺激了才干得出来。今天的经历实在太令人悲痛，所以，她决定放纵一回。

酒过三巡，越喝越愁。

碰到这样的事该怎么办？高语岚不知道。

事实上，这不是第一次了，她有过类似的经历。她耗时七年的甜蜜初恋，就是因为有人栽赃她出轨而悲惨终结。而她的上一份工作，也是因为上司为求自保让她背黑锅，把签错的合同责任推到她身上，于是她被解雇。这次更离谱，居然因为"跟同事闹

同性之爱”被开除。

高语岚一边喝酒一边抹眼泪。喝了酒并没有变开心，问题解决不了，她失业了，她该怎么办？

女人爱女人没有罪，可她爱的是男人，她是被冤枉的。为什么总冤枉她？为什么她总是被欺负？

酒吧里的女歌手“咿咿呀呀”地唱着：“不要害怕，向前走，一切的不美好都会过去，会有天使来爱你……”

哪里有天使？天使在哪里？

高语岚抽泣着继续抹眼泪，她现在不需要什么虚幻的天使，她觉得来个男人更靠谱。她要是有男朋友，就能证明她不爱女人，她爱的是男人。

高语岚自怨自艾，喝得晕头转向。忽听得手机铃声响了，她接起来，粗声粗气地问：“哪位？”

“我是温莎。”

一听这名字，高语岚全身细胞都在冒火，她一拍桌子：“你这个王八蛋！你为什么要害我？”

“很抱歉，我也是被逼无奈。有人陷害我，这么巧那张照片上的背影与你很像，再加上你没有男友，条件符合，我只好拖你下水了。抱歉，我会补偿你的，若有合适的工作机会，我一定介绍给你。”

“呸！介绍你个头！你快把你的女朋友带到公司去，跟他们说清楚，还我清白！”高语岚越嚷声音越大，“你告诉他们，我爱的是男人！是男人！知不知道？”她一口一个“男人”，还凶悍无比地拍桌子，把旁边两个之前想勾搭她的男人全吓跑了。

“你要证明与我没有关系，很简单，找个男朋友不就好了？”温莎根本不打算听她的，她做都做了，当然不会自己揭穿自己。

她完全不受高语岚的大嗓门影响，慢条斯理地出主意：“你把你的男人带到公司去，就能揭穿我的谎话了。”

这意思是看扁了她没男人，是不是？她高语岚是这么好欺负的吗？

高语岚霍地站了起来，摇摇晃晃，大声道：“我就找个男人给你看，有了男人，牵他去公司遛遛，你给我等着！”

她说干就干，晕头晕脑地买完单，脚底打飘往门口晃去，心里正想着找个什么样的男人好时，“咚”的一声撞到门框上。

周围的人全看过来，她却不觉得痛。

守店门的服务生赶紧过来扶她：“小姐，你没事吧？要不要我替你叫辆出租车？”

“不用。”高语岚相当豪迈地一挥手，“不用出租车，我家离得很近。我不回家，我要先找个男人！要男人！”

喝醉酒又疯癫的女人！

周围的男人全都火速闪开，生怕被这个女人看到。

“不要害怕，向前走，一切的不美好都会过去，会有天使来爱你……”女歌手仍在唱，高语岚就在这歌声中摇摆着、撇着八字步出了酒吧。

她此时醉意上头，两眼发蒙，一步一撞地往前挪步子。这大晚上的，街上还真有不少男人啊，选哪一个好呢？

高语岚揉揉眼睛，怎么看不清楚？看不清楚要怎么选？

她停下了脚步，微眯眼瞪着前方，人说择日不如撞日，那她选男不如撞男吧。

就他了！正前方那个！

高语岚闷头向前冲，也不知道自己究竟干了什么，反正迷迷糊糊之间，就听到一个男人的大叫声：“你要干什么？喂，喂，

你别乱来！”

阳光透过窗帘没遮严的缝隙投射进来，落在了凌乱的床上。

高语岚头痛欲裂地从被子下面挣扎着探出头，发现自己一半身子正挂在床边，惊险万分。她居然用这么高难度的姿势睡了一夜？难怪腰酸背痛。

她呻吟一声，捂着脑袋掀了被子准备爬起来。然后她一呆，被自己不着片缕的状况吓了一跳。紧接着零碎的记忆涌入脑子里——她昨天喝醉了，好像很认真地满大街找男人来着。

高语岚倏地坐了起来，用被子迅速把自己包好，横眼一扫，快速搜索：谢天谢地，床上屋里并没有来路不明的野男人。

高语岚松了一口气，感谢天感谢地，感谢自己。她仔细回想昨晚自己都干了什么，可惜脑袋空空，什么都想不起来，再看看自己，身上没什么痕迹，也没什么不舒服，应该没事，肯定没事……吧？

可她不穿衣服睡得这么奔放是怎么回事？内衣裤丢了一地的激烈场景也让她很不安。

昨晚到底发生了什么？

正苦思之际，屋外忽然有些小动静，似乎是从厨房里传出来的。

高语岚的神经一下子绷紧了。“男人”这个词瞬间跳入脑海。难道她真抢了个汉子回家？现在那个人正在厨房给她做早饭？

不会吧，她不会做出这么令人发指的事吧？

退一万步，就算她真的酒后乱性了，那被抢回来的男人得有多粗的神经，在这种情况下赖着不走还在做早饭？

厨房那边再一次响起了物体碰撞的声音。高语岚吓得半死，火速跳起来穿好衣服，探头探脑地打开房门往外看。

妈呀，是谁把客厅弄得这么乱？为什么靠枕都丢到了地下，鞋子东一只西一只，小摆设还滚了一地？

高语岚刚要开骂，忽又想是不是自己昨晚喝多了闹的？她把话咽了回去，决定先找到那个野男人再说。

高语岚租的小套房不大，厨房没多远，可她磨来磨去好一会儿才走到。她一边走一边想该跟那个男的说什么，是要问问昨晚自己怎么了，还是不管三七二十一先把他骂一顿？

嗯，无论要说什么，她得有气势！一定要镇住场面！要占上风！

别管昨晚是她抢了人回来还是勾引了人回来，别管是不是她主动的，也别管事情进行到了什么程度，反正依她起床的架势看，她肯定被人占便宜了。

所以无论如何，她得先声夺人！要逼迫他把这事儿忘了，她绝对不会负责的。而且，她可不是什么随随便便的女人，这个男人最好能清楚地认识到这一点，他别想再占她便宜！

想到这儿，高语岚深吸了一口气，双拳紧握，武装好了快速拐进厨房，中气十足地一声大喝：“喂，你……”

所有的话在这一瞬间全噎在嗓子里，高语岚瞪大了眼睛，不敢置信地看着前方。

好半天，她抖着手指向对方，好不容易憋出了一句：“你……怎么变成狗了？”

眼前的小狗竖着两只耳朵，短短的腿，黄棕色的毛，水汪汪的眼睛，长得要多可爱就有多可爱，它很乖巧地坐在地上，正歪着脑袋看着她，还可怜兮兮地叫了两声。

为什么野男人变成了卖萌犬，这世界灵异了？

高语岚完全不知该怎么反应，傻呆呆地站半天，直到那只小

狗不耐烦了，扒了扒橱柜门，又跑到高语岚的脚边蹭，她这才醒悟过来。她的家里，真的平白无故多出了一只狗！

“你是男人变的？还是本来就是只狗？”这话问得确实相当笨，高语岚对自己能问出这种水准的问题很唾弃，但事情实在是太诡异，她还能怎么想？

小狗被她托着两只前腿举了起来，眼睛与她平视。它咂着嘴，瞅了她一眼后伸出舌头喘气，那小模样要多无辜就有多无辜。

“不许装可爱！”高语岚认真严肃地批评它，顺便瞄了一眼狗狗的关键部位，确实是个“男生”，难道……这世上真的有玄幻的可能？

小狗被她举着不太舒服，开始“呜呜”地叫，扭着小身子想下地。

高语岚终于投降，行了行了，反正兵来将挡，水来土掩。如果一会儿这只狗狗变成了男人，她就把他打出去。她把小狗放回地上，开始收拾屋子。这一收拾，发现客厅里有两泡狗尿、一泡狗屎，这让她气不打一处来。

小狗原本围着她脚边转，看到她对着自己的“杰作”生气，居然露出心虚的表情来，还退远几步。

高语岚一看这样更气，她抄起一个衣架，对着小狗摆开架势，“你别以为现在装出这副可爱样儿我就下不了手了，赶紧该变成什么就变回来，看我打不死你！”

小狗一屁股坐在地上，摇着尾巴对她讨好似的“呜呜”低叫。

高语岚装模作样地骂了两句，想想也没意思。她把家里收拾干净，把自己也收拾利索了，洗漱好换好衣服，觉得饿了。

冰箱里只有三个速冻肉包子可以吃，于是她煮了一锅白粥，把肉包子蒸上。小狗殷勤又欢喜地在她脚边转着，尾巴讨好地甩

啊甩。高语岚摸了摸它的头，问它：“你是怎么来的？”

小狗当然不会说话，只抬眼用水汪汪的眼睛看她，尾巴继续甩。

很快，包子蒸好了。一人一狗坐在茶几跟前分包子，小狗激动坏了，守在盘子下面拼命流口水。高语岚笑起来：“我两个，你一个，知不知道？”

小狗显然不明白高语岚的意思，它吃完一个，渴望地盯着另外两个。

高语岚犹豫了半天，“好吧，那你两个，我一个。”说着，把另一个包子掰开，喂给小狗吃了。这只狗又乖又可爱。高语岚很喜欢它。但它凭空出现，来路不明，她也不知道接下来该拿它怎么办。

这时候门铃响了，高语岚开了门。

一位年轻警察和一名腿上打了石膏、坐着轮椅的年轻男子站在外头。

高语岚扫了他们一眼，问：“你们找谁？”

警察没说话，低头看了看石膏男。石膏男盯着高语岚看了好一会儿，皱起眉头问：“你不记得我了？”

高语岚仔细看了他两眼，摇头：“不认识。”

“再给你一次机会。”石膏男一脸不高兴。

简直是莫名其妙！

“你们敲错门了。”高语岚想关门，可这时石膏男指着她大声道：“警察先生，就是她，她打伤了我，抢走了我的狗！”

晴天霹雳！

高语岚惊得张大了嘴。抢狗？

所以昨天晚上，她竟然没抢男人，抢了狗？这就是真相？

高语岚把嘴闭上了，认真苦思，她抢狗的时候，到底在想什么？

她什么也想不起来，这时听到身后“噌噌噌”的细碎脚步声，转身一看，那只小狗叼着最后一个包子喜滋滋乐颠颠地跑了过来。

石膏男喊道：“馒头，馒头……”

高语岚欲哭无泪，三个包子，全没了。

石膏男夸张地张开了双臂：“馒头，馒头，你受苦了，我来接你了。”

高语岚愣愣地看着那只叫馒头的狗欢天喜地地咽下了最后一口包子，然后扑进石膏男的怀里。

“我可怜的馒头啊，这个女人有没有折磨你、非礼你、恐吓你？”

高语岚闭上了嘴，牙根都咬上了。

他该打石膏的不是腿，是脑子吧！

警察先生和石膏男进了屋。高语岚没敢拦，因为石膏男说在这里谈或是去警察局聊都可以。

谁愿意去局子里喝茶啊？高语岚当然选择在自己家里谈。

“证件先给我看一下。”高语岚虽然心里惊疑，但还是佯装镇定地说道。

石膏男酷酷地把身份证掏出来甩在茶几上，警察先生也把证件拿出来让高语岚看了一眼。原来石膏男叫尹则，而警察先生叫雷风。

高语岚把证件还了，面无表情地问尹则：“你有什么证据？”

其实他们刚刚一坐下，高语岚就认真看了看尹则的脸。他朗眉星目，仪表堂堂，虽坐在轮椅上，但也能看出来他身形颇高大。高语岚不记得他的样子，但她脑海里闪过昨晚她冲过去摸了某人

脸一把，然后踹了他两脚，抱起狗就跑的零碎片段。

现在看来，那个某人，就是他了。

原来喝醉了，记忆也乱来了。早不想起，晚不想起，等人家找上门来算账了她才想起来，这下要怎么补救才好？

“要证据？你是想赖你没做过？那我家馒头怎么会在你家里？”尹则质问。

高语岚看了看一旁正玩自己尾巴的馒头，心一横，装傻说道：“我怎么知道它是怎么来的？我喝醉了，一起来就看到它在我家里。也许是我昨天在路上看它流浪所以捡回来的呢？还有，你怎么证明这狗是你家的，你叫它馒头就行了吗？我还叫它包子呢。”

馒头在地上听到它的名字，抬头看了看他们。

高语岚学着尹则的样子夸张地一张双臂，“包子，包子，来！”

馒头相当配合地摇着尾巴就过来了，坐在高语岚脚边亲热地靠着。

高语岚神气地一昂头，一副“怎么样”的得意表情。

尹则冷冷一笑，“我家的狗没节操，你得意什么？”

高语岚一噎，说道：“反正你口说无凭，带着警察来也没用！”

她比画着自己的胳膊，“你看，你比我高、比我壮，就我这细胳膊，还能从你那儿抢走狗？还把你打到坐轮椅，谁信？”

“哟，挺嚣张，还带推理分析的。”尹则夸张地挑着眉毛，然后不知从哪儿摸出个牛皮纸袋来，“要证据是吧？你看！”

他从纸袋里掏出几张纸，“你昨晚先是过来摸我的脸，我让你别乱来你不听，然后你就发脾气踢我，我绊倒在台阶旁，扭了脚，你抱起我家馒头就跑。那时，正好过来一辆出租车，你跳上去就逃了，虽然我没来得及追，但是车牌号我记下了。”

他把那些纸片一页页摆开，“雷警官帮我联系上了出租车司

机，他对那个醉醺醺抱着一只小狗的女人很有印象，于是告诉了我们你下车的地点，我们就找到了小区，又问了物业保安，就找到你了。你看，这是出租车司机的证词，怕你不认账，事发当时我立刻让周围的目击证人留下了联系方式，这三份是目击证人的证词，证明你对我施暴并抢走了我的狗。”

高语岚傻眼了，不会吧，要不要这么周全，这么短的时间里连证人证词都找齐了？

尹则接着又说：“这一份是医院的验伤证明，因为你对我残酷殴打，致使我脚腕骨裂，韧带扭伤，现在打了石膏，起码一个月都得靠这轮椅，这是医药费的单子。”

高语岚盯着那五位数的医药费看，这是什么医院？吃人黑店吗？

尹则还没完，乘胜追击，又说：“你刚才露了个馅儿，你说把我打到坐轮椅，请问，你怎么知道我原先没坐轮椅？我说你打了我，可没说我坐轮椅是被你打的。”

高语岚抬眼看他，慢吞吞地答：“你想太多了，我这是合理推测。任何一个人看到一个受伤的大叫‘你打了我’，肯定会以为他说的就是身上现有的伤。不这么推测的肯定是傻子。”

还敢偷偷骂人？尹则微眯双眼，对上高语岚的眼睛。

高语岚虽然心虚得不行，但也不愿示弱，干脆瞪着双眼回视过去。

两个人你看我我看你，最后，尹则笑了：“你真是有趣，我就喜欢有趣的。”

他拍拍那些证词和医药单据，“总之，你得赔偿我医药费，还有我的精神损失费，不然就让雷警官抓你去坐牢。”

高语岚这个时候才想起旁边坐了名警察。

这位警察先生在两名市民中间也太没存在感了，从开始到现在都没说过话。

不过此刻尹则点到了他的名字，雷风这才开了口：“这件事证据确凿，如果你们不能达成和解，尹先生执意告你的话，我也只好带你回去调查。”

真的假的?

高语岚权衡着局势。按理说这件事确实是她不对，人家又是有备而来，证据都找好了，她不和解不行。可这五位数的医药费确实太多了，她没钱，又刚失业，实在赔不起。

高语岚想着想着，又恨起那个温莎来。都怪她，要不是她陷害自己，自己又怎么会失业？不失业就不会去买醉，不买醉就不会发酒疯。对了，是温莎在电话里怂恿自己去找男人的，都是她的错!

她怎么就这么倒霉，总碰上这样的事?

高语岚看看尹则，又看看雷风警官，心想：不行，我得想想办法，我真的赔不起。

高语岚偷偷用力掐了下自己的大腿，眨了眨眼睛，感觉眼睛里滋润泛起了水汽，就开始装可怜，“我昨晚真的喝得很醉，根本不记得发生了什么事。尹先生说的这些，我一点儿印象都没有。如果真的是我干的，我愿意负责。话说回来，其实我真的是一个可怜的人。我以前就曾被人陷害，迫不得已离开了老家，独自到东麓市打拼的。结果昨天是我人生中最灰暗的一天。我又被人陷害了，丢了工作，对了，还有还有，我在上一家公司也蒙受了不白之冤。雷警官既然在这儿，我顺便问一问，我被陷害的事能立案吗？”

雷风一愣，怎么话题转换这么快?

尹则在一旁哈哈大笑，“你是受冤枉专业户吗？”

高语岚白他一眼，继续往下说。她把昨天发生的事全都说了，她怎么独自在东麓市奋斗，没有朋友，没有家人照顾，辛苦上班，勤勤恳恳，而公司却无情无义，听信谣言解雇了她。她受了很多委屈和酸楚，她把自己说得真的难过起来，半真半假地流下了眼泪。

她一边抹眼泪一边认真问雷风：“警官，你说我这事，警察会管的吧？”

雷风无语，这女人说的话也不知是真是假，怎么说话风格感觉跟某人很像？他瞄了一眼尹则，正不知该怎么应答，尹则开口了，“你有证据吗？”

高语岚拿出包包，从里面掏出她和温莎的名片来，“你看！这是我们公司，就是这个女人害了我，雷警官只要到公司里一问就知道，那里全是目击证人。昨天我心里难过才会去酒吧喝酒的，而且这个女人还打电话来，趁我喝醉了刺激我，说她不会替我澄清这事，有本事找个男人去公司，让大家知道我的对象不是女人。所以我一冲动，酒后乱性才做错事的。”

尹则接过名片仔细看，看着看着，声情并茂地说：“太可怜了，真是跟我一样可怜。”

他演得投入，雷风顿时闭嘴。有尹则在，果然他不说话就对了。

高语岚原本看警察先生表情软化，心中暗喜，可旁边这个尹先生阴阳怪气地一说话，好像整个局面又变了。

高语岚忍不住瞪尹则，却见尹则一挥手，对雷风说：“警官，我不告她了。”

高语岚一呆，有些不敢相信，这么好说话？

可尹则又指指那张医药费单据，“反正你欠我这个数，要是

赖账，我再告。”

高语岚暗自咬牙。

尹则眨眨眼睛，接着道：“你这件事情太好玩了，我第一次听说有这样的事，我来帮你吧。你不是要找个男人装成男朋友杀回去摆摆威风吗？你看我怎么样？不过，丑话说在前头，我只冒充一下你男友，不能当真，不然我亏大了。”

雷风在旁边一个劲地咳，尹则和高语岚同时转头看他一眼，又转回来大眼瞪小眼。

尹则一脸期待，高语岚却斩钉截铁，“不要。”

“噢！太伤人了！”尹则捂心口。雷风揉揉额角当没看见。

“你一定要给我一个理由！”尹则悲痛万分，“我一表人才，相貌堂堂，出得厅堂，入得厨房。路见不平，勇于拔刀相助，你现在正是缺男人的时候，天上掉下个好男人，你还有什么好嫌弃的？”

高语岚瞄瞄他打着石膏的腿，慢吞吞地答：“连只小狗都护不住的男人，这出息的，拿不出手。”

尹则被噎住，瞪她。

高语岚转头看看脚边的馒头，对上它水汪汪的眼睛，问：“对吧？”

馒头“汪”地叫唤了一声，居然应了。

高语岚被逗得哈哈大笑，把馒头抱起来亲了一下。

对个鬼！尹则转而瞪向自家那只没节操只会卖萌的狗，对高语岚道：“咱俩水平一样，你男人不抢抢只狗，就这出息。”

高语岚的笑容僵在脸上，最后“哼”了一声，把馒头丢进尹则怀里，开始下逐客令：“雷警官，这人说不告我了，那就没什么事了。你快把他领走吧！”

尹则抗议，说非要知道这件事的真相不可，要假扮高语岚的男友去她公司玩玩。不过雷风和高语岚都没理他，三两下把他的东西收拾好，送他出大门。

尹则被雷风推着出去，嘴里还大喊着："你会来找我的，等着瞧！"

"砰！"回答他的是高语岚用力关上门的声音。

送走了瘟神，高语岚开始认真想这事，如果这个尹则真的再来问她要钱该怎么办？她现在租的这个房子很好，她不想搬不想逃。最后，她决定不管他。反正兵来将挡，水来土掩。

接下来的一周，高语岚过得稀里糊涂。她没什么存款，所以得赶紧找份新工作，可上网一看，没什么合适的，但她还是硬着头皮把能投简历的全投了。可一周过去了，一个通知面试的电话都没有。

前公司里有几名要好的同事跟她联系，问她的情况。高语岚很认真地解释自己被陷害，她跟温莎没这种事，但每个人都说爱莫能助，现在解释也没用了。甚至有人说，她这事传得很快，连客户那边都知道了，还有打电话到公司里问的。这让高语岚有些难过，谣言越传越广，却没人能帮她。

一个多星期后，高语岚接到一个电话，是原来公司里一名跟她关系不错的同事打来的。

"岚岚，你快到公司来，你男朋友来找温莎了。"

"我男朋友？找温莎？"

"对！"

"我男朋友长什么样？"高语岚心里有着强烈的不祥预感。

"嗯，还挺帅的，高高的，笑起来有点儿痞痞的。"

"腿打石膏坐轮椅？"

“呃，那倒是没有。”同事觉得奇怪了，“岚岚啊，你有几个男朋友？”

高语岚深吸一口气，虽然没有石膏和轮椅，但个子高高的，笑得痞痞的，还会冒充她男友去公司找乐子的，她能想到的，只有一个人。

“那不是我男朋友，那是馒头它爹！”

Wei,BieLuanlai

第二章　讨还公道

高语岚一激动，一个箭步冲上去，狠狠一个倒扣！那男人头一个垃圾桶还没摘下来，又被扣上一个。

高语岚挂掉电话，火速赶到了前公司。

前台小姐一见到她就眼睛发亮，压低了嗓音喊：“语岚，你男朋友来了哦。”

高语岚心里一抖，祸害啊，怎么就弄得尽人皆知了？

“温莎在哪儿？”高语岚自认为这个问题问得很有水平，既没承认什么男朋友，也能打听到他所在的地点。现在当务之急，就是在不良影响扩大之前，赶紧把那个祸害拎走。

可前台小姐也回了一个很有水平的答案：“温莎跟你男朋友在一起。”

高语岚眼角一抽，“那他究竟在哪里？”她咬着牙，顾不上装斯文卖客气了。

“在温莎的办公室。”

高语岚头一扭，抬脚就往温莎的办公室走，走了两步忍不住猛回头，大声解释：“他是冒充的，我都不算认识他！”

前台小姐捂着嘴笑：“知道，知道，你快去吧。”

高语岚看着那笑容，越想越憋屈，“真的不认识他！”

前台小姐脸上的笑容更灿烂了，高语岚眼看解释无望，只得转身朝着那两个祸害的方向疾奔而去。

她前脚刚走，后脚前台小姐就赶紧拨了电话：“注意注意，女主角来了啊，你们看到什么情况一定要告诉我啊。我跟你说，我现在才发现原来语岚好可爱哦！女朋友她不熟，男朋友她不认识，你没看她那表情，好害羞好萌哦……”

高语岚没听到前台小姐那些睿智得会让人吐血的话。她走到温莎的办公室前头，一眼就看到了尹则坐在里头，与温莎正相谈甚欢。

此时正是下午，阳光明亮温柔，正透过大落地窗洒进温莎的

办公间门外，落在那一男一女的身上。男的高大帅气，女的美艳夺目，两个人一言接一语，虽然表情有些认真严肃，但看上去气氛融洽。这景致真美好，在阳光的映照之下，真是一幅美好的画卷。

好一对璧人！卑鄙无耻的小人！

高语岚咬牙切齿，恨不得抄起办公室的垃圾桶，给他们一人头上扣一个。

她不知道尹则来这儿干什么，也不知道这两个人到底在聊些什么，左右一看，办公室里人人都在看着她。好吧，冲进去开骂显然不是上策，于是她站在原地，静静地盯着那两个人看，她其实有些不知所措，只能以不变应万变，看清楚情况想好对策再说。

她不动，办公室里的人却动了。

有人拿起电话，“喂喂，现在情况微妙，女主角站着没动，目光闪烁瞪着那两个人看。那两个人也有趣，在里头说了半天话也没出来。嗯嗯，不知道后面会怎样，要有新情况再告诉你。”

“真的，真的，我没骗你，我头一次见一男一女抢一个女的，没……没……现在还没打起来，嗯嗯，我等着看……”

在这种诡异的气氛中，高语岚的耳力骤然提升了两倍，竟把这些窃窃私语听到了七八成。她心一横，好吧，她是想低调来着，而她们偏偏不给机会！

高语岚大踏步向那对璧人走去，虽然没想好能怎样，但抬头挺胸，气势十足准没错！

高语岚猛地推开了玻璃门，里头坐着的俊男美女同时回头，见到她均是一愣，然后同时都展开了迷人的微笑，异口同声喊道：“亲爱的，你来了。”

两个声音一个有磁性，一个甜美，高语岚的气势一下被他们喊灭了一半。她僵在门口，不敢回头看外面办公区众人的反应。

可这样不是办法，最后，她深吸了一口气，快速在心里重新武装，接着一个箭步冲上前去，拉起尹则，拖着他就往外走。

说多错多，这年头地球人的想象力都强大到占领了宇宙，她无论说什么肯定都会被演绎成匪夷所思的剧情，所以她不说话，她只要把这个家伙拎走就行！

高语岚打定主意沉默是金，而尹则却咧着嘴笑，一派轻松。有人故意问："高语岚，这谁呀？"尹则居然认真答："我是岚岚的男朋友，温莎可以做证。"完全不知低调与羞耻为何物。

还温莎可以做证！高语岚气得一甩手，这算是跟温莎合起伙来欺负她吗？

尹则举起双臂作投降状，嘴里哄着："好了，好了，别生气，我这不是听说你被欺负了，来看看怎么回事嘛。没跟你打招呼是我不对。"他说着，挨近高语岚，低声快速地又说了一句，"我来都来了，你就顺手利用一下嘛，我会配合的。"

高语岚用力瞪他，利用他个头，配合他个脑袋！她压低了声音警告道："听着，这事对你来说或许很有趣，对我却不是。如果你再乱来，我就拿垃圾桶扣你头上。"

尹则微笑，露出纵容又无奈的表情，摆了摆手说道："好了，好了，别生气。"

两个人挨得近，又贴着耳朵低语，在外人看来，的确像是亲密的一对。

旁边一名男同事用讥讽的语调说道："她平时看着正正经经的，想不到居然是这种人，男的女的都搞，真够烂的。"

这句话清清楚楚地刺进高语岚和尹则的耳朵里。高语岚僵在那儿，握着拳头，控制着自己不要转头去看那个人，她瞪着前方，前方就是尹则的脸。

尹则收敛了笑容，转头去看那说话的人。

高语岚的脸涨红，被那侮辱的话气得不知该怎么反应。她满脑子的后悔，真不该来这儿的。这次来，比上次更屈辱。她为什么这么笨跑过来？他们在这儿怎么闹都随便了，反正她离职了，眼不见为净，她为什么要跑来这儿，听到这么恶心的话？

尹则拉过她的手，牵着她往外走。此时此刻，高语岚没了挣扎的情绪，低下头，借着他的身形挡着自己，暗自发誓再也不来这个地方了。

尹则忽然停下了，高语岚也跟着停下。她抬头一看，他们竟然是停在刚才说话侮辱她的那个男同事身边。那个人素来嘴贱，鲜有人喜欢他。

尹则这时忽然发难，猛地抄起那个人座位旁边的垃圾桶，一下子扣在那男人的头上。

大家震惊哗然，高语岚目瞪口呆。她还没反应过来，手上已经被尹则塞上另一只垃圾桶。尹则大声道：“亲爱的，上啊！”

高语岚一激动，一个箭步冲上去，狠狠一个倒扣！那男人头一个垃圾桶还没摘下来，又被扣上一个。高语岚一边扣一边骂：“你才烂人，大烂人！”

尹则拍手助威，打完了就撤。他拉着高语岚往外走，嘴里还说着：“好了，这下都解释清楚了，我们走吧。”

打完了人叫解释清楚了，这个逻辑让高语岚很高兴。人果然不能太软弱，对付贱人就得用暴力。

他们刚迈出两步，就听到身后一声暴喝。那个贱男把垃圾桶从头上摘下，站了起来，满嘴粗话大声叫骂着朝高语岚冲过来。尹则一转身，狠狠一把将那男的推开，喝道：“要打架？你动手试试！”

尹则身形高大，眼神冷厉，逼前一步，冷冷盯着那个贱男，很有几分恶狠狠的架势。高语岚看在眼里，顿时觉得这个石膏瘸腿男瞬间变成了汉子！

她受了鼓舞，跟在他身后卷袖子。要真打起来，她就在后面呐喊助威扇扇子！

男的凶悍，女的泼辣，这事他也不在理，真打起来也不知会怎样。贱男见此情形，一时间倒不敢真动手。

剑拔弩张的场景把偷偷看热闹的都吓到了。公司里众同人纷纷挤过来，劝架也不是，不劝又不好，围了一圈，这样倒像是在明目张胆地看热闹了。就连温莎也站在办公室门边，静静地看着这一切。

公司里闹哄哄的，终于把高层惊动了。秃头经理一马当先，“这是干什么？都没事做了吗？”

尹则立刻精神抖擞大声应：“是啊，领导，他们好闲啊！”

高语岚一惊，这汉子眼看要变身影帝了，危险！

高语岚生怕尹则把事情闹大，赶紧拉了他就跑。尹则一边跑还一边回头喊：“领导啊，他们太调皮了，要扣他们薪水，一定要扣啊！”

高语岚无语，拼尽全力将尹则拖进电梯，眼看着电梯门关上了，她终于舒了口气。

“你跑什么，不是要讨回公道，证明清白吗？”

高语岚瞪他一眼，要不是他来闹，她的流言版本也不会出来这么多。她转头盯着电梯楼层面板，盘算着后面该怎么办。

“好嘛，我道歉。没想到你也会过来，让你遭遇这么难堪的场面，我道歉。”尹则端正脸色，但高语岚就是觉得他很没诚意。

电梯门开了，高语岚闷头往外走。尹则追过去，还没开口，

高语岚猛地回头问：“你的石膏呢？不是得坐一个月轮椅吗？”

尹则一愣，而后痞痞一笑，“我的复原能力超出了医生的想象。”

“骗子！”高语岚骂完，忽然灵光一现，“你全是骗人的对不对？那石膏是假的？什么验伤报告、医药费单子都是假的？”

“被你殴打，脚受伤，绝对是真的！”

“到底是怎么回事？”高语岚头顶开始冒火。

“那个大夫正好是我同学，看我脚有些扭伤，就很好心地顺便让我做了个很细致的全身检查，然后夸张地打了石膏，开了最贵的药，要榨干我身上的油水。”

“他跟你有仇？”

“那是我铁哥们儿，只是表达友情的方式比较特别而已。”

高语岚真想咆哮：“你只是扭伤脚，干吗要找警察上门说要抓捕我？”

“哦，雷风也是我同学，我找到你的过程是真的。找到你后，我要去接馒头，脚打了石膏不方便，得有人伺候一下才好。”尹则很不以为意，“人民警察为人民，人民打了石膏，警察帮忙推推轮椅，应该的，应该的。”

“应该你个头！你们几个爱玩是你们的事，干吗这么无聊欺骗恐吓无辜百姓！”真是太乱来了！高语岚气得七窍生烟。

“怎么是欺骗恐吓？”尹则捂着心口，一脸受伤的表情，“你在羞辱我的幽默感。”

“不，我在鄙视你的节操！”高语岚咬着牙，再不想看他，扭头走了，一边走一边嚷嚷，“错了，这家伙没节操，我的鄙视还浪费了！”

尹则看着她的背影，大声喊：“岚岚啊，我们趣味相投，做

个朋友吧！”

“滚！”高语岚很有气势地一边走一边回头吼，浪费就是犯罪，她的鄙视存货不多，不能就这么浪费光了。

她大步疾走，吼完了那声“滚”转头回来，不料方向走偏，竟一头撞到了大树上。她痛叫一声，捂着额头蹲在地上。

身后传来尹则哈哈大笑的声音，高语岚在心里咒骂，她决定了，浪费就浪费吧。她鄙视这无赖到底！

那天晚上，高语岚一夜没睡好。陈年往事在她的脑子里一一浮现，还有温莎的陷害和尹则的戏弄，也让她越想越憋屈，越想越烦躁，最后干脆起来收拾行李。

衰神率领的恐怖组织火力太过强大，我军不敌，撤退暂避总可以吧？她决定先不找工作了，不找男人了，最近做什么都不顺，还是先回爹娘家寻找家庭温暖，转转运的好。

高语岚的父母住在花荫市，离她工作的东麓市只有四个小时的车程，坐大巴很方便。这也是爱女心切的高爸高妈愿意让宝贝女儿自己出来闯荡，在东麓市工作打拼的原因之一——女儿还在可监控的路程范围内。

第二天，当高语岚提着一个旅行包出现在家门口时，把在家里闲得正无聊的高妈妈吓了一跳：这怎么不打招呼就回来了，没过节没喜事没丧事的啊？

高妈妈把高语岚上下一打量。嗯，看那两眼无神、一脸皱巴的包子样，肯定是在外头出什么事了。可略略一问，高语岚却只推说没什么。

高妈赶紧给正在上班的高爸打电话。老两口一合计，达成了共识。当年女儿伤透了心远走他乡，如今萎靡归来，铁定是又有了伤心事。不能让她更难过，要沉住气，别逼问，等找个适合谈

话的时机再说。而且趁着这次女儿回来，他们想赶紧把找女婿的大事给推进推进。

恋爱是个好东西啊，能疗伤，能振作，能上进，能把女儿的下半辈子照顾好。

老两口商量好后，高妈妈心里踏实了。为了欢迎女儿回来，制造良好的沟通氛围，好好跟女儿交交心，高妈买了一大堆菜，施展功力做了一顿丰盛的晚饭。

烧排骨、炖鸡汤、麻辣豆腐、红烧鱼……六菜一汤摆满了一大桌子，把高语岚吓了一跳。

“爸，咱家中彩了？”

“没有，不过差一点儿就中了。”

“差一点儿？”

“嗯，我上星期脑子突然灵光一现，想到了一组数。大奖开出来一看，那些数都对上了，一个也不差。”高爸的语气里充满了自豪。

“既然都对上了，怎么还差一点儿呢？”高语岚又被吓了一跳，她家老爸居然也有全猜中数蒙对大奖的时候?

高爸长叹一声，表情相当遗憾，“可是我写的时候，觉得有两个数得改一改，然后临出门的时候，又把另两个数给改了，到了彩票销售点，我把人家写的数和自己写的对照了一下，又把别的几个数改了。”高爸一脸的沉痛，“最后一个数都没中。”

高语岚无语，这差一点儿还真是差得挺远的。她安慰老爸：“嗯，那也算是一如既往，保持了风格。”

高爸皱着脸，很不甘心，把两个鸡爪子全夹到自己碗里。“吃什么补什么，我吃点儿爪子，好抓钱。”

提到彩票，高爸有说不完的心得，一边啃鸡爪子一边说开了。

正滔滔不绝，腿上突然挨了高妈的一记踢，高爸赶紧控制住了话匣子，给女儿夹了一堆菜，然后开始打听她为什么回来。

高语岚一边努力吃菜，一边琢磨着怎么说才好。老爸老妈不笨，她突然不工作了跑回来，怎么也说不过去。于是她干脆把丢了工作的事说了，当然没提那个被陷害的过程，只说公司小人当道，她被人排挤丢了工作，还被同事笑话没男朋友。

一听这些，高妈猛地一拍大腿，“岚岚，咱可不能输了，快找个男人，带回公司给他们看！”

“对对，岚岚，别伤心，爸认识不少好小伙子，给你介绍介绍，挑个皆大欢喜的。”高爸也赶紧加把劲游说。

高语岚埋头认真吃饭，还皆大欢喜呢，她爸的成语运用真是越来越灵活了。她就知道，这家庭温暖控制不好会太热，整得她一身汗。

“爸，妈，我很好，不着急，就是突然有时间了，也好久没见你们，就回家住住，过几天我就回去了。工作啊，男朋友啊，找找就有了，没事。”她想了想，补充一句，“可千万别给我安排什么饭局相亲，我先说好了，我是不会去的。”

高爸高妈一听，互看一眼，没再说什么。晚上，老两口关在屋里仔细商量，女儿在外头受了挫折，正是他们留人的好机会。现在回家了，一定要让她开心振作起来。一定要多留她住一段时间，把好小伙给她找着了，她自然就不走了。至于不能安排饭局的警告，那都是小问题，很好处理。

“明天看我的。”高妈一拍胸脯，信心满满。

第二天一大早，高妈就把高语岚拉起床，要她陪着去练太极拳，说是年轻人要多运动，运动舒展肢体能愉悦身心，走出低谷。

高语岚一想，对，练练拳，说不定还能把衰神给赶走。于是

她抖擞精神，跟着去了。

没想到，高妈去练的太极拳是山寨货。当老师的老太太舞的拳法那叫一个“出神入化”，各种诡异看不懂，一堆老人跟在后面比画，那真真是群魔乱舞!

高语岚站在他们中间鹤立鸡群、青春耀眼，非常醒目。公园里来来往往的人都看着她，脸上的笑容让高语岚脑子里泛起各种猜测。偏偏那群老人舞得欢天喜地，就高语岚傻子似的瞪大眼看着，要多尴尬就有多尴尬。她也很想融入集体，低调行事，可这舞不出手怎么办?

谁能告诉她，为什么电视里老人家健身的太极拳那么飘逸潇洒，轮到她亲娘参加活动，就是手脚动作都乱来的山寨版?

好不容易，这场“愉悦”的运动舒展终于熬完，高语岚想赶紧拉着老妈快逃。结果她走近高妈，却听见她跟两名拳友说：“太早了，他们不肯来啊，也是也是，年轻人嘛，喜欢睡懒觉。我们再找机会好了。”

高语岚听了这话，觉得有点儿古怪，再配上老妈那两名拳友用一种相亲的眼光打量她，她心里顿时升起了一种不祥的预感。于是，她赶紧拉着娘亲大人飞也似的离开，下定决心明天绝对不来了。

头一天的开场就失败，高妈没有气馁，又带着高语岚逛菜市场。

高语岚一手提菜，一手拎鱼，陪着高妈逛了半天，最后跟着在猪肉摊前站定了挑猪肉。她看着老妈把每片猪肉都摸遍了还不舍得离开，正觉得奇怪，这时迎面来了个夸张爆炸式卷发的胖老太太，那个人见着高妈喜笑颜开，一看高妈身边的高语岚更是满意地点头。

高妈高兴地叫道："燕大姐也来买菜啊，真是巧啊。这是我女儿岚岚，岚岚，快叫燕阿姨。"

高语岚叫了人，看自家娘亲一个劲儿往燕阿姨身后看，就知道她又捣鬼了。

果然从燕阿姨身后走过来一个高高瘦瘦的男青年，长得人模人样，不过此刻一脸嫌弃的表情，明显对菜市场的环境很不满意。

"妈，你买完没有？快点儿走了，这里脏兮兮的。"那个男青年一过来就对燕阿姨抱怨。

燕阿姨把他拉过来："这是我们家强子，今天难得愿意陪我来买菜。"高妈赶紧客气了几句，夸了夸那强子一表人才，孝顺体贴什么的。听得高语岚在心里使劲撇嘴。

那强子冲高妈和高语岚点点头，又催燕阿姨快点儿，买完好走。燕阿姨顺着话尾赶紧说："你们年轻人就是不爱逛，那你跟岚岚在这儿等着我们，我跟岚岚妈妈先去买点儿菜，一会儿回来接你们。"

高语岚无语，不是吧？

敢情是两位长辈知道要是明说是相亲吃饭小辈一定不愿来，因此干脆就约买菜相亲了？她家娘亲也太有才了，这变相相亲要不要挑在猪肉摊前面啊？

两个当妈的手挽着手高兴地走了，留下高语岚跟那个强子先生面面相觑。

高语岚正觉得尴尬，那强子先生忽然冷笑一声，说道："我说我妈怎么今天说腿有些不舒服，非要让我送她来买菜不可呢，原来是安排了这一出。"他瞥了两眼高语岚，"你行情不好找不到对象？别的地方约不到，干脆连菜市场都用上了？"

强子先生的语气是高语岚非常反感的嘲讽，尤其他那自以为

是的高姿态更是让高语岚讨厌，大家都是被逼出来相亲的，凭什么他就高她一等？

她侧头瞅他一眼，又瞅了瞅旁边的猪肉摊，说道："你错了，约在这儿不是我行情不好，是特意到这里来比较比较——"

她拖长了声音，看到强子先生扬了扬眉，对她后面的话似乎有些好奇，便一指猪肉摊上挂着的猪头，大声说道："是要比较一下，如果见到的那个男人不如猪头，那就宁可买个猪头！"

她说完这个，大声对卖猪肉的喊道："老板，这猪头我要了！"

晚上，吃完了猪头大餐，高妈跟高爸又关在屋里说悄悄话，今天的工作没有成效，第一场健身相亲没见着人影，第二场买菜相亲不欢而散。女儿对那个强子先生非常反感，说他一副抛妻弃女的衰样，看来是完全没有看上眼。

高爸高妈总结了一番，现在相亲都不容易，他们老两口还得再接再厉。

最后，高爸一拍胸脯，"明天看我的。"

第二天，高语岚打死不出门，窝在家里，醒了就吃，吃饱再睡。而高妈除了出门买菜，也窝在家里陪着女儿。

高语岚放心了，都宅在家里头了，可不会再有什么危险出现了吧？

吃晚饭时，高爸没回来。高妈招呼女儿吃饭，说高爸今天约了人喝酒，不回来吃了。高语岚也没在意，吃完了饭，看了会儿电视，然后拿了本杂志蹲厕所去了。

杂志最后她也没看，因为她在厕所里开小差想着温莎的事。她陷害她，说是不得已，说自己也是被人陷害。那就是说，那张照片是有人偷拍的，打算给温莎制造点儿丑闻？可她说自己是她女朋友又有什么好处？

难道她是怕这事影响不好，公司会开除她，所以拉一个垫背的？如果是两个人犯错，那公司择其一斩立决，另一个就有台阶下能留下来。她对公司来说可有可无，那能留下来的当然就是温莎。

高语岚越想越生气，真是太狡猾，太阴险了！

这时候，她听到家里大门开了，她爹喝得醉醺醺地大声叫：“岚岚，岚岚啊，你快出来……”

“出不来，我在厕所！”高语岚大声应着，心想她老爸真麻烦，又喝醉了，一喝醉就喜欢大声嚷嚷。

果然高爸接着嚷：“出来出来，在厕所干吗呢？”

在厕所还能干吗？高语岚没好气地大声回答：“拉屎！”

“哦哦，那你先拉着。”高爸的嗓门贼大，“我女儿在拉屎，你等一下啊。老伴儿、老伴儿，你看，小郭是我给岚岚相看的对象！”

高语岚全身一颤，差点儿从马桶上栽下来。

发生什么事了？什么对象？她刚刚这么大声喊“拉屎”了？是她喊的对不对？然后她那睿智的爹还说“我女儿在拉屎，你等一下”什么的，是吗？

高语岚抚额，只觉头顶乌云惨布。

老天爷果然是想让她在厕所“shi”吗？她还要不要做人啊？

高语岚躲在厕所里，大气都不敢喘，生怕外头还能听到厕所里的什么动静。

高爸依然精神抖擞地在嚷嚷，但是她听不到那小郭先生的声音，高语岚猜疑着是不是老爸喝多了幻想着带了一个人回来，事实上根本没这个人？如果真是这样就太好了！

可这时候她听到高妈说话了：“不好意思，老头子喝多了。”

“没关系，没关系，我只是送高叔回来的，现在他安全到家就好了，那我走了啊。”这清清朗朗的声音一出，高语岚绝望捂脸，亲爹大人居然真的拐了个男人回来。真是太丢人了！

走吧，走吧，快走吧，此地不宜久留，快撤吧！后会无期！

高语岚在心里使劲对那小郭先生说。

谁知她爹的大嗓门又开始了：“别走！小郭，别走！”

高语岚真想挠墙。爹啊，亲爹啊，你究竟想干什么？给你家亲闺女留条活路吧！

“小郭，你再等等，拉屎很快的，见一面再走吧。”

还提拉屎！高语岚这下确定了小郭先生不走她就决不出厕所的决心。

好在厕所外头还有高妈是清醒又理智的。她把高爸按在沙发上，塞了杯水给他灌下去了：“你别吵吵，这么晚了，让小郭早点儿回去休息。”

小郭先生和厕所里的高小姐同时松了口气。小郭先生箭一般地冲到大门口，在高妈一连串的抱歉声中，飞快离去。

高语岚在厕所里侧耳倾听，听到关门的声音，听到高爸打呼噜的声音，再然后，有人敲厕所门，高妈在门外道：“小郭走了，你安心出来吧。”

高语岚长长舒了一口气，太惊险了，这真是一个惊心动魄的如厕历程。

当晚高语岚又失眠了。她翻来覆去，越想越后怕。她知道老爸老妈是为她好，想帮她找到幸福，可他们越这样，她就越心慌。她虽然口口声声说要找男人，可是当年受到的伤害还在心里烙着印，要让她正儿八经去相亲，她还是有些心理障碍的。

高语岚痛定思痛，人果然不能偷懒，要想过自在的日子，还

是快振作起来，回去找工作吧。

高语岚这么一想，便连夜起来收拾行李。

第二天一早，吃过了早饭，高语岚谎称自己接到了一个工作面试的电话，得赶紧赶回东麓市准备一下。高爸高妈当然依依不舍，想再多留她几天，高语岚吓得连说工作不好找，这个面试很重要云云，夹着尾巴赶紧逃了。

高语岚走后，高爸高妈执手相看泪眼，互相鼓励："下次等女儿回来，再接再厉！"

高语岚回到了东麓市，决定立即开展就业自救活动。她中饭也没顾上吃，就先开电脑上网投简历。

打开邮箱，居然看到了温莎发来的一封信。邮件里她一点儿废话都没有，只是介绍了一家正招人的公司，公司背景实力、招聘的职位和薪水都不错。虽不如高语岚原来的公司规模大，但条件确实挺好。

温莎在邮件里留了一个联系人的电话，说已经跟对方打好招呼，只要高语岚联系他，这工作的事就应该没什么问题了。

高语岚把信看完，果断地点了删除键。她可是有气节的，决不向敌人示弱。

可是不示弱，她自己也没找到什么好的工作机会，把招聘网上所有能投的简历全投完，高语岚就只有发呆的份儿。马上就到"五一"假期了，网上新增的招聘职位并不多，她也没有收到任何面试的通知。

惆怅、失落、着急……最重要的是——穷。

高语岚心里很不好受。她独自来东麓市工作，朋友都是同事，出了这档子事后，她发现竟然连个可以谈心的人都没有。说起来，她真失败。

就这样在家无所事事一个多星期，好不容易熬到“五一”假期后，网上终于更新了许多职位信息。那天高语岚一口气又投出多份简历，从早晨奋战到中午，终于觉得饿了，一看表，都一点多了，于是拿了钱包和钥匙，出门觅食去。

高语岚所在的小区门口没什么好吃的。她走了一条街，在街口看到她上次买醉抢狗的酒吧，不由得撇了撇嘴，这种蠢事她再也不会干了。

不过话说回来，这家酒吧离她家这么近，她当时抢了馒头冲上出租车，肯定被那司机绕远路坑钱了。高语岚后知后觉地开始心疼钱包，忍不住又瞪了那家酒吧的招牌一眼。

再走半条街，前面是家快餐店，量大味美，高语岚是常客。在她拐进店里之前，看到店前面站了个五岁左右的小女孩，长得很标致，像娃娃。她穿着漂亮的衣服，烫着齐肩小卷发，头上戴着美丽的发箍，整个人很整洁，看来家境不错。高语岚左右看看，没看到她家大人，她想了想，还是走进了快餐店。

也许这个娃娃是在等家长，也许她父母就在附近买东西或是开车去了。快餐店的生意好，这个点居然还要排队。高语岚排着队，忍不住又看了那个女孩两眼。女孩盯着对面的麦当劳，忽然转过头来举目四望，望着望着，正好对上了高语岚的目光。她与高语岚对视了几秒，露出一个怯怯的、可爱的微笑来。

高语岚一向对可爱的事物没什么抵抗力，这笑容一下击中了她，她也回了一笑。小女孩看了看她，又把头转了回去，那小小的孤单背影，说不出的可怜。

高语岚这时听到了服务生叫她点餐，她应了，点了份牛腩饭。刚要掏钱，却看见一个穿着土气的中年妇女在跟那个小女孩说话，听不清说什么，却见小女孩摇头。那中年妇女继续说着，还伸手

去拉她。小女孩还是摇头，退了两步。

高语岚察觉到了一丝不对劲，饭也顾不上买了，几个大步冲过去，听见那妇女使劲拉着小女孩说：“真的，姨帮你找妈妈……”

“你打算怎么帮她找妈妈？”高语岚不客气地插话。

那个妇女猛地抬头。高语岚看她目光不正，夹着一丝慌乱，当下心中更是肯定，她问那小女孩：“你认识她吗？”

小女孩摇头。那妇女说道：“我看她一个人站在这儿，应该是跟家长走失了，所以好心想帮帮她。”

高语岚点头，“这样啊，我也是个好心人。不如一起吧，我们先报警，然后……”她话没说完，那个中年妇女撒腿就跑了。

高语岚看着她远去的背影，咬牙切齿，她最恨欺负小孩子、小动物的人了！

她低下头，对上那小女孩黑晶晶亮闪闪的眼睛，问道：“小朋友，你叫什么名字？”

小女孩想了想，反问：“你怎么证明你跟刚才那个女的不是一伙的？”

高语岚傻眼，“你为什么会怀疑我跟她是一伙的？”

“家里大人都有教啊，这叫团伙作案，她一个人不容易得手，所以摆出一副拐骗小孩子的样子来，然后你就装出一副好人的样子来，然后她走了，我就容易对你产生信任，就会跟你走了。”

高语岚目瞪口呆，这家里都是什么大人啊？现在的儿童安全教育都这么高深了？她一时也不知该怎么分辩，“呃”了半天才说道：“你家大人教得好，教得好。你要多加小心。”

女孩黑亮黑亮的眼睛盯着她看，高语岚也不知接下来该怎么办。这会儿要是跟女孩说“我带你去找警察叔叔”，是不是就会让她觉得自己是个拐骗犯？可是把这个小女孩丢在这里不管也不

合适。

高语岚想了想，还是得问问：“你是迷路了，还是跟家长走失了？”

“迷路了跟走失了有什么区别呢？”脆生生的童音配上无辜又可怜的表情，真是招人疼。

高语岚一愣，“迷路就是不知道该怎么回家，走失就是跟家长失去了联系……”是这样吧，她解释清楚了吗？

“那都是找不到家长，回不了家，对吧？”

高语岚呆了呆，她是多管闲事了吗？这种小孩，会被拐骗才奇怪呢。

她叹口气，硬着头皮继续问：“你父母知道你在这里等着吗？一会儿是不是会来接你？”如果这孩子联系不上家里人，那她就打算报警，让警察叔叔来解决好了。

可这次小女孩点点头，说道：“妈妈会来接我的，我们约好了，如果找不到对方，就找最近的麦当劳或肯德基，这样目标明显，而且里面人多，又是二十四小时营业，比较安全，这样妈妈就容易找到我了。”

高语岚再一次觉得这家大人太有才了，说得真是有道理。这时，小女孩突然牵住了高语岚的手，用甜甜的童音说着：“姐姐，我叫妞妞。你陪我去麦当劳等一等好不好？我妈妈应该就在附近，她一会儿就能找到我了。”

高语岚握着软软的小手，看妞妞仰着小脸，表现出对她的全盘信任，心里油然生出一股受托付的责任感来。她高兴地应了，牵着妞妞过马路，两个人在麦当劳靠窗的位置坐好，这样比较容易让妞妞看到妈妈，也让她妈妈容易看到她。

妞妞坐下后，看了看店里的其他小朋友，看着她们吃着薯条

鸡翅，不由得咽了咽口水，然后低下头，抿着嘴玩自己的手指，显得孤单又可怜。

高语岚心一软，又想着自己还没吃饭，那干脆就请小朋友吃一顿好了。她跟妞妞说：“我肚子好饿，要去点餐，妞妞陪我去看看，好不好？”

妞妞抬眼，似乎有些小心警惕。高语岚对她温柔地笑笑：“姐姐想吃好多东西，可是又怕点多了吃不完，妞妞帮姐姐吃一点儿，我们一起去选餐，好不好？”

妞妞听了，顿时亮出个可爱的大笑容，忙跳下了椅子去牵高语岚的手。两个人买了一堆吃的，开开心心地饱餐了一顿。

快吃完时，高语岚忽然看到大门那儿走进来一个眼熟的人，高高的个子，明亮的眼睛，似乎总是在笑的上弯的嘴角。高语岚差点儿被一口饮料呛着，真是冤家路窄，怎么会遇到尹则这厮？

尹则显然也看到了她，点点头，朝高语岚的位置走过来。高语岚心里紧张，每次遇到这个男人就准没好事发生，现在她可是跟一个可爱的小朋友在一起，她可不想在小朋友面前也丢人。

高语岚正琢磨着该怎么反应时，妞妞突然喊了一声：“舅舅。”那声音又甜又乖，小脸上也显出讨好谄媚的表情来。

高语岚一愣，仔细再看，走过来的明明只有尹则，她舅舅在哪里？

Wei,BieLuanlai

第三章 神奇的缘分

这一家子，养的宠物把她仅有的三个包子吃了，大的装残废吓唬她取乐，小的装可怜欺骗她感情买吃的……

还没等高语岚反应过来，尹则已经走到了跟前。他低头看看她俩面前那一片狼藉的餐盘，又转头看看妞妞，脸板了起来。

高语岚看出苗头了，果然妞妞又讨好地叫了一声："舅舅。"

尹则板着脸说道："快跟阿姨道歉！"

"道歉？"高语岚瞬间忘了尹则居然就是女孩儿的舅舅，忙道，"凭什么要道歉？孩子走丢了，我在路边见到她，带她来等妈妈的，她没做什么坏事，你不要这么凶她。"

尹则看了她几眼，又转向妞妞，拖长了声音唤道："妞妞——"

妞妞低着头，从座位上跳下来，很小声地跟高语岚说了句："姐姐，对不起。"

好委屈，好可怜！

高语岚的正义感一下子被激发起来："你一个大男人，干吗要凶小孩子？妞妞很乖，在街上差点儿被坏人拐骗了，她还记得要去最近的麦当劳等家长来接。你们大人不注意照看孩子，把孩子弄丢了，反过来还责怪她，真是太不应该了！你们怎么不先检讨检讨自己？"

妞妞猛地抬头，眼睛闪闪发亮地看着高语岚。高语岚牵过妞妞："大人也不能不讲道理。"

尹则也不插话，只是静静地看着高语岚，看着看着，笑了。他那种痞痞的坏笑，看在高语岚眼中甚是刺眼。笑什么笑，真讨厌！

"为什么每次遇到你，你都这么有趣？"

有趣你个头！高语岚咬牙，提醒自己不能在小孩子面前失态，要保持风度。

尹则又说："其实我原本不想说得这么直白，不过你误会了我，为了保持我在你心目中的良好形象，这件事一定要解释清楚

才好。”他说完转向妞妞，“小鬼头，你自己说，这是怎么回事？”

妞妞眨巴着眼睛，紧紧靠在高语岚的身侧，抱着她的腿，一脸无辜地说：“舅舅，你要在姐姐面前树立良好的形象，我也想在姐姐心里留下美好的印象，况且我是小孩子，心灵纯真又脆弱，你忍心吗？”

尹则摆出一副认真思索的表情，说道：“要是换了别的纯真又脆弱的小孩子，舅舅真是不忍心，可如果是你的话，舅舅对你还是很有信心的。”

高语岚听着这两个人的对话，觉得不对劲了。

妞妞低着头，带着哽咽的声音说：“舅舅，你把妞妞说得好难过。”

“妞妞，你这样，舅舅也好难过。”

一大一小演得投入，表现一模一样，高语岚的脚开始打拍子了。

“妞妞，你再不跟阿姨说清楚，舅舅以后再也不带你玩了。”尹则眼看高语岚的耐心存货没多少了，赶紧向妞妞施加压力。

妞妞抬眼看了看高语岚，又看看尹则，撇着嘴好半天，终于磨磨蹭蹭地说：“姐姐，妞妞喜欢你。”

她的表情又乖又委屈，声音软软的好可爱，高语岚忍不住摸摸她的小脑袋，回了一句：“姐姐也喜欢你。”

妞妞贴在高语岚身上，抱着她撒娇，又说：“妞妞没迷路，可以自己回家的。”

高语岚没反应过来，应道：“那就好，那你以后也要小心，不可以一个人在路上瞎逛，知不知道？要让家里人知道你在哪儿，不能让爸爸妈妈担心。”

妞妞用力点头，很乖地答：“妞妞知道了。”

一大一小的和谐对话结束，妞妞转头看了看尹则，尹则板着脸不说话。高语岚有些不解，妞妞一脸可怜，于是轮到尹则的脚打拍子了。

“就这样？”尹则问。

“那还要怎样？”高语岚反问。

“我没问你，我问她。”尹则用下巴指了指妞妞。

妞妞答：“姐姐以为我找不到回家的路，其实我可以自己回去，我不该骗姐姐，刚才都交代了，我还跟姐姐道歉了。”

小朋友摆出一副很配合、很乖的样子来。

高语岚也赶紧说：“是啊，妞妞不是都承认错误了吗？我不怪她。”

尹则看着这一大一小抱在一起的样子，忽然又想笑。他弹弹妞妞的小脑门，轻骂了句：“调皮鬼，我会把这事告诉你妈妈。”

“舅舅，不要。舅舅，我最爱你了。舅舅，你好帅。你这么帅不可以做这么残忍的事。”妞妞一听，赶紧放开高语岚扑向尹则，紧紧抱住他。

高语岚见如此情景，刚要开口为她求情，尹则却对她说：“这个小鬼在店里吃完午饭之后说馋麦当劳，我们不肯带她来，她就生气偷偷跑了出来，那店离这里都不到三百米，她会迷路才怪。她这次短暂的离家出走，就是为了吃麦当劳而已。”

高语岚点点头，“哦”了一声，心想这孩子为了吃麦当劳就闹离家出走，确实太不应该了，是该告诉她妈妈。

尹则看着她的表情，又笑了，“你还不明白吗？”

“明白啊，小孩子太任性不好。妞妞，以后不可以为了吃麦当劳离开大人自己跑，这样很危险。”高语岚好心地帮他们教育一下小孩。

尹则哈哈大笑，“你真是太有趣了。”

高语岚一板脸，又说我有趣，我到底哪里有趣？这个男人真是贱兮兮的，还当着孩子面调侃我。

妞妞这时候说：“舅舅，我喜欢这个姐姐。”

高语岚一听，面露得意，小朋友真是太给她面子了。尹则看着她又笑：“她跟馒头一样，你有什么好得意的？”

高语岚的笑容一下僵在脸上。尹则又说：“你为什么要给她买麦当劳？”

高语岚下意识地答：“没关系嘛，只是买几块鸡翅和薯条……”她说着，忽然反应过来了，低头看了看妞妞。

妞妞露出个大笑脸给她，清清亮亮的童音说道：“谢谢姐姐请我吃。”

高语岚呆住，想到妞妞在大街上假装是迷路儿童，想到她说家长要让她去最近的麦当劳等大人来接，想到她拉着自己的手说“姐姐你陪我去麦当劳等妈妈”，想到她在麦当劳里可怜巴巴地看着别的孩子吃东西，然后自己就很心软、很心疼，还生怕伤了孩子的自尊心，小心哄她让她帮忙啃鸡翅、吃薯条……

现在，这孩子笑得像只小狐狸。

高语岚呆若木鸡，恍然大悟：我上当了？我居然栽在一个小娃娃的手里？啊啊，好想抓狂！

偏偏尹则还嫌不够刺激，凑过来挨在她耳边小声地肯定了她的想法：“这小鬼头把你骗了，骗完了你，你还心疼她是不是？不用太自卑，你的智商是正常的，你不是唯一一个被她骗了的受害者，想开点儿就好，我会教训她的。”

教训她？那谁来教训他？什么叫她的智商是正常的？

高语岚瞪着这男人的笑脸，好想找个垃圾桶扣他脑袋上。这

人说话太讨厌了，讨厌死了！

妞妞在下面拉尹则的衣摆："舅舅，你跟姐姐说什么悄悄话？我也要听。"

两个大人一起低头看向这小鬼头，妞妞清亮的双眸里透着无辜，这让高语岚想起了那只小狗馒头。

这一家子，养的宠物把她仅有的三个包子吃了，大的装残废吓唬她取乐，小的装可怜欺骗她感情买吃的……

这一家子到底都是些什么人啊！

高语岚猛地一把握住了尹则的手，特别诚恳地说道："尹先生，我拜托你一件事。"

尹则马上一脸正经严肃："什么事？"

"你们一家老小、动物和人，以后看见我就避远一点儿吧。"她才是真的纯良又脆弱的那个人啊，给条活路吧！

尹则努力控制住自己的笑意，轻声答："我先把小鬼头送回去，你拜托的这事，这么有深度和复杂性，我们得择日再议。"

高语岚一瞪眼，还想说什么，尹则已经一把将妞妞抱了起来："妞妞，跟阿姨说再见。"

"姐姐再见！"妞妞咧着嘴笑着向高语岚舞动着小手。

高语岚当着孩子面，有什么话只好都咽进了肚子里。她眼看着这一大一小走了出去，还能听到妞妞对尹则说："舅舅，得叫姐姐，不能往老了叫，这是人情世故，你懂不懂……"

高语岚一屁股坐回座位，抚额无语。连小朋友都这么特别，这尹则家里想来没一个好惹的，她这么渣的战斗力，还是远离他们为妙！

高语岚对自己发誓，以后在路上见着小猫小狗小朋友需要帮助，得先问清楚是不是姓尹的，或者亲戚朋友里有没有姓尹的！

高语岚没精打采地回到家，刚进门手机就响了。她拿出来一看，是条短信，号码她不认识，但一看内容，她知道发短信的人是谁了。

那条短信是这么写的：“你抢了我家的狗，捡了我家的孩子，还打了我，想撇清关系不相见？这样真不行。明天就在你家见！”

高语岚整个儿傻眼。

不是吧？“鬼子”又要进村了？

尹则真会来吗？

高语岚冥思苦想，究竟自己为什么会被这个家伙缠上？是因为踢了他两脚让他怀恨在心了？还是抢了馒头让他没了面子？还是他被他那个所谓的大夫同学黑了钱，于是迁怒于她？还是说这个家伙骨子里就有劣根性，看她倒霉他就高兴，定要再整整她才甘心？

反正，无论如何，高语岚觉得这个尹则是真讨厌，真是讨厌！讨厌、讨厌啊！

不但讨厌，她还有点儿怕他，每次他一靠近，倒霉事就一件接着一件。现在他说要上门来，高语岚紧张得一晚上都没睡好。

第二天一早，高语岚就在屋子里转悠。她下定决心今天绝不能示弱，要给尹则一个教训，让他以后再也不敢来招惹她。他们要永世不再相见，老死不相往来，这样才对。

可是，该怎么教训他呢？把他骂走？她应该没这个本事。装一桶水一开门就泼走他？想想有点儿太狠。啊，要不把那包新买的面粉倒在大盆里，用面粉扑走他也不错。随后一想，扑他一身面粉，他没法出门反而赖着不走怎么办？好像这个也不行。

高语岚把擀面杖摆了出来，又看了看刀架上的菜刀，四下里都看了一遍，还是叹了口气，她好像使不出这些招啊，这些“兵器”

她不敢用，她真是没用。

高语岚坐回沙发上叹气，干脆还是用普通级别的招数好了——装不在，不开门！

高语岚瞪着门发呆，这个时候又觉得自己有些凄惨。她独自来到这座城市，混了三年，竟然连个知心朋友都没有。每天就是上班下班，宅在家里，她以为这样很好，自由自在，没有烦心事、烦心人打扰她。可在这里出了事，却是孤立无援，没人陪伴，她才惊觉原来自己的人生真是糟糕。现在老家也不敢回，在这儿她又没地方可躲，可要是一个人出去游荡一整天，也真是够傻的。

她怎么能把自己弄得这么糟糕呢？三年前被逼离开了那个城市，现在被逼离开了公司，眼下，难道她还要被逼着离开这个家吗？

这样想着，高语岚不禁忧心忡忡，这时忽然手机响了。她拿过手机，却见是个陌生电话，犹豫了一下，接了。

接通后对方似乎也犹豫了一下，过一会儿才说：“岚岚，是我啊，若雨。”

高语岚一愣，随即心里一阵高兴，是她的高中同学兼好友陈若雨。三年前发生了那桩“劈腿”事件后，她就与花荫市的老同学、老朋友们都疏远了，很久没联系了，现在忽然来电话，是不是表示冰释前嫌？

高语岚苦闷的情绪骤然消散了一大半。陈若雨又说：“我也到东麓市来了，是高叔叔给了我你的电话，你什么时候有空儿，我们见面聊聊啊？”

“太好了！我今天就有空儿，今天行不行？”高语岚高兴得差点儿没跳起来。

“好啊，我过去找你吧，你把地址给我。”

高语岚飞快地把自己小区的地址和单元门号报给了若雨，报完之后猛地一想，不行不行，万一若雨到了她家，尹则上门来了怎么办？她可不想让若雨知道她有这种尴尬事，还是约在外面的好。

“那什么，我家今天不太方便，乱得很，咱们还是约在外头吧，你说个地方，我过去。”

“这样啊，反正我就在附近了，那就约在‘书香甜地’好了，是个咖啡馆兼书吧之类的地方，气氛很好，很适合聊天，离你家很近的。”陈若雨“吧啦吧啦”地把地址说了，两个人约好半个小时后见。

高语岚这下子心情好了起来，她的好朋友出现了，她不是孤独地挣扎在这座城市里。

高语岚兴高采烈地去赴约。“书香甜地”确实不远，与她常去的快餐店只隔了小半条街，其实之前她路过多次，那家店名字很特别，印象很深刻，只是装修太雅致，看起来不是她能消费的地方，所以就一直没进去过。

到了那里一看，地方不大不小，店的一边是咖啡吧，卖茶点，有咖啡等饮料和自制糕点，还能闻到烤箱里飘散出来的香气。另一边布置的雅座，两面墙上全是书架，摆着满满的书，还有许多精致的工艺品摆件。陈若雨说得对，这是很有气氛的地方。

“欢迎光临。”高语岚一进门，一个温雅美丽的女人就迎了上来。她穿着休闲、围着围裙，很有居家的味道，感觉像是老板。

高语岚心情好，对这样的店、这样的老板很有好感，点头笑着应了，找了个靠近书架的位置坐下。老板娘拿了份饮料单和糕点单过来，问她要用些什么。高语岚只说在等朋友，先等一等。老板娘温柔地笑笑，送上一杯水，又告诉高语岚，书架上的书随

便看，等人的时候可以解解闷儿。

高语岚很高兴，觉得自己以前没来这儿真是没眼光。她拿了一本书随便翻着，店里很安静，飘散着食物的香气。老板娘很放心地把她放在那儿，然后自顾自地去照看她烤的东西了。

高语岚沉浸在这样的恬静气氛里，刚把书里的内容看进去，陈若雨到了。

两个久未相见的老朋友重逢，自然相当兴奋和热情。高语岚迫不及待地问了离别这几年陈若雨的状况，陈若雨也告诉了她几个朋友平常联系聊天的内容，某某结婚了，某某有宝宝了，某某升官了，某某做小三儿了……

老板娘过来给她们添了水，却没催着她们消费点单，看她们聊得高兴，便留下饮料单又离开了。

这段日子高语岚倒霉透顶，状态相当低迷，今天见到了老朋友，一下子觉得振奋起来。“我前两天回花荫市了，本想在家里多住一段时间，结果我爸妈太夸张了，诡异多端地安排相亲，我就被吓跑了。”

陈若雨的笑容僵了僵，“相亲啊，那你现在还没有男朋友？岚岚，对不起，我一直欠你的，我相信你不是那样的人，我一直都是站在你这边的。就是……我那时候胆子太小了，又自私怕惹麻烦。是我不好，你原谅我吧。”

高语岚苦笑，她握紧了杯子，如果当初有朋友站出来这么大声说一句，相信她，坚信她是无辜的，那该多好。

“都过去了。”其实又怎么能怪这些旁观者呢？有心人做出的戏，她百口莫辩，旁观者又能怎样？两肋插刀这种事真的不适合这个时代了。

两个人沉默了一会儿，高语岚问：“若雨，你说，为什么我

就这么倒霉，我看上去是不是那种很好欺负、很好戏弄、很容易冤枉的人？”

“怎么这么说？你很好啊，眉清目秀，斯斯文文，大方得体，一看就是良家妇女。”陈若雨大大咧咧地开着玩笑，“良家妇女”这词用得让高语岚无语。

长得“良家妇女”，就是受冤屈的命吗？

高语岚把自己在东麓市上班受的冤枉委屈全说了，还有她遇上了一个杀千刀的流氓无赖。她很无奈:“我该怎么办？我不甘心，可我又做不了什么。那家公司很好，福利也不错，可我回不去了，公司里那么多同事，现在也不知道会把事情传成什么样，我原来积累的那些客户，也许也都听说了。圈子没多大，我的名声毁了。虽然只有一张照片，可我说的没人信，我觉得现在就算温莎说那不是我，也不会有人信了。她就是拿准了这一点，所以一开始把戏演足了。还有那个讨厌的男人，以后他时不时来骚扰我怎么办？我现在住的地方很好，房租不贵，房东也好，我不想为了这样的人搬家。”

“那就不要搬，岚岚，以后要是再遇上什么事，你打电话给我，我一定会帮你的。”陈若雨话说得很仗义，还用力拍了拍胸脯。

高语岚“扑哧”一笑，“难道你还会打架？”

“要是……要是真的危急，我也是会冲上去的。”陈若雨这话让高语岚又笑了。别看陈若雨平时大大咧咧的，说话又大声，其实她胆子很小，以前读书的时候，路边的死老鼠都能把她吓得“哇哇”叫。

两个人又说了很多以前的事，然后互相劝慰，大家都在异乡辛苦奋斗，在职场里也吃了不少亏，互相倒倒苦水，倒是找回了以前的感觉。

这时候，陈若雨犹豫了一下，咬咬牙，从包里拿出一份资料来，“岚岚，我跟你说，我现在是理财顾问，天天要跑业务见客户，累死了。但我们的产品确实是好，我帮助了不少人，现在业务做得还算过得去。我……我就是想问问，你有没有朋友需要理财产品，可以介绍给我……”

高语岚傻眼了，不是聊得好好的吗，怎么转眼变推销了？

“若雨，我刚刚失业。”

“我知道，所以是想问问看，你的朋友有没有需要的。理财这种事，不是拿闲钱投资，是用你的部分收入来规划你的人生和未来，是给你提供保障和福利的。”陈若雨“吧啦吧啦”地开始说，还把手上那份资料推到高语岚的面前。高语岚低头一看，“保险”两个字赫然入目。

高语岚无言以对，刚刚还以为她是银行理财顾问，原来是保险公司的理财顾问。那陈若雨约她的本意，是卖保险吗？高语岚心里有些不舒服。

陈若雨正流利地描述着这个产品怎么怎么好，偷眼看看高语岚的表情，又说了些买保险的必要性。

高语岚没办法，只能说：“若雨，你说的这个，确实是不错，但我现在没工作，又是那样的状况，我真的没有朋友可以介绍给你买保险，我有心无力，真是抱歉了。”

“这样啊，其实还有份便宜的。”陈若雨硬着头皮又拿出一份资料，“你看，这个一个月不到一千块，太便宜了，给朋友介绍介绍，说不定人家会有兴趣。”

高语岚愣在那儿，说不出心里的滋味。这段日子，为什么每件事都要超出她的意料？她真的不想买保险啊，她也不想向和她认识的人推销保险，她只想要朋友，她还想有份安稳合适的工作，

有个善良体贴的男友，她的要求只是这么一点点，老天爷，你的眼睛长到哪里去了？

陈若雨还要再说什么，忽然一泄气，“算了算了，对不起。我……其实我这个月的任务还差一点儿……我真是不应该……但是产品是真不错……对不起，真的对不起。”她想想，最后还是闭了嘴。

高语岚看她那样，又觉得有些过意不去。

陈若雨很沮丧：“对不起，是我不好。你……你可别讨厌我，我其实，唉，反正是我不对。”

高语岚看着她，忽然想到两位：“对了，有两个人我可以介绍给你，他们有钱有闲，而且很需要保障，我把电话给你，你努力去谈，说不定就会成功。”

陈若雨听了，眼睛一亮，腰杆都挺直了，“真的？”

“嗯。”高语岚点头，把手机里的电话号码调出来，然后拉过陈若雨的小本子，抄了两个号码给她。

然后，她指着本子上温莎的名字说：“这个，谈着这么与众不同的恋爱，生活和工作肯定很有压力，她的生活最需要保险了。还有这个……”她指着尹则的名字，“这个人成天好管闲事，惹是生非，也很需要保障。最重要的是，他们俩都很有钱，一个月两千多块，肯定不是问题，你加油努力，把他们拿下。”

这两个恶人，她自己没法报复，让陈若雨去喷喷他们也好，万一真喷出钱来，她也算帮了老朋友一把。

陈若雨很高兴，喜滋滋地把本子收好了，“果然够朋友。岚岚，你这样帮我，我当然也不能亏了你。”

“不用，不用。”高语岚生怕陈若雨又弄出什么新的花样来，赶紧摆手拒绝。

陈若雨却似看不到，她从包包里掏出一盒东西，往高语岚手里塞，然后压低了声音说：“我除了理财类的保险，还在做另一种保险产品的代理，这种保险，是刚性需求产品，你一定会需要的。我先送你一盒试试，免费！等用完了，你再来找我，我给你代理价，不赚你钱，就是用得好了，你给宣传宣传，帮我拉拉生意。”

“什么东西？”高语岚心里疑惑，保险还有盒装的？不是签保险单就好了吗？她仔细一看那包装，吓了一大跳，“啊”的一声叫了出来。

“大惊小怪什么？保险套也是保险啊，这种保险很有必要啊。”陈若雨握住高语岚的手，“这是真正保障爱护我们女人的，老朋友一场，别跟我客气，没什么不好意思的，拿去用，拿去用！”

高语岚的下巴都快掉下来了，惊讶得不能再惊讶，她真的没有客气啊！有什么好客气的！有什么不好意思的！

要不要这么乱来啊！真的好见鬼啊！

陈若雨看了看表，说她得赶紧联系客户，这个月的任务很重，她要努力打拼。高语岚见她干劲十足，也说不出什么别的来，只得鼓励一番。

陈若雨收拾好了东西，握住高语岚的手，说道：“等我这个月任务完成了，再请你吃饭。”她挥了挥手，潇洒告别。

高语岚笑着与她说再见，看着她的身影消失在店门外，然后整个人泄了气。

她坐在原位发呆，觉得脑子里空空的，一点儿都不想动。忽然“叮”的清脆一声响，是烤箱设定的时间到了。

高语岚回过神来，看到老板娘戴上了厚手套，打开烤箱门，从里面拿出两个椭圆形的蛋糕模子来，乳酪蛋糕的香气瞬间飘满了整个屋子。

高语岚猛然醒悟过来，她到人家的店里坐了大半天，一点儿东西都没有点，现在这样，拍拍屁股走人实在不太合适。她正想拿饮料单研究一下，看喝点儿什么好，这时又听到大门那儿“丁零”一声响，不禁抬眼一看，进来了一个男人。

这是一个浑身上下充满了精英味道的男人，高大帅气，穿着得体，看上去好像穿着一身名牌货。他的表情有些严肃，走进来，看都没看高语岚一眼，径直向老板娘走了过去。

高语岚好奇地看着，俊男美女啊，怎么她最近总能看到这类画面？

可是这一对的关系居然也不是看上去的那么美好。只见老板娘把手套用力往桌上一丢，大声道：“我说过这里不欢迎你。”

那个精英男皱着眉头，“我们需要再谈谈。”

“你早就失去跟我谈的资格了。”老板娘很不客气。

“我已经回头了。”精英男看上去像是在努力克制自己的脾气。

“那也得我稀罕。”可惜老板娘不领情。

高语岚拿着饮料单遮着脸，一边在心里检讨不应该，一边看得津津有味。

精英男与老板娘你来我往争执了好几句，高语岚终于听出不对劲了。这不是情人之间的斗气拌嘴，这是渣男在要挟恐吓弱女子，因为她听到了那个男人说：“你到底要我怎么样？我的耐心是有限的。我不希望跟你对簿公堂抢女儿，你不要逼我。”

“逼你？是你在逼我吧？”老板娘大声道，“你要是敢抢我女儿，我就跟你拼命！”

“别幼稚，只要你和女儿一起回来……”

精英男的话没说完，老板娘就大声骂：“做你的春秋大梦去

吧！你现在就滚蛋，我这儿有客人，还得做生意！”

“生意？你这店一天来不了两个人，还谈得上生意？”精英男的口气中透出不屑，但也扫了一眼店里，这一转头，正对上高语岚打探的目光。

高语岚下意识地缩一缩肩。

精英男恶声恶气地说：“这里不营业了，滚！”

一旁的老板娘正要开骂，凭什么赶她的客人。这边的高语岚也生气了，她保持着饮料单挡脸的架势，瓮声瓮气地说：“你又不是老板，凭什么赶客人？”

精英男碰了个钉子，脸一黑：“这里我包下了。”

高语岚看了眼老板娘，回道：“我先来的。”

还敢跟他呛声？精英男掏出鼓鼓的钱包，拿出厚厚一沓钞票甩在桌上。他没说话，不过意思很明显了：老子有钱，老子包场，其余人等滚蛋。

高语岚其实心里很害怕的，这种人财大气粗，会不会是黑帮什么的？要不身边是不是也得有几个打手？再要不然，他自己是不是也比较暴力？

高语岚又看了看老板娘，她柔柔弱弱的样子，如果自己走了，她一个弱女子独对精英男，会不会被欺负？老板娘正好也转过头来看她，高语岚觉得她的眼神里透着无助。

高语岚想了想，慢吞吞地从包里掏出干瘪瘪的钱包，拿出一张信用卡，轻轻地摆在桌子上。

精英男大怒，他微眯双眼就要朝高语岚走过来。高语岚吓得一抖，大声说：“我们定好了要在这里办聚会的，我的朋友们马上就到了。”

老板娘在一旁也抄起那沓钞票往精英男手里一塞，叫道：“你

快滚，别拿臭钱脏我的地方！”

精英男恶狠狠地盯着高语岚看，高语岚躲在饮料单后面，只露出一双眼睛，努力直视回去。

这时店门又开了，进来一个客人要买蛋糕。精英男终于闭紧了嘴，转身离去。

他一走，高语岚就泄了口气，直拍胸脯：“太勇敢了，太勇敢了。”

她坐在那儿慢慢缓口气，买蛋糕的客人走了，老板娘走了过来，放了个小盘子在她面前。高语岚抬头一看，惊讶地发现那是一块乳酪蛋糕。老板娘说：“我请客。”

高语岚脸红了，想起自己在这儿白坐了好久，赶紧道:“那……那我点一杯珍珠奶茶好了。”

老板娘笑笑，“你喜欢普洱吗？用普洱茶配蛋糕最合适。”

“哦，哦，那就普洱吧，来壶普洱。”

老板娘点头应了，转身去吧台那边泡茶。她一边准备茶具一边聊：“刚才谢谢你。”

“没关系。”

“让你看到这一幕，真是不好意思。”

“没关系。”高语岚不知道该说什么。

老板娘转了话题问：“之前那个是你朋友？”

“嗯。是我高中同学。”

“她在卖保险吗？”店里很安静，她们说的话总能被老板娘听到一二。

“对，她在卖保险。”高语岚下意识地挺胸，回答得中气十足，语气里充满对朋友的维护。卖保险怎么了？那也是正当职业，

没偷没抢的。

老板娘似乎被她的语气微微吓了一跳，回头看了她一眼，忍不住笑了笑。

高语岚咬咬唇，意识到自己有些反应过度了，有些尴尬地“嘿嘿”傻笑两声，又说了句：“她是我的高中死党，我们很久没见了，现在工作混口饭吃都不容易。”

老板娘手中的活儿没停，继续说：“工作是不容易，不过动员失业的老同学介绍朋友跟她买保险，太不够意思了吧？”

高语岚的背脊又挺直了，“她的产品也挺好的，她只是不知道我的状况，我也没什么能推销的朋友……”

老板娘依旧笑笑。她端了个托盘过来，一整套茶道、茶叶还有电子茶炉，等等。然后她又拿了一份蛋糕，坐在了高语岚对面，似乎打算边喝茶边跟她聊天。

高语岚有些意外，傻傻地看着对方四平八稳地坐在自己面前。老板娘看着她的表情，忍不住又笑道：“你挺有趣的。”

高语岚皱起眉头，我哪里有趣？

老板娘看看摆在桌上的信用卡，又是笑。高语岚反应过来，脸一红，把卡收回钱包里。

“他脾气挺糟的，你刚才怕不怕他打你？”老板娘问。

“怕啊。”高语岚老实回答。

老板娘又笑了，“你挺有趣的。”

高语岚无语，要不要总强调这个？

老板娘又说：“他是我女儿的生父。我当年很爱很爱他，我以为他会是我这辈子的归宿。可当我怀孕之后，他却对我说他一直爱的是另一个女人，只是那个女人喜欢的是别人，他感情受伤，而我正好对他示好，所以他就跟我将就了。他说他不爱我，也不

会娶我。”

老板娘平静地说完，接着喝了一口茶。高语岚睁圆了眼睛，忍不住骂：“那个王八蛋！后来呢？”

“后来？后来他当然没娶我，我自己生下孩子自己养。他娶了他喜欢的那个女人。”

“可是你就这样放过他吗？要告诉那个女人这男人的真面目，不能让她也被骗了。”

“我当时很傻，我想到的报复方式，是带着肚子里的孩子一起死，要让他悔恨终身。”

高语岚倒吸一口凉气。老板娘看着她的表情，又是一笑：“都过去了，我没死成，我弟弟把我救了回来，骂了我一顿，然后有好几年没给我好脸色看。”

“他怎么这样？你都这么惨了，他应该对你好一些。”

“不，他对我很好，他只是太生气了。那家伙平常嬉皮笑脸的，但生起气来很可怕。他把我救回来，每天盯着我，怕我再做傻事。然后我女儿出生了，我整天无所事事，生活很茫然，他又出资开了这家店给我。我可以一边照顾女儿，一边做自己喜欢的事情，看看书，做做烘焙，喝茶聊天，现在我过得很好。”

“那，那个男人呢？你们难道没教训他？”

“教训了，我弟弟去找了他们，发现那个女人还是对原来喜欢的男人念念不忘。于是他又去找了那个人，中间有些事我不太清楚，反正最后那个女人把负了我的贱男人甩了，跟她原来的意中人走了。”

“太好了，这个办法好，让他也尝尝被人抛弃的滋味。”

“没错！”老板娘说到这儿，精神头也上来了，显然也觉得非常解气，“我跟你说，我弟弟特别棒。那个人渣被甩了之后，

我弟弟带着我还有孩子去找他。我弟弟跟他说，他怎么对我的，就让他怎么被别人对待。还有，我和孩子现在怎么怎么好，而这些他再也不会得到了。然后他就把那个人渣揍了一顿。他又说：‘知道以前我为什么不打你吗？是免得给你机会装可怜博同情。现在你被甩了，我再揍你，没人心疼你！’他说完这些，带着我们母女俩扬长而去。当时那个人渣的表情，我看着心里头真是太爽了！”

高语岚听得一阵向往，“真好，我也好想有这样的弟弟啊！不过我都是被女人陷害的，不知道你弟弟敢不敢动手打女人。”

老板娘被她的语气逗得哈哈大笑，“你真有趣。我从来没有跟人说过这些，今天不知怎么了，不过说出来，心里真是太舒服了。”

高语岚点点头，把声音压低了，“我告诉你一件我从来没有跟别人说过的事。”

老板娘挑挑眉，好奇地凑近，也压低声音，“什么事？”

“我以前被朋友陷害说我劈腿爬墙，后来陷害我的那个朋友就跟我男朋友在一起了，他们还同居了。我实在气不过，就买了一堆小图钉，假装上门声讨。我嘴笨，当然说不过他们。但我找了机会，把图钉全撒到他家的沙发巾下面去了。其实，我也不是吃素的！”

高语岚说得认真，语调压得神秘，虽然报复的手段很像孩子的恶作剧，但她偏偏说得像办了件大事，还要强调自己不是吃素的，逗得老板娘哈哈大笑。

两个女人你一句我一句，竟然聊得无比投机，颇有相逢恨晚之感。

“我叫高语岚，就住在这附近，你叫什么名字？”

“我叫尹宁，你有空就常来玩，看看书，喝喝茶，打发时间也是好的。我这儿一般没什么客人，安静。”

“太好了，我今天就在这儿待着行吗？有个无赖今天要上我家踢馆，我正愁没地方去。”高语岚很兴奋。

“好啊。不过一会儿我得出去一趟，你自己在这儿坐坐行吗？我应该不会去太久。”尹宁给高语岚添了茶，说道，“我女儿太调皮了，昨天非吵着要吃麦当劳不可，我没答应她就自己偷偷跑出去，在街上骗了个姑娘，让人买了麦当劳给她。我弟弟说，今天带我们去那个姑娘家里登门道个歉。”

麦当劳？骗了个姑娘买麦当劳？

高语岚瞬间石化，好半天找回声音：“你……你姓尹？”

她昨天才下定决心，在街上碰到猫猫狗狗小孩子需要帮助的一定要问清跟姓尹的有没有关系，今天自己就踩到人家地盘上了？

不会发生这种惨绝人寰的事吧？

“对，我叫尹宁。怎么了？”高语岚的表情让尹宁有些奇怪。

高语岚张了张嘴，说不出话来。这时候店门上的铃铛“叮当”一声响，门口挤进来一只棕色的小狗。它长着两只竖耳朵，水汪汪的大眼睛，正一边舔着嘴一边用它那四条小短腿无比轻快地一溜小跑朝她们奔过来。

高语岚一看到这只狗，心里绝望了一半。

然后店门又“叮当”一声响，一个小女孩用甜甜的童音嚷着：“妈妈，馒头坏，它抢我的香肠吃。”

高语岚一听到这声音，心里绝望了四分之三。

紧接着店门铃铛又响了，一个很有磁性的男声传了过来：“那是你笨！”

“咚”的一声，高语岚猛地趴在桌上捂脸。

神啊，我得罪你了吧？是吧？

——试阅完——

【上市预告】

衰神附体的高语岚遭遇奇葩瘟神尹则后，是否能自此摆脱霉运，还是会一衰到底？想知道这一对欢喜冤家又发生了什么爆笑有趣的事情吗？敬请关注意林红石榴即将上市的实体书！